だいわ文庫

深川二幸堂 菓子たより

知野みさき

大和書房

目次

深川二幸堂 菓子たより

◆人物紹介◆

光太郎 江戸深川で菓子屋「二幸堂」を弟・孝次郎と営む。根付職人でもある美男。
孝次郎 兄・光太郎と二幸堂を営む菓子職人。己丑火事で大火傷を負った過去を持つ。
葉 光太郎の妻。裁縫の内職で身を立てていた。
小太郎 葉の連れ子。
暁音 孝次郎の妻。元吉原遊女。三味線の腕を活かし今も教えている。
七 孝次郎の菓子に惚れこみ二幸堂を手伝う。餡子に目がない。
余市 王子の菓子屋「よいち」の主。
数馬 二幸堂の奉公人。二幸堂とよいちを行き来して働く。
良介 二幸堂の奉公人。
桂五郎 二幸堂の奉公人。二幸堂とよいちを行き来して働く。
八郎 よいちの奉公人。二幸堂とよいちを行き来して働く。
太吉 よいちの奉公人。二幸堂とよいちを行き来して働く。
彦一郎 七の一人息子。
宇一郎 七の夫。料亭の料理人。
伸太 二幸堂の隣りの長屋に住む小太郎の友。伸次の兄。
信次 小太郎の友。伸太の弟。小太郎と同い年。
晋平 伸太と信次の父。
てる 伸太と信次の母。
長次 東不動の二つ名で知られる深川一帯の香具師の元締め。
涼二 長次の右腕。
玄太 長次の腹心。涼二の一の子分を名乗る。
一弥 長次の配下。玄太の一の子分を名乗る。
汀 蕎麦屋「菫庵」の花番。玄太と想いを交わしている。
藤 一弥の想い人。
千代嗣 浅草に住む幇間。暁音とは吉原時代からの知己。
墨竜 日本橋に住む粋人。茶人でもあり、二幸堂の菓子を贔屓にしている。
友比古 菓子屋「いちむら屋」の主。暖簾を下ろした「草笛屋」を買い取り、日本橋へ店を移した。

すくすく

――小太郎――

一

弥生(やよい)は十日。

昼過ぎに手習い指南所から帰った小太郎(こたろう)は、長屋の木戸をくぐった途端に身をすくませた。

母親の葉(よう)がいきむ声が聞こえたからだ。

臨月を迎えた葉は、弥生に入ってから「いつ生まれてもおかしくない」といわれていた。

家の前には父親の光太郎(こうたろう)が固唾(かたず)を呑んで佇んでいる。

「小太!」

光太郎に呼ばれて、呪縛が解けたかのごとく小太郎は駆け寄った。

家の戸口は閉まっているものの、葉と産婆の他に、長屋のおかみが一人二人、中にいるようだ。聞き覚えのある声が口々に葉を励ましている。

「大丈夫だ。もう少しだ」

そう囁いて光太郎は小太郎を後ろから抱えるように抱き締めたが、いつもよりずっと強い——痛いほど力の込められた腕から光太郎の緊張が伝わった。

小太郎も思わずぎゅっと腕をつかむと、光太郎は少しだけ腕を緩めて苦笑した。

「俺ぁなんの役にも立たねぇ……祈ることしかできねぇからよ。お依(より)さんに締め出されちまった」

依は隣町に住む産婆だ。

光太郎曰く、おしるしがあったのは小太郎が手習い指南所に向かってすぐで、そののち二刻(ふたとき)ほどの間に破水、出産の運びとなったそうである。

葉が再びいきむ声が聞こえて、小太郎は目を閉じて光太郎の腕にしがみついた。

「大丈夫だ」

繰り返して、光太郎は小太郎の腕や肩をさすった。

「小太、お前も一緒に祈ってくれ」

「うん」

短く応えて、小太郎は目を瞑(つむ)ったまま祈った。

何をどのように祈ればいいのかは判らなかった。

ただ一心に、母親がまだ見ぬ赤子を抱いている姿を思い浮かべた。

どれくらいそうしていただろうか。

やがて一際高い葉の声が聞こえて、皆の励まし声が途絶えた。

はっとした光太郎と共に小太郎も息を潜める。

束の間の静寂ののち、産声と歓声が家の中で上がった。

「生まれたよ！　おとっつぁん、生まれたよ！」

ほっとして小太郎は振り向いたが、光太郎の顔はひどく青ざめていた。

「おとっつぁん……？」

今一度小太郎が呼ぶと、光太郎は小太郎を放してさっと手で顔を隠した。

「ああ……生まれたな」

安堵の声を漏らして、光太郎は取り出した手拭いで、二度、三度と顔を拭う。

「男の子だよ！」

引き戸の向こうから依の弾んだ声がした。

「よしよし、なんも案ずることたないからね……」

赤子や葉のみならず、小太郎や光太郎への言葉でもあるようだった。

手拭いを下ろした光太郎の目は赤い。

だが、にっこりと微笑んで小太郎に言った。

「小太、ちと頼まれてくれ」

「うん」

「店に行って、みんなにこのことを知らせて来てくれねぇか？」

「合点だ！」

誉れある役目を仰せつかって、小太郎は喜んで駆け出した。

光太郎が弟の孝次郎（こうじろう）と営む菓子屋・二幸堂（にこうどう）は、長屋の木戸から道を挟んだ向かいにある。

木戸を飛び出すと、通りかかった振り売りに危うくぶつかりそうになる。

「莫迦（ばか）野郎！　気を付けろ！」

「ごめんなさい！」

よけながら、小太郎は振り売りに負けぬ声で応えた。

「いそいでるんです！　とっても大事なことなんです！」

小さく頭を下げて、振り売りの応えを待たずに道を渡る。

表で縁台の客に茶を運んでいた奉公人の桂五郎（けいごろう）が、小太郎を認めて目を丸くする。

縁台を回り込んで、小太郎は板場の方の戸口から皆に声をかけた。

「生まれたよ！」

叔父の孝次郎と、奉公人の八郎（はちろう）と良介（りょうすけ）の三人が、一斉に己を見つめた。

束の間遅れて、売り子をしていた七（しち）が板場と店の座敷をつなぐ戸口から、二階にいた叔母の暁音（あかね）が階段から顔を覗かせる。

「男の子だよ！」

わっと、皆が声を上げて顔をほころばせた。

「そうか。生まれたか……」

目を細めてつぶやくように言った孝次郎へ、小太郎は大きく頷いた。

「うん！」

「男の子か……」

「うん！」

再び、ぶんと大きく頷いてから、小太郎は付け足した。

「弟だよ！　おれ、兄きになったんだ！」

「そうだな。小太もとうとう兄貴だ」

改めて言われて、「えへへ」と、つい照れ笑いが漏れた。

と、親友の伸太・信次兄弟を思い出して、小太郎は踵を返した。

「おとなりに行って来る！」

「おう、行って来い」

隣りの長屋でも、伸太と信次、二人の母親のてるを始め、皆に弟の誕生を告げて回る。ついでに、二幸堂と並びの表店の八百屋の八百新と、生薬屋の本山堂へも知らせてから、小太郎は己の長屋へ戻った。

おかみたちはそれぞれの家に帰っていたが、依はまだ葉の傍らでかいがいしく世話を焼いている。

依とは反対側の枕元には光太郎がいて、小太郎を見やると手招いた。

「静かにな」

草履を脱いで、そぅっと上がりかまちから座敷へ上がる。

おずおずと光太郎の隣りへ行くと、葉の枕元には生まれたての赤子がいた。

顔の長さは四寸もない。眉毛はないに等しく、頭髪も薄い。瞑った両目は糸のように細く、小さな鼻と唇が愛らしい。

葉がうっすらと目を開いて微笑んだ。

「小太……大事にしてあげてね……」

「うん」と、此度（こたび）は密（ひそ）やかに小太郎は小声で応えた。「もちろん大事にするよ。だって、おれ、もう兄きだもん」

やや目が赤い他、光太郎の顔には生気が戻っていたが、葉の顔には疲労がありありと窺える。

葉を休ませるよう依に言われて、小太郎は光太郎に連れられて再び家を出た。

まだ陽は高く、八ツにもならぬ時刻だ。

光太郎はここ深川黒江町（くろえちょう）ではちょっとした顔で、葉が出産間近だったことは町の皆が知っている。小太郎が触れ回ったこともあって、二幸堂へ向かう短い間にも町の者から祝いの言葉がかかる。

「おめでとさん」

「おめでとう！」

「聞いたぞ。やれ、めでてぇな」

光太郎が如才（じょさい）なく礼を言う横で、小太郎もちょこんちょこんと頭を下げた。

「光太郎さん、おめでとう！」

「ありがとうよ、お七さん」

店先で照れた笑みを浮かべてから、光太郎は七に頼み込んだ。

「すまねぇが、今日はこのまま売り子を頼めねぇかい？」

「もちろんだよ。お葉さんと赤ん坊についていておやりよ」

「うん。だがその前に――お葉が休んでいる間に、お礼参りに行きてぇのよ」

「ああ、そうだねぇ」

合点したように七はにっこりとした。

「お百度参りはやっぱり効くねぇ」

「うん？　知ってたのか？」

「そりゃもちろん。このお七はなんでもお見通しだよ」

今度はにんまりとした七に、光太郎は苦笑で応えて店先を離れた。

「おとっつぁん、『おれいまいり』って何？」

「お礼参りってのは、神さまや仏さまにお願いしたことが叶った後に、願いごとじゃなくて、お礼を言いに行くことさ」

「じゃあ、『おひゃくどまいり』って何？」

「お百度参りってのは、おんなじ願いごとをおんなじ神さまか仏さまに、百回頼み込むことさ」

「百回も？」

「ああ、そうだ。一日一回を百日でも、一度に百回でもいいんだが、欠かさず、続けてやらねぇと、御利益がねぇといわれてら」

小太郎は今年八歳で、指南所に通い始めて一年余りになる。一月がおよそ三十日なのも、百日がおよそ三月と十日なのもとうに知っていた。

百日お参りに通うことはもちろん、一度に百回お参りすることの大変さを想像して、小太郎は続けて問うた。

「おとっつぁんは、百日おまいりをしたの？　それともいちどに百回おまいりしたの？」

「どっちもさ」

事もなげに言われて、小太郎は目をぱちくりした。

「どっちも？」

「うん」

笑って、光太郎は歩きながら盆の窪に手をやった。

「赤子が生まれるってのは、本当に大ごとなんだぞ。おっかさんのお腹にいたって、十月も無事でいられるとは限らねぇ。無事に十月をやり過ごしても、お産がまた命懸けさ。おっかさんの声を聞いたろう？」

「うん……」

習ってはいないが、「命懸け」という言葉には聞き覚えがあった。

きっと「しぬ気」で「たたかう」こと……

葉のいきむ声を思い出しながら、小太郎は頷いた。

「だからよ……どんなに祈っても足りねぇ気がしてよ……」

小太郎の肩を抱いて、光太郎は更に微笑んだ。

光太郎が向かったのは、二幸堂から八町ほど東にある富岡八幡宮だった。

深川の者どころか、江戸中、国中からの参詣客が引きも切らぬ神社である。

「小太も一緒にお礼を言ってくれるか？」

「うん」

「ああ、それから、あいつの名は勘次郎だ」

小太郎の手を取った光太郎が、手のひらに弟の名を書いてくれた。「勘」の字は知らなかったが、「次」と「郎」は小太郎が書くことができる字の内だ。

「かんじろう？」

かみさま、勘次郎をありがとうございます――

光太郎の隣りで、小太郎も手を合わせて神妙に「おれい」を述べた。

深川に店を構える光太郎なれば、富岡八幡宮で百度参りをするのは至極もっともなのだが、続いて永代寺にまでお礼参りに向かって小太郎を驚かせた。

永代寺は富岡八幡宮の別当寺である。同じ敷地内にあるとはいえ、どちらも百回参るとなると手間も暇も大分かかる。

「神さまと仏さま、どっちに祈っておいても損はねぇ——いや、どっちにも祈っておかねぇとどうも後ろめたくてなぁ……」

永代寺でもお礼参りを済ませると、そう言って光太郎は苦笑した。

青ざめていた顔はとうに色艶を取り戻していて、顔つきにも声にも仕草にも喜びが満ち溢れている。

小太郎もますます嬉しくなって、戻り道中で声を弾ませた。

「おれと勘次郎、おとっつぁんと孝次郎さんみたいだね。おれが『太郎』で勘次郎が『次郎』」

この一年の間に学んだ書き方から、今は「こうじろ」が「孝次郎」と書くことを知っている。

「そうだな」

「伸太と信次とも一文字同じだよ。伸太の『太』と信次の『次』。だって、おれとおとっつぁんと伸太は兄で、勘次郎と孝次郎さんと信次は弟だもんね」

「そうともさ」

「おれね……」

決意新たに、小太郎は光太郎を見上げて言った。

「おれ、大事にするよ。おれは勘次郎の兄きなんだからさ。おれ、大事にめんどう見るからね。ちゃんと、いっぱい、見るからね」

「おお、頼んだぜ、小太」

「うん」

「俺も大事にするからな。小太とお葉と勘次郎……みんな大事にするからな。男同士の約束だ」

「うん！」

にっこり微笑んだ光太郎は、我が父ながら実にいなせだ。

通りすがりの、殊に女たちが光太郎を盗み見て行くのへ、つい小太郎は光太郎へ手を伸ばした。

光太郎は己の父だと——母の夫だと——誇示したくなったからだが、思い直してつなぎかけた手を引っ込める。

おれは兄きになったんだから——

父親と手をつないで歩くような、子供じみた真似はもうするまいと己に言い聞かせ、代わりに背伸びするがごとく胸を張って光太郎の隣りを歩いた。

二

翌朝はやや寝不足だった。

勘次郎はほぼ一刻（いっとき）おきに、乳を飲み、眠り、お漏らししては目を覚ます——を繰り返す。

物珍しくて夜半までは泣き声がする度に小太郎も起きていたが、やがて眠気が勝って明け六ツまで眠り込んだ。

どうやら光太郎は夜通し、葉と共に都度（つど）起きていたようで、珍しく目の下に隈を作っている。

光太郎と二人で井戸端で顔を洗っていると、二軒隣りの秀治（ひでじ）という男も目をしぱしぱさせながらやって来た。

「すまねぇな」

「なんの。まだ始まったばかりだぜ」

夜泣きの詫びを口にした光太郎へ、秀治はあくびをしながらも微笑んだ。

「もう三月（みつき）もすりゃあ、うちのも生まれらぁ」

秀治の妻のあつも、身ごもって半年余りになる。

井戸端に近い家から、老婆の恒（つね）が顔を出して目を細めた。

「ここもまた、賑やかになるねぇ」

光太郎や秀治はまだ二十代だが、長屋の住人の年齢は総じて高い方で、小太郎が引っ越して来るまで、一番小さな子供でも十二歳で既に奉公に出ていた。だが、大きな子供が幾人かそろそろ奉公を終える頃であり、それらの者たちが長屋に戻って来て伴侶を娶れば、いずれ赤子も増えていくことだろう。

「はは、今度こそ……」と、少しばかり歯切れ悪く秀治は笑った。

こんどこそ……？

小太郎は内心小首をかしげたが、問い返すのは何やら躊躇われた。

その代わり、前から少々気になっていた秀治の名前について問うてみる。

「ひでじさんは弟なんだよね？　弟だから『じ』がつくんだよね？」

「あはは」

秀治が笑い、光太郎も噴き出した。

「俺ぁこれでも一番上さ」

笑いながら秀治は膝を折り、地面に「秀治」と名を書いた。

朝餉を食べながら、光太郎から「じ」のつく名前が必ずしも次男のものとは限らぬことを教わった。

朝餉は良介が運んで来てくれた。葉がまだほぼ寝たきりで、家仕事はできぬと踏んでのことである。食事は居職の葉が主に、暁音と共に二幸堂の分と合わせて担ってきたが、しばらくは暁音と良介で手分けするらしい。

おやつは小太郎がもっぱら一人で二幸堂に取りに行くのだが、良介曰く、今日は祝い菓子を用意するから、伸太と信次も連れて来るように、とのことである。

指南所の皆にも勘次郎の誕生を伝え、勘次郎の寝顔を思い出してはにまにましながら手習いを終えた。

手習いののち、仲太と信次の二人と彼らの長屋で遊んでいると、八ッ前に七の一人息子の彦一郎が訪ねて来た。

「彦！」

「小太！」

己より一つ年下の彦一郎は、小太郎にとっては弟のような存在だ。彦一郎にとっても己は「兄きみてぇなもん」であるが、改めて此度、本物の弟を得た喜びを小太郎はひしひしと感じた。

「おれ、ほんものの兄きになったよ」

「ほんものの？」

「勘次郎が生まれたからさ」

胸を張って言ったものの、転瞬、微かに彦一郎が眉尻を下げたのを見て、慌てて付け足した。

「彦もこれで兄きだぞ」

「おれも？」

「うん。だって、彦はおれの弟みてぇなもんだろう？　だから、勘次郎も彦の弟みてぇなもんで、だとすると、彦は勘次郎の兄きみてぇなもんじゃないか」

「そ、そうか。おれもあにきか」

「そうともさ」

彦一郎が目を輝かせたのを見て取って、小太郎は光太郎を真似た口調で応えた。

彦一郎とその祖母の信を交えて皆でおやつに二幸堂へ行くと、孝次郎が祝い菓子を出してくれた。

祝い菓子は朝顔を象った練切だった。

大小の薄紅色の朝顔が、瓢箪のごとくくっついて一つの菓子になっている。

中は白並餡だが、いつもの餡とはやや違い、口の中で溶けると小さな粒が少しだけ舌の上を転がった。

「甘酒を混ぜてあるんだ」と、孝次郎。

舌に触れたのは糀の粒で、改めて匂いを嗅ぐと、餡からはほんのり甘酒の香りがした。

すぐに気付かなかったのは、菓子と共に甘酒を飲んでいたからだろう。

店仕舞いの七ツまでまだ一刻あるが、大人たちは酒、子供たちは甘酒を、「祝い酒」として飲んでいる。甘酒がいわゆる「酒」と違うのは知っているが、甘酒でも「酒」と名の付くものを相伴していることが、何やら大人に近付いたようで小太郎は嬉しかった。甘酒はつい先日の雛祭りでも飲んでいたが、今日は茶碗ではなく、大人と同じ杯に入っているものだから尚更だ。

「うん、こりゃいけるね……練切に甘酒を混ぜるとは……ふふふん……流石、我がお師匠……」

「これ、お七。食べながら話すのはよしなさい」

練切を少しずつ、だが次々と口に入れながら評する七を、信が叱りつけた。

「子供たちが真似たら困るでしょう。あなたがたは真似てはなりませんよ」

七と小太郎たちを交互に見やって信が付け足す。

信の言いつけ通り練切は黙って食したものの、食べ終わると信次が、杯を片手に酔っ払いの真似ごとを始めた。

「すっかりよっちまったぜ、おっとっと〜」

「おっとっと〜」

小太郎たちが合いの手を入れる間に、光太郎と孝次郎、七が仕事に戻って、代わりに八郎と良介、桂五郎が座敷にやって来た。

八郎は普段は王子権現の近くの菓子屋・よいちで働いているのだが、今は孝次郎のもとで修業をするために二幸堂に「いそうろう」している。

「ふふ、数にぃ、悔しがるだろうなぁ」

八郎が言うのへ、良介がくすりとする。

「祝い菓子を楽しみにしていましたもんね……」

数馬と八郎は孝次郎に次ぐ職人として、当面、半月に一度交代することになったという。数馬は朔日に、八郎と入れ替わりによいちへ発っていて、二幸堂へ帰って来るのは五日後の十六日だ。

給仕役を始め雑用を務めている桂五郎と吉こと太吉も、こちらは一月ごとに、月末に入れ替わる。良介は、しばらくは職人としての修業のために、誰とも交代することなく、二幸堂で孝次郎たち年長の職人の助っ人役を務めることになっている。

二幸堂は三年前の神無月に、光太郎と孝次郎が兄弟二人で始めた店だ。

店主の光太郎でさえまだ三十路前の二十九歳、孝次郎が二十七歳で、奉公人に至っては、一番年長の数馬が二十歳、良介が十四歳、桂五郎が十二歳である。

よいちの八郎と太吉はそれぞれ十七歳と十四歳でやはり若いが、王子に店を構えて数十年の余市は還暦を来年に控えた五十九歳だ。

先に顔を合わせた八郎と太吉は言わずもがな、数馬、良介、桂五郎の三人とも小太郎はもうすっかり慣れ親しんだ。

殊に桂五郎は四つ年上とはいえ、小太郎と一番歳が近い。売り子や給仕を主に担っている分、孝次郎たちより目にする機会が多く、小太郎は時折、桂五郎に少し先の己の姿を重ね、二幸堂で働く己を想像してみることがある。

七ツの鐘が鳴って、彦一郎が七と信と帰ってしまうと、小太郎は伸太と信次にも別れを告げて、光太郎より一足早く長屋へ帰った。

朝顔の練切が載った小皿を、両手で隠すように携えて、開きっぱなしの戸口からそっと足を踏み入れる。

幸い、葉は起きていた。

「小太？」

振り向いた葉の腕の中で、勘次郎がうとうとしている。

「孝次郎さんがいわいがしを作ってくれたよ。ほら」

勘次郎を起こさぬように囁いて、小太郎は小皿を差し出した。

「ふふ、今年一番の朝顔ね」

「そうだよ。こっちの大きい方がおれで、小さい方が勘次郎だよ」

両手が塞がっている葉のために、小太郎は黒文字で練切を一口分切って葉の口元へ運んだ。

そっと練切を口に含むと、葉は小首をかしげた。

「あら、これは……？」

「あまざけだって。あまざけを少しあんこにまぜてるんだって」

「そうなのね。いいわね。甘酒は滋養になるもの」

そう言って葉はにっこりしたが、昨日から顔色は悪いままだ。

……しょうがないや。

おっかさんは「いのちがけ」だったんだもの……

光太郎の言葉を思い出しながら、小太郎は葉に問うた。

「おかし、勘次郎も食べられる？　ちょびっとなら食べられる？」

「いくらなんでも、まだ無理よ」

「おさけが入ってるから?」

「お酒が入っていなくても、よ。しばらくはお乳しか飲めないのよ」

「つまんないの。孝次郎さんのおかし、とってもおいしいのに……」

つぶやくように言って、小太郎は再び練切を一切れ葉に差し出した。

一切れ一切れ、ゆっくりと時をかけて食(は)むものだから、練切一つを食べてしまうまでにしばらくあった。

ようやく食べ終えると、葉は再び微笑んだ。

「お腹いっぱいになったから、勘次郎と一緒にまたちょっと横になるわね。もしも勘次郎が泣いてもおっかさんが寝ていたら、小太が起こしてちょうだいね?」

「うん……」

頷いたものの、母親が「起きぬ」こともあるのかと、漠然とした不安を小太郎は覚えた。

三

勘次郎が生まれて五日目。

指南所で勘次郎の話をしていると、「うるさいぞ!」と、隣りの座敷で少年が一人立ち上がった。

健三郎（けんざぶろう）という名で、小太郎より三つ年上の十一歳だ。

　指南所は二間続きの座敷をつなげてあり、九歳までの子供と十歳からの子供で部屋を分けてある。十二歳になるとほとんどの者が奉公にいくか家業を手伝い始めるために、十一歳の健三郎は指南所の子供では年長者の一人だった。

「ごめんなさい」

　小太郎は素直に謝ったが、健三郎は鼻を鳴らして続けた。

「毎日毎日、つまらねぇ話をくどくどと……いつまでも浮かれてんじゃねぇ。俺ぁ聞いたぜ、お前、不義密通の子なんだってな」

「ふぎ……？」

「もしかしたら、弟のおとっつぁんは、お前のおとっつぁんじゃねぇかもな」

「こら、健三郎！」

　師匠が叱り飛ばすと、健三郎は再び小さく鼻を鳴らして座り込んだ。

「案ずるな」と、師匠が小太郎へ向き直って言った。「お前の二親（ふたおや）は何も悪くない。だが、お前もおしゃべりは控えて、書き方を済ませてしまいなさい」

　小太郎への言葉は穏やかだったが、おしゃべりを控えろと言われては「ふぎみっつう」の意味を問いにくい。

　師匠の様子から、よくない言葉だと見当がついたから尚更だ。

黙って手習いを終えたのち、帰り道で伸太に問うてみたが、伸太も「ふぎみっつう」を知らなかった。

一旦家に戻るも、葉も勘次郎も眠っていたため、小太郎は二幸堂へ足を向けた。光太郎と昼餉を共にするつもりだったが、桂五郎曰く、少し前に昼餉を兼ねて商談に出かけたそうである。

どのみち両親にはどうも問い難かったが、残念なことに今日は七は休みで、良介が売り子を務めている。

二幸堂の座敷で一人で握り飯を齧っていると、しばらくして手の空いた桂五郎がやはり昼餉を食べにやって来た。

「桂五にぃ、あのね、『ふぎみっつう』って、どういうこと？」

よくない言葉として小声で問うと、桂五郎は眉をひそめた。

「おれもよく知らないけど……いけないことだと思う」

小声でそれだけ応えると、桂五郎は黙々と握り飯を二つ急いで腹に入れ、売り子と給仕の二役をこなしている良介と交代した。

桂五郎より二つ年上の良介ならと、同じ問いを繰り返すと、良介は困った顔をして、小太郎を待たせて板場へ向かった。

板場には滅多なことでは入らぬように常からきつく言われている小太郎は、座敷と板場をつなぐ戸口からそっと桂五郎を見守った。

「八にぃ、ちょっと……」

良介が八郎に耳打ちすると、今度は八郎が困り顔になる。

良介と顔を見合わせて、八郎はかまどの前にいる孝次郎へ歩み寄った。

「孝次郎さん、ちょっと……」

「うん？」

八郎が孝次郎へ耳打ちすると、孝次郎は束の間眉根を寄せてから、小太郎を見やった。

八郎にかまどを任せて、孝次郎は小太郎を座敷へ促した。

孝次郎も座敷に上がると、膝を詰めて小太郎の前に座る。

「あのな、小太……」

光太郎に比べて孝次郎は口下手だ。

だが、嘘が苦手で、誰にでも――子供の自分にも――誠実な孝次郎が小太郎は大好きで、絶大な信頼を寄せている。

いつにも増して歯切れの悪い叔父を、小太郎はじっと見つめた。

「不義ってのは義に背く……ええと、人の道を外れることで……ああ、人の道というのは道義のことで、道義ってのはつまり、人として正しいことで……だから道義を外れるということは――不義は――人として悪さをすること……だ」

確かめるように言った孝次郎を、小太郎は更に見つめる。

「それで……それでだな。密通ってのは……」

ますますしどろもどろになった孝次郎の言葉をつなぎ合わせて、小太郎はなんとなくその意味を解した。

どうやら「みっつう」とは、「おっと」や「つま」が「めおとのちぎり」――約束――をしていない者と、悪事を働く――「子作り」をする――ことらしい。

孝次郎曰く、「子作り」は悪いことではないのだが、「めおと」の約束をした者が、他の者と「子作り」するのは悪いことだそうである。

「わかった」

「そうか。判ったか」

小太郎が頷くと、孝次郎はほっと安堵の表情を浮かべた。

孝次郎が足を崩して微笑むのへ、小太郎は念を押した。

「おとっつぁんとおっかさんは『めおと』だから、『子作り』してもわるくないんだよね？」

「あ、ああ、そうだ」

「おれはおとっつぁんたちが『めおとのちぎり』をする前に生まれたから、おとっつぁんとおっかさんは『みっつう』じゃないんだよね？」

「そ――そういうことだ」

「おしょうさんも、おとっつぁんもおっかさんもわるくないって言ってた」

「その通りだ」

　葉が光太郎一筋なのは、小太郎がよく知っている。

　離れて暮らしていた時も、葉はずっと光太郎を慕っていて、他の男にはつれなくしていた。

　なのにどうして、健三郎は「ふぎみっつう」なんて言ったんだろう……？

　新たな疑問が生まれたが、両親に非はないと孝次郎に太鼓判を押されたことで、小太郎は安心して伸太と信次のもとへ遊びに行った。

四

　次の日。

　小太郎はうずうずしながら、手習いが終わるのを待った。

　九ツの捨鐘（すてがね）が鳴って、皆が帰り支度（じたく）を始めると、小太郎は先に指南所を出た健三郎を追って表で呼び止めた。

「健三郎」

「なんだよ？」

　健三郎の他、小太郎を追って来た伸太と信次も驚き顔で小太郎を見つめる。

「おれは、『ふぎみっつう』の子じゃないぞ。おとっつぁんもおっかさんも、『ふぎ』も『みっつう』もしてないからな！」

きっぱり言って胸を張ったが、健三郎がたじたじとなったのはほんの束の間だ。

小太郎はまだ三尺九寸ほどしか背丈がなく、健三郎より六寸ほども低い。

小太郎を上から見下ろして、健三郎はにやりとした。

「けど、お前の親は昨年祝言（しゅうげん）を挙げたんだろう？」

「う、うん……」

「そんなら、お前のおとっつぁんは、祝言の前におっかさんに手を付けたってことだよな？」

健三郎の言うことがよく飲み込めず、小太郎は思わず伸太と信次を振り返る。

が、信次はもちろん、伸太も判らなかったようで首を振った。

「それは……」

「だってお前はもう八つじゃないか。ということは、お前は二人が祝言を挙げるずっと前に生まれたってこった」

己が両親の祝言の前に生まれたことは確かであった。

小太郎は物心ついた時から母親と二人暮らしで、時折光太郎と顔を合わせるようになったのは、己が四歳になってからではなかっただろうか。

ふふん、と、健三郎が勝ち誇ったような笑みを浮かべた。

「つまりお前のおとっつぁんは、おっかさんと夫婦（めおと）のちぎりを交わす前に、おっかさんをはらませて、父(てて)なし子を産ませたんだよ」

それは「みっつう」ではない筈(はず)だが、やはり悪いことらしい――と、小太郎は遅まきながら理解した。

小太郎と葉が前に住んでいた長屋は、浅草の諏訪町(すわちょう)にあった。

勘次郎を始め、ほとんどの子供には生まれた時から父親が傍にいて、そのことは小太郎も承知している。己は長屋でも近所でも「父親はいない」ことになっていたものの、母親からは「遠くにいる」と教えられていた。

やがて光太郎と会うようになってから、小太郎は光太郎が諏訪町から離れた神田や深川など「とおく」の町にいることを知った。しかしながら、母親が祝言を挙げていない――「およめ」ではない――ことから、母親に倣って光太郎のことは「こうさん」と呼び、「おとっつぁん」と呼ぶのは控えていた。

一昨年、光太郎が葉に求婚し、昨年の睦月(むつき)にめでたく祝言を挙げた。二人が晴れて「めおと」になったことで、三人一緒に暮らすようになり、小太郎も光太郎を大っぴらに「おとっつぁん」と呼ぶようになったのである。

ふと、光太郎が葉に求婚した日が思い出された。

何やら嫌な夢にうなされていた己を、光太郎が抱っこして外に連れ出してくれたのだ。光太郎の胸は温かく、嫌な夢はあっという間に霧散して、小太郎はうとうとと昼寝を続けた。

　葉に呼ばれて眠りから覚めた小太郎は、光太郎が葉へ妻問いするのをぼんやりと聞いていた。葉は光太郎の言葉に泣いていたが、今の小太郎はあれが「うれしなみだ」だったと知っている。雨上がりの空にちょうど虹が架かっていたこともあり、三人で顔をくしゃくしゃにして喜んだものだが――

　あの時、おとっつぁんはなんて言ったんだっけ……？

　光太郎の妻問いの言葉を思い出そうとした途端、小太郎は言うに言われぬ不安に駆られた。

　押し黙ったまま、おそらく顔を青くした己を見やって、健三郎は更に笑った。

「あはは、ぐうの音も出ねぇみてぇだな」

　ぐいっと顔を近付けて、健三郎はにやにやした。

「お前のおとっつぁんはな、とんでもねぇろくでなしさ」

「ち、ちがうもん」

「ちがわねぇよ」

　小太郎の胸を一つ小突いて、健三郎は身体を起こしてふんぞり返る。

「お前のおとっつぁんはもてるからな。祝言を挙げるまでは、あちこちで遊び回ってたんだってな。きっと、おっかさんの他にも女がいたにちげぇねぇ」

「ち、ちが……」

　光太郎も葉一筋と思われたが、日頃「もてる」ところを見ているがゆえに、小太郎は言葉に詰まった。

「ちがわねぇよ」と、健三郎は繰り返した。

仲太と信次を始めとする指南所の子供たちの他、通りすがりの者たちもちらほらこちらを窺っている。

「おれは聞いたぜ。お前のおとっつぁんは、前に女とけんかになって、店をめちゃくちゃにされたこともあったんだ。お前のおっかさんと夫婦になる前のことだぜ」

「うそだ」

「うそじゃねぇ。ほんとのことさ！」

一層声を高くして、健三郎は言った。

「となり近所で聞いてみな！　父なし子を産ませたのも、他に女がいたのも、店をあらされたのも、全部ほんとのことさ！　お前のおとっつぁんは、顔がいいだけのろくでなしさ！」

「ちがう！」

己は父なし子だったやもしれない。

光太郎には葉の他に女がいたやもしれない。

店をめちゃくちゃにされたこともあったやもしれない。

だが、光太郎が「ろくでなし」でないことは己には明らかだ。

「おとっつぁんはろくでなしじゃない！」

「あはははは」

笑い飛ばすと、健三郎は拍子をつけてからかい始めた。

「ろくでなし！　ろくでなし！」

「このやろう！」

叫ぶと同時に地を蹴って、小太郎は健三郎に体当たりを食らわせた。

五

相手は少年とはいえ、六寸も背丈が違えば身体つきにも大きな差がある。

小太郎の体当たりで、健三郎は一度は尻餅をついたものの、すぐさま飛び起きて小太郎を難なく突き飛ばした。

小太郎も負けじとさっと立ち上がり、再び立ち向かって行ったが、今度は軽くいなされ、またもや突き飛ばされて地面に転がった。

転んだ際に脛と肘を打ち、痛みにうめいたところへ、師匠の声がした。

「こら、お前たち！　何をしている！」

師匠に促され、小太郎は健三郎と共に指南所へ戻った。

座敷で小太郎の傷を水に浸した手拭いで拭ってから、師匠は事の次第を問うた。

先に口を開いたのは健三郎だ。

「こいつが喧嘩を売ってきたんです」

「そうなのか？　小太郎？」

己の方を向いた師匠へ、小太郎はここぞとばかりに懸命に己の言い分を訴えた。

師匠は健三郎の悪口をたしなめたが、健三郎は「本当のことを言っただけ」とつんとしている。

「――先に手を出したのは、小太郎で間違いないのだな？」

「ええ、そうですよ」

「はい……」

健三郎が嫌みな口調で応える隣りで、小太郎は消え入るように頷いた。

指南所での喧嘩は「りょうせいばい」が常で、そうでなければ先に手出しした方が叱られる。小太郎と健三郎の双方から話を聞いて、此度も師匠は「けんかりょうせいばい」を言い渡した。

無傷の健三郎に対して、手足を痛めた小太郎は大いに不満であったが、己が先に手を出したのは事実である。

一言も謝ることなく健三郎が帰って行ったのち、小太郎は師匠に問うた。

「おれも、わる口でたたかったらよかったんですか？」

「いいや。悪口は相手の心を傷つける。現にお前は悪口で傷ついたから、手を出して仕返ししたんだろう？」

「でも、わる口も手出しもだめなら、おれはどうやってしかえししたらいいんですか？」

小太郎の問いに、師匠は微苦笑を浮かべて応えた。

「仕返しなぞ、しないことだ」

「でも――」

「お前はよくやったよ、小太郎。ご両親は不義密通なぞしていないと、健三郎にちゃんと言ったんだろう？」

「うん」

「おとっつぁんは――光太郎さんは――ろくでなしじゃないとも伝えたのだな？」

「うん」

「それでよかったんだ」

「でも……でも健三郎は大声で、おとっつぁんがろくでなしだって、うそを……」

「そうだな。健三郎は、光太郎さんがろくでなしだと思っているんだろう」

「おとっつぁんは、ろくでなしじゃない！」

「そうだ」と、師匠は穏やかに頷いた。「光太郎さんは、ろくでなしなんかじゃない。お前や私にとってはな。だが皆が皆、お前や私と同じように思うとは限らないのだよ」

歯がゆい思いは残っていたが、少なくとも師匠は――光太郎に関しては――己と意を同じくしていると知って、小太郎は礼を言って師匠に暇を告げた。

　表に出ると伸太と信次が待っていた。

「小太、あんなやつ相手にすんな」と、伸太。「健三郎は一人っ子だから、きっと小太を――おれや信次も――うらやんでるんだ」

　伸太にそう慰められて、小太郎は機嫌を直して指南所を後にした。

　葉が眠っていたため、昼餉の握り飯を持って伸太たちの長屋へ向かうと、光太郎が追ってやって来た。

「その足はどうした？」

　どうやら店先から、小太郎の脛の擦り傷を目ざとく見つけたらしい。

　常から「ぎり」や「にんじょう」、「きょうじ」にうるさい光太郎である。父親の「めいよ」のために戦った小太郎は、幾分誇らしげに怪我の理由を明かした。

　ところが。

　てっきり褒めてもらえるかと思いきや、光太郎はみるみる目を吊り上げた。

「莫迦野郎！　つまらねぇことしやがって！」

「ちょっと光太郎さん！」

　伸太と信次の母親のてるが、やはり目を吊り上げて光太郎を睨む。

「そんな言い草はないでしょうよ。小太は光太郎さんのために――」

「莫迦莫迦しい」

てるを遮って、光太郎は舌打ちした。

「言いたいやつにゃ、言わせときゃいいんだ。まったく、しょうがねぇな！」

「まあ！　見損なったよ、光太郎さん！　小太の手当ては私がするから、あんたはとっとと店にお帰りよ！」

「お、おっかさん……光太郎さんも……」

珍しく声を荒らげたてると光太郎の間へ、伸太がおろおろして割って入った。

「……悪(わり)ぃが頼みやす」

絞り出すようにそれだけ言うと、光太郎は小太郎を振り向きもせずに、むくれ顔で二幸堂へと帰って行った。

「しょうがないのはどっちさ、まったく！」

ぷりぷりしながら、てるが棚から膏薬(こうやく)を持って来た。

「痛むかい？」

てるが問うのへ、小さく首を振る。

擦り傷は既に乾いていて、痛みもそれほどでもない。だが、まさかの大目玉に小太郎は潤んだ目を袖で隠した。

「大した怪我じゃなくてよかったよ。でも、どんな怪我も甘く見ない方がいいからね。無茶しちゃいけないよ。……おとっつぁんもきっと、小太の怪我が心配であんなこと言ったんだよ」

そう、てるは慰めてくれたが、小太郎の気は晴れない。小言はこれまでに幾度もあったが、あんな風に怒鳴りつけられたのは初めてだった。

昼餉ののちは、伸太たちとしばし双六で遊んだ。

しかし、ともすると光太郎の顔と台詞が思い出されて涙しそうになるため、八ツを過ぎると小太郎は眠気を言い訳に家に帰った。

そっと引き戸を開くと、横になったまま葉がこちらを見やった。

「小太、早かったわね……？」

「うん。ねむいから、ゆうげの前にちょっとお昼ねする」

「あら……」

どことなく困ったような声と目に、小太郎は慌てた。

自分が一緒では「ゆっくり」できぬのだと踏んで、小太郎は急いで付け足した。

「勘次郎がないたらうるさいから、おれは二かいでねるからね」

「そう……」

少し前の己なら、健三郎や光太郎の理不尽な仕打ちを、葉に真っ先に訴えたことだろう。

しかし勘次郎が生まれて丸五日が経ったが、葉に回復の兆しはない。相変わらず青白い顔で、声も弱々しい母親にはとてもすがれず、むしろ怪我を悟られてはならぬと、小太郎は土間で着物の裾を直して脛を隠した。

葉が再び仰向けになって目を閉じたのを見て取って、小太郎は腰をかがめて、上がりかまちから二階への梯子までそろりと歩いた。

二階へ上がると、座り込んで思わず溜息をつく。

健三郎の嘲笑よりも、怒気を帯びた光太郎や、衰弱した葉の顔がちらついて小太郎の気を沈ませる。

勘次郎をうるさいなどと、邪険な口を利いたことも後悔していた。

脛の傷を今一度見やってから、小太郎は肘も確かめた。

肘には傷はないものの、勢いよく打ったため青く痣になっている。

痛みに顔をしかめた小太郎は、ふと腰を見やって息を呑んだ。

六

御多分に洩れず、小太郎も迷子札を入れた守り袋を腰に提げていた。

守り袋は縫い物が得意な葉の、根付は根付師でもある光太郎の手作りで、亥年生まれの己のために、どちらにも瓜坊の意匠が使われていた。

根付の瓜坊は伸ばした前足に頬を載せ、腹ばいで眠る姿をしているのだが、その左の前足に今までなかった疵が刻まれている。十中八九、転んだ際についたものだろう。

怪我を負ったばかりか、大事な根付を疵つけたとあっては、またもや大目玉を食らうに違いないと、小太郎は縮み上がった。

そうだ――

思いついて小太郎は、葉や勘次郎を起こさぬようにそろそろと梯子を下りて、まずは土間の棚から砥石を取って来た。

二階へ戻ると、砥石の角で根付の疵をこすってみる。すると、疵はやや薄くなったものの、疵の周りがざらりと汚らしくなり余計に目立つ。

じんわり滲んだ涙を拭って、小太郎は頭を巡らせた。

と、部屋の隅に置かれた光太郎の道具箱が目に入る。

――刃物は危ねぇからな。道具箱には触るんじゃねぇぞ――

光太郎にはそう言われていたが、道具箱には鑿や錐、木彫り刀の他、やすりが入っているのを小太郎は知っている。

やすりは「はもの」じゃないから……

そう己に言い聞かせて、小太郎は意を決して道具箱を開けた。

刃物には極力触れぬようにして、何本かあったやすりの中から目が一番細かいものを取り上げた。

そうっとやすりでこすってみると、疵もその周りも少し滑らかになった。

ようやく思い通りになったと、喜々として再びこすり始めたその途端、根付が手から滑り落ちた。

「あっ！」

小さく叫ぶと同時に、やすりの端が根付の代わりに指をかすめた。

左手の人差し指の中ほどが切れて、みるみるぷっくりと血が滲む。とっさに親指を当てて拳を作るも、思ったより深く切れたようで、指が血でぬるりとした。

やすりを放り出すと、小太郎は袖で拳を包んだ。そのまま拳を胸に抱くようにして注意深く梯子を下りると、草履を履いて引き戸を開く。

「小太……？」

「出かけて来る」

目を覚ました葉に短く応えて、小太郎は木戸から通りを窺った。

二幸堂は七ツで暖簾を下ろす。

小太郎には幸いなことに、店仕舞いまで半刻もない二幸堂には客が列をなしていて、店先の光太郎も桂五郎も客の相手に余念がない。

急いで通りを渡ると、二幸堂から木戸を挟んで隣りの本山堂へ飛び込んだ。

客の相手をしていた主の万吉が、小太郎を見て目を見張る。

「あの、おれ、ちょっとけがを……」

生薬屋ゆえに、本山堂には医者やその弟子がよく訪ねて来る。万吉がちょうど相手をしていたのも、隣町に住む医者だった。

脛の擦り傷よりも抱いている左手を目ざとく見やって、医者が言った。

「どれ、見せてごらん」

上がりかまちに座って丸めていた袖を開くと、血が小太郎の手のひらほどの染みになっている。血を拭い、傷を確かめてから医者が言った。

「縫うほどではなさそうだな。でも、何で切ったんだい？」

「その……おとっつぁんのどうぐで……」

奥から出て来たおかみのせいが、横から傷を覗いて声を上げた。

「まあ！」

「しぃっ！」

人差し指を口にやって小太郎は頼み込んだ。

「言わないで。だれにも言わないで」

「それはできないよ。着物も早く洗わなきゃ」

医者が巻木綿（まきもめん）で手当てを施す間に、せいは血で汚れた着物を洗うべく、てるに信次の着物を借りに行った。

ぎゅっと傷を握り込んでいた時はそうでもなかったが、手当てを受けた今、じんじんと傷が痛んだ。更に、道具箱は開けっ放し、やすりも放りっぱなしで来たことを思い出すと、胸も絞られるように苦しくなった。

今からでも隠しに行きたいところだが、せいの様子からして、遅かれ早かれ己が道具箱に触れたことは——言いつけを守らなかったことは——光太郎や葉に伝わるだろう。

やがて戻ってきたせいは、すまなそうに小太郎に言った。

「帰りに、ついでに光太郎さんに知らせてきたよ」

小太郎が信次の着物に着替えてまもなく、光太郎がやって来た。

小太郎を一瞥（いちべつ）すると、せいに深々と頭を下げる。

「どうも世話になりやした」

「着物はうちで洗っとくよ」

「ありがとうございます。助かりやす」

医者と万吉にも礼を述べると、光太郎は小太郎の襟首（えりくび）をつかんだ。客を避けるべく、板場の出入り口から店の奥へと小太郎を引っ立てる。

「ごめんなさい！　ごめんなさい！」

泣くまいとするも溢れる涙を止められぬまま、小太郎は必死で謝った。

座敷の上がりかまちに小太郎を座らせると、光太郎は仁王立ち（におうだ）ちになって小太郎を見下ろした。

「道具箱には触るなと言ったろう」

店先の客を慮（おもんぱか）ってか、低く静かな口調だが、それゆえに凄みを感じて小太郎は慄（おのの）いた。

「ごめんなさい……」

「謝りゃいいってもんじゃねぇ！」

大声ではないが、短く強く、吐き捨てるように言われて、小太郎は再び涙ぐむ。

――と、板場から七の怒声が飛んできた。

「いい加減にしな！」

のっしのっしと、七はその大きな身体を揺らしながら板場から出て来ると、振り向いた光太郎の前で負けじと仁王立ちになった。

「子供がこんなに必死で謝ってるのに、訳も聞かずに怒鳴りつけるなんて、大人げないにもほどがあるよ！」

「こいつが言いつけを破ったんだ。道具箱には触るなと、刃物は危ねぇからとあれほど口を酸っぱくして言ってたのに、勝手に触ってこのざまだ。一体何をするつもりだったんだ？　まさかとは思うが――小太、おめぇまさか……」

「この莫迦旦那！」

客に聞こえるのも構わず、七は今一度光太郎を怒鳴りつけた。

七

隣りに座った七に促されて、小太郎はぽつりぽつりと昨日からの一連の出来事を話した。

通いの七はいつもは七ツで帰るのだが、途中で七ツが鳴ったのちも、最後までしっかり小太郎の話に耳を傾けてくれた。

じっと聞き入る間に落ち着いたのか、光太郎はばつの悪そうな顔をして、話し終えた小太郎の前で膝を折った。

「……話を聞かずに怒鳴りつけたのは悪かった。だが、たとえ根付のためでも、道具箱に触ったのは間違いだぞ」

「うん」

「喧嘩もだ。そら、時には売らなきゃいけねぇ喧嘩もあれば、買わなきゃならねぇ喧嘩もあらぁ。けど、俺の悪口なんてつまらねぇことでは売り買いすんな。そんな喧嘩で怪我するなんざ、まったく莫迦莫迦しいからよ」

小太郎を見つめて、光太郎は再び詫びた。

「ごめんな、小太。つまらねぇ、莫迦莫迦しい、しょうがねぇってのは、全てこの俺のことさ。俺がもっとしっかりしてりゃ、変な噂を立てられることもなく、お前がつまらねぇ喧嘩をすることもなかった。俺は俺に腹が立って、お前に八つ当たりしちまった。お七さんの言う通りだ。大人げねぇことこの上ねぇや」

「で、でも……」

「つまらなくねぇぞ」

小太郎が異を唱えるより早く、板場から孝次郎の声がした。

板場と続きの戸口からひょいと姿を現して、孝次郎は光太郎を睨みつけた。

「莫迦莫迦しくもねぇ」

「孝次郎、余計な口出しは」

「兄貴だって、おんなじことをしたくせに」

自分を遮った孝次郎へ、光太郎はむっとして言い返す。

「俺ぁ、親父のために喧嘩を売り買いしたことなんざねぇ」

「そら、親父はろくでなしでも、そうと誤解されるような男でもなかったからな」

「む……」

光太郎が言葉に詰まると、孝次郎は眉間の皺を解いてほんのり口角を上げた。

「けれども、兄貴は俺を庇ってくれたじゃねぇか。餓鬼の頃、俺の傷痕をからかった隣町の連中に、一人で向かって行ったじゃねぇか。兄貴と小太と――いってぇどこが違うってんだ？」

「むむ……」

孝次郎曰く、十五年ほど前、火傷痕を「うずらのたまご」に見立てた隣町の子供たちによくからかわれていた。

孝次郎は十歳の時に己丑火事で大火傷を負った。燃えた梁の下敷きになったために、梁を押しのけようとした左手のひらには大きな引っつれが、首の左側から右の腿にかけては火傷痕がまだら模様に広く残っている。

——まーだら、まだらの、うずらのたまごー。ぼつぼつまだらの、うずらのたまごー……——

孝次郎を指差しながら、そんな風に囃し立てていた子供たちに、通りかかった光太郎は問答無用で飛びかかったそうである。

「あん時は三人だったな」

「おとっつぁん一人で、三人にけんかを売ったの？」

「ああ、そうだ。最初の一発はうまくかましたんだが、一人と三人じゃ無理があらぁ。たちまちやり返されて、寄ってたかって殴られるわ、蹴られるわ……」

「黙れ、孝次郎」

「続けてください、お師匠」

光太郎は止めようとしたが、七はにやにやしながら先を促した。

店の片付けや明日の仕込みにかかっていた八郎、良介、桂五郎も、手を止めてこちらを窺っている。

皆を見回してから、孝次郎は続けた。

「兄貴は近所でも人望篤い——ええとつまり、人気者でな。意気地なしの俺がおろおろしている間に、一人二人と加勢——味方——が増えた」

「じゃあ、おとっつぁんが勝ったの？」

勢い込んで問うた小太郎へ、孝次郎は苦笑を浮かべた。

「ところがどっこい、喧嘩を聞きつけたやつらがそれぞれの町のやつらに味方してな。みるみる十何人もが入り乱れる大喧嘩になって、結句、兄貴は番屋にしょっ引かれちまった」

「おとっつぁん、おなわになったの……？」

おそるおそる小太郎が光太郎を見上げると、「莫迦を言え」と光太郎は慌てて首を振り、孝次郎はくすりとした。

「番屋には相手の親分もしょっ引かれたさ。番人のおじさんは、小太のお師匠さんみてぇに、どちらの言い分もちゃあんと聞いてくれた。でもって、小太と同じく喧嘩両成敗に落ち着いた。悪口を言ったのは相手が悪ぃが、手を出したのは兄貴が悪ぃってな」

「なんだ。やっぱりりょうせいばいか……」

どことなくがっかりした小太郎へ、孝次郎は今度はにっこり微笑んだ。

「けどよ、相手は番屋に着くまでに泣き出しちまったが、兄貴は最後まで泣かなかった。帰り道でも少しも顔を隠さなかった。番屋を出た時にはもう、こう、殴られた顔がぷっくり腫れてたってのによ」

両手でおたふくのごとく丸い顔を孝次郎は示して見せる。

「お岩さんより恐ろしい顔になった兄貴を見て親父は慌てたが、頭ごなしに叱りはしなかった」

「ちぇっ。だから俺が悪かったたって言ってるだろう」

光太郎のぼやきをよそに、孝次郎は続けた。

「兄貴の言い分を聞いて、そんなら仕方ねぇ、けど、言いたいやつには言わせとけ、つまらねぇやつらのために、お前が怪我するこたぁねぇ——そう、親父は……小太のじいさんは言ったんだ」

——言いたいやつにゃ、言わせときゃいいんだ——

光太郎も同じことを言ったと思い出しながら、小太郎は素直に頷いた。

「此度の喧嘩は仕方ねぇ。だがな小太、喧嘩なんて、売らねぇ買わねぇに越したこたねぇ」

「……うん」

「それからな」

笑みを消して真顔になって、孝次郎は小太郎を見つめた。

「喧嘩はさておき、兄貴の——おとっつぁんの言いつけを守らなかったのは感心しねぇ。あろうことか職人の道具を勝手に使うなんざ——ましてや不用心に怪我するたぁもっての外(ほか)だ。此度は大事にならなかったが、取り返しのつかねぇ始末になることだってあるんだぞ」

こくりと孝次郎へ頷いて、小太郎は上がりかまちから立ち上がって、光太郎へ頭を下げた。

「おとっつぁん、ごめんなさい」

「おう」

「ねつけもきずつけちゃって、ごめんなさい」

「根付のこたいいんだ。気にすんな」

光太郎が己の頬をひと撫でするのを見て、孝次郎が言った。

「さて、二人のおかげですっかり仕事が遅れちまったからよ。夕餉の前にちと手伝ってもらおうか」

七を帰してしまうと、孝次郎は小太郎たちを板場に手招いた。

「良介も板場に慣れてきたからな。そろそろうちでも何か甘くない物――御手洗団子でも作ろうかと思ってよ」

「おお、やっとか！」

光太郎が喜びの声を上げ、桂五郎も嬉しげに目を輝かせた。

光太郎が言うには、店を広くして表に縁台を置くようになってから、握り飯やら餅やら「甘くない物」を所望する客が増えたそうである。

「握り飯は握るのが、餅はつくのが手間だ。何よりうちは菓子屋だからな。握り飯やらただの餅やらを置くのは、どうも気に食わねぇ。けど、おととい、祝い菓子のついでに思いついてよ。御手洗くれぇならいいかと思って、昨日、暁音さんに出稽古のついでに旨い醤油を買って来てもらったんだ。並の、醤油につけて焼いただけの御手洗じゃつまらねぇからよ。うちでは団子に甘酒を混ぜてみようと思う。俺が種を作るから、良介は蒸しを、兄貴と小太は団子を丸めてくんな。桂五郎は串に刺すのを、八は良介と焼きを頼む」

てっきり片付けを手伝うものと思った小太郎は、思わぬ「しごと」に孝次郎と光太郎を交互に見上げた。

「い、いいの？　おれもいいの？」

「ああ、今日のところはな」と、光太郎。「だが、板場はこうの字の道具箱みてぇなもんだ。今日はこうの字の許しがあるからいいけどよ。これからも勝手に出入りすんじゃねぇぞ」

「うん」

光太郎は、時折孝次郎を「こうの字」と呼ぶ。二幸堂は幸い二つと書くが、光太郎の「こう」と孝次郎の「こう」、二つの「こうの字」にかけて名付けられた。

兄弟が見交わして微笑み合うのへ、小太郎も嬉しさ倍増だ。

上新粉に、温めて濾した甘酒を孝次郎が少しずつ足していく。御手洗団子は主に良介に任せるそうで、良介は殊にじっと孝次郎の手元を見守っている。

せいろに入れた種を良介が蒸す四半刻余りの間、孝次郎と八郎は明日の仕込みにかかり、小太郎は光太郎と桂五郎と共に店先と板場の片付けに勤しんだ。

やがて蒸し上がった種を、孝次郎が再びこねた。

「こねるよりつく方が易しいからよ。良介や桂五も使えるような、小さな杵と臼が欲しいんだが」

「おう。じゃあ、明日にでも見繕ってくら」と、光太郎。

「種は耳たぶくらいの柔らかさでな」

そう良介に向けて言いつつ、孝次郎は右手で種を、左手で隣りの光太郎の耳たぶをつまむ。

「うん、ちょうどいい」

「何しやがる！」

声を上げ、耳に手をやった光太郎は、孝次郎を睨みつけながら、反対側の手でくすりとした小太郎の耳たぶをつまんだ。

「わぁ！」

「そうか、うん。これくらいか」

「くすぐったい！　くすぐったいよ、おとっつぁん！」

板場が笑いに満ちたところへ、暁音が出稽古から帰って来て微笑んだ。

「まあ、賑やかなこと」

怪我した指を庇いながらも、小太郎は光太郎と並んでせっせと団子を丸めた。

「あのな、兄貴。これも球切りがありゃあもっと楽になるんだが……」

　球切りというのは、上下の板に団子の大きさの溝があり、棒状の種を挟んで板をすり合わせると種が切れて丸くなる道具だそうだ。

「判った、判った。そいつも明日にでも――」

「それが、兄貴。そこらですぐに手に入るような代物じゃねぇんだよ」

「そんなら俺が作ってやっから、寸法を決めておけ」

　根付師だけに、光太郎は木を扱うのが得意だ。器用者でもあり、ちょっとした大工仕事や道具作りは職人に頼むまでもなく自分でこなしてしまう。二幸堂の看板も光太郎の手作りで、看板を見上げる度に小太郎は光太郎が誇らしくなる。

　丸めた団子は桂五郎が四つずつ串に刺していき、串刺しになったものを孝次郎が醤油につけて、網に並べる。八郎が良介に火加減や焼き加減を教えながら焼いていき、みるみるうちにもっちりとした香ばしい御手洗団子が出来上がった。

「うん、旨い」と、光太郎がにっこりするのへ、

「うまい！」と、小太郎も顔をほころばせた。

　男六人で和気あいあいと、ひとしきり焼き立ての団子に舌鼓を打つ。

　葉や長屋の皆への土産の団子を持って、小太郎は光太郎と二幸堂を後にした。

　勘次郎も早く大きくなればいいのに……

　光太郎と孝次郎兄弟に重ねて、からかい合ったり、一緒に何かを作ったりする自分たちの姿を想像する。

にやにやしながら木戸をくぐり、意気揚々と土産の団子を長屋で配って歩いた。

葉は小太郎の怪我を知って、ただでさえまだ青い顔を曇らせた。だが、光太郎と小太郎が交互に口を開き、喧嘩の理由から共に団子作りを手伝ったことまで話すうちに少しずつ顔が和らいで、小太郎は胸を撫で下ろした。

団子は味見の二玉だけだったが、粥（かゆ）はしっかり平らげた葉を見て、光太郎も安堵の表情を浮かべた。

八

翌日の手習いは少々気まずかった。

隣りの座敷を――健三郎を――見ないように、その分手習いに励み、己を気遣う伸太や信次をありがたく思いながら、昼九ツの鐘を聞いた。

長屋に帰ると、光太郎が家で待っていた。

「今日はおとっつぁんと出かけてらっしゃい」

夜具の上で、勘次郎を抱いた葉がにっこりとした。

「おとっつぁんと？」

「そうよ。二人でお遣いよ」

昨日孝次郎が言っていた杵と臼でも買いに行くのかと思いきや、以前住んでいた諏訪町の長屋を訪ねてくれという。

「ほら、月初めに進造さんたちがお菓子を買いに来てくださったでしょう?」

「うん。おっかさんにたまごをもって来てくれた」

進造は諏訪町の長屋の大家だ。もう「産後」だろうと、妻のせつと一緒に、葉の滋養になるよう卵を届けてくれたのだが、勘次郎はまだ生まれておらず、葉を案じながら二幸堂の菓子を買って帰って行った。

「勘次郎が無事に生まれたことを、進造さんたちや長屋のみんなに知らせて来てちょうだい」

「合点だ!」

急ぎ昼餉の握り飯を腹に入れて、小太郎は光太郎と長屋を出た。

小太郎は時折、七や彦一郎が住む両国の長屋に「おとまり」するが、浅草の方まで足を延ばすのは久しぶりだ。

両国橋までは大川の東側を歩き、両国橋を渡って浅草御門を抜けた。茅町と御蔵前を通り過ぎると、二町余りで諏訪町が見えてくる。

せつはあいにく留守だったが、進造は大喜びで小太郎たちを迎えてくれた。

手土産として光太郎が差し出したのは、「旅路」という名の、大納言を寒天で細長く包んで乾かした、珪石に似た菓子だ。孝次郎が暁音のために作った「家路」は、大納言の他、刻んだ栗の渋皮煮が入っているのだが、栗が手に入らぬ季節は大納言だけを使い「旅路」として店で出している。

　早速一口食べて、進造が目を細める。

「うん、こりゃ初めて食べるが、旨いなぁ。小豆の味がしっかりしとる。二幸堂がもっと近けりゃいいのになぁ」

「そのうちもっと大きくなったら、浅草にも店を出しやすよ」

「是非、そうしておくれ」

　八ツを少し過ぎた時刻で、おやつを済ませた長屋の子供たちは、赤子を除いて皆遊びに出ていた。

　久しぶりに皆の顔を見たかったが、勘次郎のことを伝えるという「おつかい」ゆえに、小太郎は進造に問われるままに、勘次郎や葉、祝い菓子のことを話した。

「どっちも無事で何よりだよ」

　進造が言うのへ、光太郎も頷く。

「お葉は昨日まではなんだか優れなくて大分気を揉みやしたが、ようやっと顔色が良くなってきてほっとしておりやす」

「二月（ふたつき）ほどは油断ならんでな。大事にしてやってくれ」

「はい」

　再び頷いてから、光太郎は改まって口を開いた。

「今日は他にも、進造さんにお訊きしたいことがあって来やした。その……お葉から、小次郎（こじろう）さんのことを聞いて来るようにと……小太も一緒に」

「小次郎さんのこと？」と、進造より先に小太郎は問い返した。

「そうだ。お前の――おとっつぁんのことだ」

「おとっつぁん……？　おとっつぁんは、おとっつぁんじゃないの？」

小次郎の名は、この長屋で幾度か耳にしたことがあった。ただ、大人たちの口調や素振りから既に故人であると知れていたから、小太郎を始め、子供たちの口に上ったことはなかった。

驚きと不安に胸が早鐘を打ち始めた小太郎の手を、光太郎が取ってしかと握った。

見上げた己へ、いつになく真面目な顔で、だが手は放さずに光太郎が言う。

「俺はお前のおとっつぁんだ。ただ、実の……血のつながったおとっつぁんじゃねえ。お前の実のおとっつぁんは小次郎さんってお人なんだ」

「そうとも」と、進造。「だから小太、そう驚かずに聞いとくれ」

進造の話をじっくり聞いて、小太郎は小次郎が己の実父であることを解した。

小次郎と進造の三男の浩三（こうぞう）は、三十間堀（さんじっけんぼり）にある献残屋（けんざんや）の奉公人にして友人だったそうである。小次郎は十六歳の時に浩三を介して葉と出会い、十八歳で祝言を挙げた。祝言を機に小次郎は通いとなり、深川は堀川町（ほりかわちょう）に住むようになった。

小太郎が生まれたのは二人が二十三歳になってからだ。だが、小次郎が五年も待ち望んだ赤子と過ごしたのはほんの一年ほどで、小次郎は小太郎が一歳を迎えてまもなく疝気を患って急死した。

　小次郎の死後、二人の仲を取り持った浩三が、身寄りのない葉と小太郎を案じて、葉は小太郎と共に諏訪町の進造の長屋へ引っ越した。

「儂はおととしまで知らなんだが、光太郎さんは四年前にはもう、お葉さんを見初めていたんだってな？」

「ええ。四年前、回向院で小太を連れたお葉に出会って……」

　小太郎は当時四歳で、物心ついてまもない頃だった。

「俺は小次郎さんに、お葉は俺が昔死に別れた女――お純ってんですが――に面影が似ていたものだから、互いに、とっさに幽霊が現れたかと驚いたんです。そっくりというほどではないんで、幽霊じゃないのはすぐに判ったんですが、もしや親類ではないかと、お互い名乗り合って身の上を少し明かしました」

　話してみて他人の空似であることが知れ、その時はなんの約束もせずに別れたが、二人ともどことなく相手が気になって、翌月の同じ日、同じ時刻に回向院を訪れて再会を果たした。それから時折回向院や浅草寺詣でを共にするようになり、二年ほどが過ぎてから、ようやく祝言に至ったのだ。

「お葉が言うには、小次郎さんのことは、なんとなく小太には言いそびれてきたそうでな……」

　小太郎が今少し言葉が達者になったら、生き物の死を解する年頃になったら、と先延ばしにしているうちに葉は光太郎に出会った。光太郎に懐くにつれて、小太郎には光太郎を父親だと誤解している節が見られるようになり、ますます小次郎のことは切り出しにくくなったらしい。

「だが、けして小次郎さんをないがしろにしようとしたんじゃねぇ。その反対さ。いつ話したものかと、お葉はずっと悩んでたってんだ。好いて一緒になって、小太みてぇな子宝を授かったんだ。おっかさんは、本当はずっと小太に実のおとっつぁんの——小次郎さんの——ことを明かしたかったんだが、小太がその、今少し大きくなってからと気を回して、結句、今日になっちまった」

戸惑いは大きいものの、此度「じつのおとっつぁん」のことを明かしてもらえたのは、己が充分「大きくなった」からかと、少しばかり嬉しくもあった。

そっくりではないが、小太郎の顔は光太郎に似ているところがある。ゆえに、己と光太郎の間に「ちのつながり」がないとはにわかには信じられぬことだった。

だが、進造と光太郎の話を聞くうちに、これまでの「おとっつぁん」にまつわることが腑に落ちた。

光太郎が実父——「ちのつながったおとっつぁん」——ではないと知ってすぐは血の気が引いたが、ほんのしばしのことだった。

光太郎はずっと己の手を握ったままで、その手は小太郎の手をすっぽり包んでしまうほど大きく、温かい。

そのぬくもりは疑いようのない「ほんもの」で、実の父親が誰であれ、光太郎も紛れもなく己の父親なのだと信じられた。

「勘次郎の名も、実は次男だからってんじゃねぇ。勘は俺の親父の勘太郎から、次郎は小次郎さんからいただいたのさ」

孝次郎が「じいさん」と呼んだ、光太郎の父親にして己の祖父の名を、小太郎は初めて知った。

長屋は違うが葉はもともと諏訪町の出で、幼い頃に二親を亡くし、近所の子供のいない夫婦に引き取られたそうである。その養親たちも、葉が身を固める前に相次いで病で亡くなった。

「小次郎さんも親兄弟を早くに亡くしておってな。母親は弟のお産の際に、弟は半年足らずで亡くなったそうだ。兄も一人いたそうだが、父親と共に己丑火事で亡くなった。それゆえ、一人残されたお葉さんを余計に案じたんだろう。独り立ちするまでは嫁取りなぞとてもできんと思っていたようだが、店主に願い出て祝言と通いになる許しをもらったそうだ。息子が言うには店主は難なく応じたそうだが、小次郎さんには清水の舞台から飛び降りるがごとき大ごとだったらしい。小次郎さんは見かけによらず口下手で、光太郎さんよりずっと——ああ、いや、幾分——真面目な男だったでなぁ」

浩三は若い時分に時折、藪入りで小次郎を家に連れて来たことがあったという。

「小次郎さんは口は下手だったが、算盤と書き方は得意だったから、店では外回りはせず、大福帳を任されとった。殊に算盤は滅法速くてなぁ……長屋や近所の者が何度も勝負を挑んでは負けて、悔しがったもんだ。算盤だけでなく、ともかく算術に優れていて、店には時に学者先生が小次郎さん目当てにやって来て、小難しい話をすることもあったそうな」

旅路をつまみつつ、進造から更に四半刻ほど小次郎の想い出話を聞いた。

「そうだ。これを持っておゆき」

帰りしな、進造が土間の小さな笊から何やら黒い粒を懐紙に取り分けた。

「これ、なぁに？」

「朝顔の種だ。先日分けてもらっていたのを、さっき祝い菓子の話を聞いて思い出したんだよ。今年はもう大分暖かいから、近々蒔いておくといい」

「わぁ、ありがとう、しんぞうさん」

礼を言って、小太郎は朝顔の種を守り袋にしっかり仕舞った。

根付の疵が目について、進造に見えぬよう手で隠すと、それを目ざとく見ていた光太郎が言った。

「実は、とっておきの根付があるんだ。帰ったら、そいつと取っ替えてやらぁ」

「とっておき？」

興味津々で見上げた小太郎へ、光太郎が目を細めて頷いた。

九

諏訪町からの帰り道、おずおずと小太郎は問うてみた。

「……あのね、おとっつぁん、『せんき』って何？」

病の一つでそれが小次郎を死に至らしめたことは判ったが、どんな病か進造宅では訊きそびれたのである。

「疝気ってのは、有り体に言やぁ腹痛だ。急に痛むこともありゃ、じわじわと長く患うこともある」

「おっかさんもおなかをおさえていたよ。おっかさんはせんきじゃないよね？」

「おっかさんの腹痛はお産のせいで、疝気じゃねぇ――に違ぇねぇ。お産は産む前も産む時も腹痛になるが、産後の肥立ちっていってな、産んでからもしばらくは腹や腰が痛むんだ」

「おさんはいのちがけだから……」

勘次郎が生まれた日の光太郎の言葉を思い出して、小太郎はつぶやいた。

「そうだ」

大きく頷いてから、光太郎は躊躇いがちに切り出した。

「……さっき、お葉と出会う前に、俺はお純って女と死に別れたという話をしたただろう？　お純は実は、お産がもとで亡くなったんだ」

　臨月に流産し、そのまま寝付いて、十日ともたなかったという。

「それから、秀治さんの話を覚えてっか？　『今度こそ』って秀治さんは言ったろう？　秀治さんちはおめでたは三回目だそうだ。前の赤子は、二人とも二つにならねぇうちに逝っちまったとか」

　つい先ほど、小次郎の母親もお産で、弟も赤子の時分に亡くなったと聞いたばかりだ。問い返さずとも、光太郎の言う「いっちまった」が「しんでしまった」だと判って、小太郎は慄いた。

「二度目のお産は、おあつさんも危なくてな。産後、一年ほども身体を悪くしてたってんだ」

　――今度こそ――

　そう言った秀治を思い出して、小太郎はうつむいた。

　同時に、勘次郎の誕生に涙していた光太郎の姿も思い出された。

　生まれてまもない勘次郎や、葉の産後の肥立ちへの不安もまた、光太郎の「八つ当たり」の一因だったのだろう。

「おっかさんは、だいじょうぶだよね？」

「ああ。峠は越したようだと――もう大丈夫だろうと、お依さんも言ってたさ。けど、油断はならねぇぜ。すっかり治るまで、おっかさんにはちゃんと休んでもらわねぇとな」

「うん。おれ、なんでも手つだうよ。二月はゆだんしちゃだめって、しんぞうさんが言ってたね。おれ、おっかさんも大事にするからね」

「そうだな。だがな小太、油断ならねぇのはこの先もずっとだぞ。危ねぇのはお産だけじゃねぇからな。お産に病に怪我や火事——世の中、いつ何時（なんどき）、何があるか判らねぇ。お七さんだって、親兄弟を何人か火事で亡くしてる。小次郎さんがおとっつぁんと兄貴を亡くした己丑火事って大火事でな。八の弟は流行病（はやりやまい）で命を落としたらしいし、吉や俺も親父を病で亡くしてる。……指南所の健三郎もだ」

「健三郎も？」

「そうだ。上に兄貴が二人いたそうだが、二人とも幼い頃に亡くなったと聞いた」

一人っ子じゃなかったのか……

——いつまでも浮かれてんじゃねぇ——

思い出された健三郎の言葉が罵声とは違って聞こえて、小太郎は口をつぐんだ。

「怖がらせるつもりはねぇんだが、赤子の勘次郎はもちろんのこと、小太もまだ子供だからな。そういう小さな怪我だって、命取りになることがあるんだ」

光太郎が言うのへ神妙に頷いてから、小太郎も光太郎へ言った。

「孝次郎さんは、おとっつぁんもけんかでけがしたって言ってたよ。おとっつぁんもけがしちゃだめだよ」

「はは、そうだな。お前のことばかり言えねぇな」

「やまいにも気をつけてよね。……おとっつぁんがしんだらいやだよ。おれも、おっかさんも、勘次郎も」

「てやんでぇ」

苦笑を浮かべて光太郎は足を止めた。

それから膝を折ると、小太郎の頬を撫でて言う。

「小太、疲れてねぇか？　おぶってやろうか？」

浅草御門を過ぎたところで、家までまだ半里ほどある。

本音を言えば大分疲れていたものの、道すがら、おんぶや抱っこをされているのは皆、己より小さな子供たちだ。また、小太郎はこの一年で二寸近く背丈が伸びたが、光太郎は変わらぬままである。

「ううん、おれ、平気だよ」

気恥ずかしさと光太郎への気遣いから小太郎が首を振ると、「そうか」と、光太郎はどことなく残念そうだ。

おぶってもらう代わりに、進造宅でそうしたように今一度手をつないでもらおうかと思ったが、「平気」だと言った手前、それもなんだか恥ずかしい。

もじもじとして、小太郎は違うことを口にした。

「おとっつぁん、おれね」

「なんだ、小太？」

「おれ……さんじゅつは、あんまりとくいじゃない……」

ぷっと噴き出して、光太郎は再び小太郎の頬を撫でた。

「まだこれからさ。小次郎さんにゃ敵わねぇが、俺も算術は得意な方だ。判らねぇ時はいつでも訊きな」

十

帰りしな、二幸堂で湯桶を借りて先に湯屋へ向かった。

さっと遣いの汗を流して家に戻ると、夕餉を始めてまもなく六ツの鐘が鳴る。

夕餉の席で、小太郎は進造から話を聞いたことを葉に伝えた。

何を聞いたかは詳しくは語らなかった。

「あのね、おれ、わかったよ。おれにはもう一人、小次郎さんっていうおとっつぁんがいたこと、おれ、ちゃんとわかったからね」

それだけ言うと、「そう」と、葉は嬉しげに微笑んだ。

「あなた、小太、お遣いありがとう」

葉の夕餉は今日も粥だったが、葉はお代わりしてしっかり食べた。床上げまではまだしばらくかかりそうだが、頬には赤みが戻り始めていて小太郎を安堵させる。

光太郎と洗い物と歯磨きを済ませたのちに、厠へ行って戻ると、葉と何やら話していた光太郎が手招いた。

「根付のことなんだがな……」

光太郎が切り出す傍らで、葉が二人の間に置かれた針箱から、端布に包んだものを取り出した。

「とっておき？」

「そうだ。とっておきさ」

葉が差し出したものを、光太郎がつまんで小太郎の手のひらに載せた。

直径一寸半ほど、厚さ半寸ほどの饅頭根付であった。

透かしではないが、観世水文様の中に二匹の大小の亀が彫られている。

「こいつはな、小次郎さん――小次郎おとっつぁんが、小太のために支度していた根付だ」

「小次郎……おとっつぁんが……？」

「ええ」と、葉が頷いた。「小太が歩くようになったら、もしもの時に備えて守り袋を持たせましょうって話したら、おとっつぁんたら先走って、小太がはいはいを始めてすぐにこれを買って来たの。……おとっつぁんが亡くなってしばらくして小太は歩き始めたけれど、小太にはまだ早いと思って仕舞っておいたのよ」

「小太が手習いに通い始める少し前に、守り袋を新調するっておっかさんが言ったのさ。でもって、この根付を持たしてやりてぇから、揃いの守り袋を作るってな」

　指南所に通い始める前も小太郎は迷子札を入れた守り袋を身に着けていたが、背守りのごとく千鳥が荒い目で縫い取られただけの今よりずっと質素なもので、根付ではなく紐で帯にくくり付けていた。

「けど、俺がおっかさんを止めたんだ。七つ八つじゃまだ早い。かけっこして転んだり、友達と悪ふざけして揉み合ったりして、せっかくの根付をおしゃかにしちまうぞ――なんて、それらしいことを言ってな。だが本当はただ、小次郎おとっつぁんに嫉妬――つまり焼き餅を焼いてたのさ。なんてったって、小次郎おとっつぁんは小太の実のおとっつぁんだからな。ましてや、俺ぁ根付師だからよ。こいつぁ負けちゃいられねぇと思って、瓜坊の根付を彫ったのよ」

　微苦笑を浮かべて、光太郎は続けた。

「小太はまだ八つだが、もう喧嘩は懲りたろう？　信次たちとふざけることはあるだろうが、こいつは岳樺（だけかんば）っていう滅法（めっぽう）硬い木が使ってあるから、ちょっとやそっとじゃ欠けたりしねぇ。おっかさんは、ちょうどしばらく縫い物の仕事はお休みだからよ。勘次郎の世話の合間に守り袋も新しくしてもらおうや」

「いらないよ」

　とっさに言うと、光太郎と葉は揃ってまじまじと小太郎を見た。

　饅頭根付は意匠も細工も申し分なく、小次郎の心遣いも胸に染みた。

だが、それはやはり、今の己には「早い」と小太郎には思われた。

「まだいいよ」

言い直して、小太郎は饅頭根付を葉に返した。

腰の根付に触れながら、葉と光太郎を交互に見やる。

「おれ、おとっつぁんのうりぼうのねつけが——まもりぶくろも——気に入ってるもの。小次郎おとっつぁんのねつけは、もっと大きくなってからでいいよ。おれはまだしばらくうりぼうで……うりぼうがいい」

葉と顔を見合わせて、光太郎は顔をくしゃくしゃにした。

「そうか。そんなら、そいつをちょいと直してやらぁ。——どうだ、小太？　小太もちと手伝うか？」

「うん！　おれもちと手つだう！」

喜び勇んで頷いた小太郎を、光太郎は二階へいざなった。

小太郎を隣りに座らせて、光太郎は行灯の灯りのもとで根付の疵を確かめた。

疵は瓜坊が伸ばした左前足の、蹄に主についている。

光太郎は道具箱から切出刀を取り出し、蹄を左右両方とも落として切り口を丸く削った。これだけで疵のほとんどはなくなったが、足は短くなって不格好だ。

小太郎がじっと見守る中、光太郎が今度は切出刀を瓜坊の顎の辺りから腹の方へとあてていくと、みるみるうちに曲げた足が彫り出された。

「ほら、これでおかしくねぇだろう？」

「うん、ちっともおかしくない」

根付師としての光太郎の仕事を見るのは、これが初めてだった。感心するあまり、小太郎は光太郎に改めて尊敬の念を抱いた。

「おとっつぁん、すごい！」

「おう。こんなのは朝飯前だぜ」

根付を持ち替えながら、光太郎は丹念に切出刀で彫ったばかりの足をなぞる。

「小太がちゃんと一番目の細けぇやすりを選んだのは褒めてやりてぇが、俺ぁやすりは滅多に使わねぇんだ。切出で削った方がずっと綺麗に仕上がるからな」

粉のごとき木屑がこぼれて、両前足が少しずつ滑らかになっていく。

「さ、仕上げは木賊だ」

「とくさ？」

「うん。小太の出番だぞ」

光太郎に促されて、小太郎は光太郎の膝の上に座った。

渡されたのは、道具箱に無造作に、ごみのごとく入っていた枯草だ。

小太郎の左手に根付を握らせると、葉のお産の時のように、光太郎は背中から己を抱きかかえるようにして、小太郎の手に自分の手を添えた。

「こうやってな、木賊で磨くと艶が出るんだ」

光太郎の手本通りちまちまと、前足だけでなくその周りも磨いていく。

すると、表面が艶やかになったばかりか、彫り立ての木地の色の違いが目立たなくなった。

「おれ、もっとみがく」

ついでに瓜坊の頭やら背中やらを磨いていると、光太郎が背中からこつんと微かに額を小太郎の頭に当てる。

「すまねぇ、小太。ほんのひとときだが、俺はお前を疑った。もしやお前が、道具箱から刃物を持ち出したんじゃねぇかってな……」

昨日は七に「莫迦旦那」と怒鳴られて口をつぐんだが、どうやら光太郎は、己が刃物で健三郎に仕返ししようとしたのかと束の間疑ったようである。

「そ、そんなことしないよ」

光太郎を振り向いて、小太郎は慌てて首を振った。

「だって、やすりでちょっとかすっただけでもいたいのに、はものでしかえしなんてとんでもないよ」

「そうだ。とんでもねぇことだ」

「けんかもね、もう売らないよ。仲太がおしえてくれたんだ。けんかを売ってあいてにけがをさせたら、『ちゅうついほう』になって、ふかがわにはすめなくなるんだって」

「ははは っ、仲太は物知りだな」

光太郎が笑ったのが嬉しくて、小太郎は再び根付を磨き始めたが、長い一日の疲れが出たのか、ほどなくして眠気に襲われた。

とろんとして光太郎にもたれると、光太郎が己の手から木賊と根付を取り上げた。

「もういいだろう。もうすっかり綺麗になったさ」

「うん……」

急に重くなった目蓋に困っていると、光太郎はくすりとして小太郎を抱きかかえて立ち上がった。

「大きくなったなぁ……」

半ば担ぐようにして己を左手で抱き直し、光太郎がゆっくり梯子を下りて行く。

前にも、こんなことがあった……

ぼんやりと小太郎は思い出した。

ああそうだ。みんなでいっしょににじを見たっけ……

光太郎が葉に妻問いした日のことである。

忘れていた光太郎の言葉も思い出した。

——顔かたちの他、俺と前の亭主は似てねぇそうだが、俺がこの世で一番好いてる女はお前で、一番好いてる子供は小太だ。そこんとこは間違ぇなくそいつと一緒と思うのさ——

あの時は起き抜けで、おまけに己が今よりもっと無知だったため、光太郎の言葉の意味がよく判っていなかったのだ。

そうだった……と、小太郎は光太郎の肩にもたれて微笑んだ。

どっちのおとっつぁんも、おれたちが一番だって言ってくれたんだ。

どっちもおとっつぁんだから、おれたちが一番だって……

一階に下りると、光太郎が己を夜具に寝かせてくれたが、目を閉じたまま、小太郎は頭を振って光太郎にしがみついた。

「おとっつぁん、だっこ……」

抱っこをせがんだのは久しぶりだ。殊に葉の「おめでた」が知れてからは、もう赤子ではないのだから、兄になるのだからと、小太郎なりに「大人ぶって」きた。

隣りで横になった光太郎が、ぽんぽんと己の背中を優しく叩く。

「よしよし」

ふと、己が勘次郎のごとく赤子に戻ったような――否、己も勘次郎のごとく生まれたてだったことがあったのだと、小太郎は悟った。

残念ながら、小次郎の記憶は己にはない。しかし、小次郎が赤子だった己を、同じようにあやしてくれただろうことは容易に想像できた。

「よしよし」

光太郎の腕の中で胸の鼓動に耳を澄ませるうちに、小太郎はふわりと穏やかな眠りに就いた。

十一

翌朝、己が磨いた根付を腰に、小太郎は上機嫌で指南所へ向かった。

実父の小次郎に加えて光太郎も算術が得意なことを知って、今まで苦手としていた算術が今日は何やら楽しかった。

九ツが鳴ると、いつも通り伸太と信次と連れ立って座敷を出る。

廊下で伸太が口を開いた。

「そうだ、小太。つねきちさんのところに行ってみないか？」

常吉は黒江町に住む庭師だ。進造から朝顔の種をもらったことを、小太郎は行きがけに一緒になった伸太たちに話した。六粒あるため、三粒ずつ分けて、それぞれの家で育てようと決めていた。

「つねきちさんから、いい土を分けてもらおう。土がよくないとうまく育たないって、前におとっつぁんが言ってたからさ」

「うん、そうしよう」

信次と共に頷いた小太郎を、健三郎が追い抜きざまに鼻で笑った。

「健三郎」

とっさに呼び止めると、健三郎は足を止めて振り向いた。

「なんだ、小太郎？　またやんのか？」

腰の瓜坊の根付に触れて、小太郎は一瞬怯みそうになった己を奮い立たせた。

「……ほんとのことをおしえてやる」

「なんだと？」

仁王立ちになって己を見下ろす健三郎へ、小太郎は負けじと胸を張った。

「おれのおとっつぁんは――光太郎おとっつぁんは、おれのじつのおとっつぁんじゃない」

「なんだと……？」

困惑顔になった健三郎へ、小太郎は続けた。

「おれのじつのおとっつぁんは小次郎っていう名で、おれが一つの時にやまいでなくなったんだ。だからおれは父なし子じゃないし、おとっつぁんも父なし子をうませたんじゃない」

「うそをつくな。お前はおとっつぁん似じゃねぇか。お前のおっかさんがその昔小次郎って人と一緒だったとしても、お前が今のおとっつぁんに似てるってこた、お前はやっぱり不義密通の――」

「うそじゃない。ほんとのことだ」

健三郎を遮って小太郎は言った。

目を白黒させている伸太と信次の他、幾人かの子供たち、それから師匠が小太郎たちを窺っている。

「おれがおとっつぁんににているのは、小次郎おとっつぁんが光太郎おとっつぁんとにていたからだ。二人は『赤のたにん』だったけど――小次郎おとっつぁんの方が、光太郎おとっつぁんよりずっとまじめで、さんじゅつがとくいだったそうだけど――二人の『おもかげ』がにていたから、それが『ごえん』になって、おとっつぁんとおっかさんはいっしょになったんだ」

声を荒らげぬよう、小太郎は瓜坊を握りしめた。

「ちはつながっていないけど、光太郎おとっつぁんはおれのおとっつぁんだ。おとっつぁんは言ったんだ。おれもおっかさんも勘次郎も、みんな大事にする――そう約束してくれたんだ。うそじゃないぞ。男どうしのやくそくだ」

「な、何が男同士の約束だ……」

「お前は信じないかもしれないけれど、ぜんぶほんとのことだ。だから、おれも大事にするんだ。おれも、おっかさんとおとっつぁんと勘次郎――みんな大すきだから、みんなずっと大事にするんだ」

今朝のこと、小太郎は初めて勘次郎を抱っこした。

昨晩、根付を磨いた時のように、光太郎の膝の上で、その腕に後ろから支えられてのことである。勘次郎はまだ八百匁（もんめ）に足りぬというのに、八歳の小太郎にはずしりと重く、その重さゆえに小太郎は改めて決意した。

「……おれはもう、つまらないけんかはしない。お前やほかの人がいくらおとっつぁんのわる口を言っても、手出しはしない。健三郎が信じなくても、おれはおとっつぁんを信じてる。ほんとうに、心から信じてる」

決然として小太郎は言った。

黙り込んだ健三郎が小太郎を睨み付けることしばし。

唇を噛んだまま、健三郎の方から目をそらして踵を返した。

十二

進造からもらった朝顔の種は、七日目にして芽を出した。

更に六日経った今日――弥生末日には双葉が大きくなって、三本の内二本は三枚目の葉が覗いている。

朝顔を植えた鉢は、より多くの人に楽しんでもらえるよう、二幸堂に置くことにした。夜は板場に仕舞っておき、朝、指南所に行く前に小太郎が戸口の外に出して水をやる。夕刻は湯屋から戻った後にまた水をやり、板場の中に仕舞ってから長屋へ帰ることにしている。

あれから健三郎とは口を利いていないが、鼻で笑われたり、嫌みを言われたりということはなくなった。

ただ、健三郎の他にも、葉が前夫と死別していたことや、光太郎が小太郎の実父ではないことを知らなかった者がそこそこいたらしく、己の打ち明け話は数日、町の話の種になったようだ。

昼餉ののちに伸太たちとしばし遊び、八ツの鐘を聞いて小太郎はおやつの菓子をもらいに二幸堂へ行った。

通りすがりの店先では七が売り子を、太吉が給仕をしている。太吉は月末の今日、朝のうちに桂五郎と交代して王子のよいちから二幸堂へ来た。

太吉に手を振って客の連なる縁台を回り込み、板場の出入り口からそろりと顔を覗かせると、光太郎が中から手招いた。

「ちょうど御手洗が焼けたところだ」

二幸堂では、明日の卯月朔日から御手洗団子も売り始める。そのためにこの半月ほど、光太郎は暇を見つけて少しずつ御手洗団子のための球切りを作っていた。

「練切も出来立てだぞ」

そう言って、作業台の向こうでにっこりしたのは数馬だ。

練切は先だっての祝い菓子で、朝顔が二つ並んだものだった。

「数馬がしつけぇからよ」と、孝次郎が苦笑を浮かべる。「こいつも明日からしばらく店で出すことにした」

店に出すのは明日からだが、今日は数馬のために見本を作ったそうである。

勘次郎が生まれた翌日、王子にいた数馬は祝い菓子を食べ損ねていた。どうせ御手洗団子に甘酒を使うのだから、新しい練切は己にも八郎にもいい修業になると、数馬は光太郎たちを説得したという。

光太郎がにやにやしながら数馬を見やった。

「そんならきりよく卯月朔日から出そうって俺が言ったら、数馬のやつが『そりゃねぇでしょう』って、こう、眉を八の字にしてな」

「だって、そりゃねぇでしょう。そうだろう、小太？」

十六日の朝のうちに二幸堂へ帰って来た数馬は、明日、朔日の朝のうちに——菓子作りにかかる前に——八郎と交代で再び王子のよいちへ向かう。

「うん、そりゃねぇや、おとっつぁん」

小太郎が頷くと、皆が顔をほころばせた。

上菓子の練切は一つだけだが、団子は仲太たちの分と合わせて三本もらった。

「三人で一つじゃなんだから、すくすくもう一つつけてやろう」と、孝次郎。

「すくすく？」

「ああ、この練切の名だ。ほら、小太が朝晩、朝顔にそう願掛けしているのを聞いて思いついたのさ」

孝次郎が言うように、小太郎は朝晩、朝顔の世話をしたのちに、手を合わせて唱えていた。

──すくすく育ちますように──

朝顔はもとより、勘次郎への願掛けも兼ねている。

「そうかぁ、すくすくかぁ」

胸を熱くして小太郎がつぶやく間に、孝次郎は練切餡を手に取って伸ばし、甘酒入りの白並餡を包んで、瓢箪に似た形に整えていく。

薄布の上からちょんちょんと二つの花の真ん中を串で突いて窪ませ、仕上げに細工針で花びらを描くと、瞬く間に二輪の朝顔が並んだ練切──すくすく──が出来上がった。

数馬や八郎も練切を作るが、一つ仕上げるのに孝次郎の倍は時がかかる。

まるで手妻（てづま）のような孝次郎の手並みに、小太郎はもちろん、皆の目も釘付けだ。

「こうの字よぅ。おめぇはまったくすげぇやつだな」

「こんなのは朝飯前だ。俺が何年修業したと思ってんだ」

「いやはや恐れ入ったぜ。あはははは」

もっと大きくなったら……

いつか己が「しゅぎょう」するとしたら、「ねつけし」もいいが「かししょくにん」も捨て難い。

笑い合う父親と叔父を交互に見やって、小太郎は密かに迷った。

睡蓮（すいれん）

——八郎——

一

八ツを半刻ほど過ぎたが、客は引きも切らない。

夏至(げし)にふさわしい夏日とあって、板場から暖簾越しに表を見やった八郎は、地面に照り返す陽射しの眩しさに目を細めた。

朝からくるくると、昼餉を食す暇もなく客の相手をしている太吉が汗を拭うのが見えて、八郎は余市に板場を任せて店先へ出た。

「代わろう。しばらく中で休んで来いよ」

「八にぃ」

太吉が嬉しげに頷くと同時に腹が鳴った。

互いに小さく噴き出してから、囁き合った。

「壬(みずのえ)はもう仕舞いか」

「ええ。あちらのお客さんへ羊羹(ようかん)を二皿お願いします」

短く言葉を交わして、太吉は板場へ向かい、八郎は縁台の客を見やった。

菓子屋・よいちは王子権現からほど近い、土産物屋やら茶屋やらが並ぶ通りにある。間口はほんの一間だが、店の前には縁台を置いていて、隣りの茶屋と持ちつ持たれつ、茶は茶屋が、菓子はよいちが出している。

　八郎と太吉が余市と出会ったのは一昨年の皐月で、あれからもう二年も経ったのかと感慨深い。

　奉公先の草笛屋を追い出され、太吉と二人で途方に暮れていた八郎は、草笛屋の先輩職人で独り立ちした二幸堂の孝次郎を頼った。二年前の二幸堂には奉公人を雇う余裕がなく、代わりに孝次郎が探して来てくれた奉公先が王子のよいちだった。

　よいちは妻子を亡くした余市が一人で細々と続けてきた店で、八郎たちを雇う前は「ようかん　よいち」の幟を掲げ、羊羹一品のみを売っていた。だが、羊羹だけでは八郎たちを養うのは難しい。どうしたものかと皆が思い悩む中、暁音の発案でよいちの前にも縁台を置き、孝次郎の発案でよいちでしか食べられない菓子として、王子の澄んだ水と近くの小川を活かした水羊羹――壬――を出すことにした。

　柔らかく、舌の上でさらりと溶ける壬は、瞬く間によいちの名物になった。更に秋冬は汁粉も出すようになり、店は前にも増して繁盛している。

　二幸堂は昨年の火事をきっかけに店をやや広くして、同じ頃に店仕舞いした草笛屋から奉公人を三人雇った。今年二十歳の数馬は草笛屋でもいっぱしの職人として働いていたが、太吉と同じ十四歳の良介や、まだ十二歳の桂五郎は下働きしかしたことがなかった。ゆえに余市は睦月の藪入りで二幸堂にて、良介をよいちで引き取って、八郎を二幸堂へどうかと意見したが、八郎は即座に断った。

菓子職人として、孝次郎のもとで修業したいという気持ちはあった。だが、いまや八郎にとって余市は父親もしくは祖父、太吉は弟のごとき存在で、二人と共によいちをもり立てていきたいという気持ちの方が勝った。

孝次郎ほどではないが、八郎も内気で口数が少ない方だ。

――二幸堂で菓子作りを学びてぇのは山々ですが、俺ぁやっぱり、余市さんと吉と、よいちでやっていきてぇんです――

八郎が真剣な面持ちで「大人たち」に告げると、真っ先に光太郎が笑い出した。

――お前は欲がねぇなぁ、八。何をそう思い詰めてんだ？　どっちも諦めることたぁねぇ――

そう言って光太郎は、「修業」と称して奉公人の交代を余市に持ちかけた。

無論己に否やはなかったが、既に一人前の数馬は不服ではなかろうかと八郎は案じた。だが、数馬は七に負けず劣らずの餡好きで、余市の羊羹や壬をいたく気に入っているばかりか、王子ののんびりした暮らしも楽しんでいるようである。

八郎は店先で羊羹を薄く六枚切って三枚ずつ小皿に載せると、二つの皿を太吉が示した客のもとへ運んだ。

ちょうど茶を運んで来た茶屋のおかみの竹がにっこりとする。

「あちらのお客さんにも羊羹を一皿頼むよ」

「羊羹一皿、合点です」

土産用の羊羹を買い求める客に二棹（さお）売ってから、再び羊羹を切り分けて、小皿を今度は竹が示した客のところへ持って行く。

と、隣りの縁台から「ねぇ」と、女の声がかかった。

振り向くと、二十歳前後と思しき女が八郎へ微笑んだ。

見目麗しい――否、どちらかというと愛らしい女である。

目鼻立ちが整っているだけでなく、笑うと弧を描く目に笑窪（えくぼ）、佳人（かじん）というにはやや大きめの口に愛嬌がある。

「な、なんでしょう？」

どぎまぎして問うた八郎へ、女は空になった壬の碗を掲げて見せた。

「これ、本当に美味（おい）しいわ」

「あ、ああ、それはどうも」

「先月は売り切れで食べ損ねちゃったのよ」

「さようで」

三人で無駄なく、無理なく回しているよいちでは、売れ残りが出ぬよう前日から菓子の数を決めていて、羊羹を含めて「売り切れ御免」だ。

「夏場は、八ツ過ぎには売り切れてしまうことが多いんです。すいません」

「そうらしいわね。それで今日は急いで来たのだけれど、途中で八ツを聞いたから冷や冷やしたわ」

「間に合ってよかったです」

先ほどの台詞からして、近所の者ではなさそうだ。時折——おそらく月に一、二度——訪ねて来る客らしい。

しかしながら、八郎が女を目にしたのは今日が初めてだった。

売り子や給仕は太吉が担っていて、余市は菓子作りの合間に売り子を手伝うものの、八郎はほぼ板場で過ごして、表に出るのは太吉を休ませる時だけである。

「先月は、知らない子が表にいたからびっくりしたわ。灌仏会の少し後に来たのだけれど……中にいた人も別人で」

「ああそれは、うちは深川の二幸堂という菓子屋と……その、仲良しでして、弥生から修業のために、互いの職人を交代させることにしたんです」

灌仏会——卯月八日——の少し後なら表は太吉の代わりに桂五郎が、板場は八郎の代わりに数馬が担っていた。

「そうなのね。なぁんだ。じゃあ、先月の人は今は深川に？」

女が「人」と言ったことから、桂五郎ではなく数馬のことだと踏んだ。

数馬は背丈が五尺八寸で、両店の誰よりも背が高い。顔立ちは凜々しく、身体つきも火消しのごとく隆としていて、光太郎とはまた違った男振りだ。

がっかりさせちまったか……？

もしや女は今日は壬の他、数馬も目当てで訪れたのではないかと八郎は思った。

「ええ。あの人は数馬さんといって、私の兄弟子みたいなお人です。今は二幸堂にいますが、数馬さんならあさってまたよいちに来ます。今のところ、給仕の者たちは一月ごとに、私と数馬さんは半月ごとに交代しておりますので」

「ふうん、あの色男は数馬さんっていうのね」

やはり数馬が目当てかと、八郎は内心くすりとした。

羨ましくないといえば嘘になるが、己と数馬では勝負にならぬ。見目姿はもちろんのこと、職人としての腕前も己は数馬に――少なくとも今はまだ――及ばない。

また孝次郎曰く、数馬はもてる割には若き日の光太郎よりもずっと真面目な男で、八郎を始めとする後輩の面倒見もいい。

女は先月、桂五郎の代わりにしばし給仕をしていた数馬とも言葉を交わしたという。壬が食べたければ八ツまでに来た方がいい、と教えたのも数馬だった。

「数馬さんも言ってたけれど、ここでしか食べられないのが残念ね。よいちは羊羹もお汁粉も絶品だけど、壬は格別だもの」

「それを聞いたらみんな喜びます」と、八郎は思わず顔をほころばせた。「二幸堂のみんなにも伝えます。壬は二幸堂の師匠が考えた菓子なんです」

「ねぇ、あなたは名をなんていうの？」

「えっ？」

急に問われて、八郎は再びどぎまぎとした。

「わ、私は八郎といいます」

「ああ、だから『八にぃ』なのね。さっき、あのいつもの子がそう呼んだでしょ」

合点したように女は頷いて、折敷(おしき)に壬の代金を置いた。

「私は蓮(れん)よ。蓮華(れんげ)の蓮」

「蓮華の蓮……」

「壬、ご馳走さま。また寄せてもらうわね」

「ど、どうぞよしなに」

それだけ応えるのが精一杯の八郎へ、女はにっこりとして去って行った。

二

二日後の閏(うるう)五月朔日(さくじつ)、八郎は五ツによいちを発った。

約三年に一度、暦と季節を合わせるために閏月(うるうづき)が設けられる。弘化(こうか)三年の今年は閏年で、皐月の後が閏五月だ。

昨日は朝のうちに、太吉と交代で桂五郎がやって来た。まだ二度目だが、二月前のことをよく覚えていて、八郎を安堵させた。桂五郎は太吉より二つ年下だが、二幸堂では茶汲みも担っている分、給仕はまったく危なげない。売り子にしても、二幸堂と違ってよいちでは持ち帰りできる菓子は羊羹しかないため、給仕をしながらでも難しくなかった。

駒込殿中を抜けて駒込浅嘉町に差しかかると、吉祥寺の門前町で数馬に出会った。

偶然だが、そう驚くことではない。深川の二幸堂から神田明神辺りまでは、両国を回ったり、日本橋から通町を抜けたりと道を選べるが、神田明神や湯島聖堂を過ぎると、王子までほぼ一本の道なりだ。

「八!」

「数にぃ!」

互いに呼び合い、足を止める。

「今日も暑いな」

「ええ。壬、少し多めに仕込みやした」

「俺の分もか?」

「二つ分、伽羅碗に入れてきやしたよ」

伽羅は碗の色で、壬は春夏は青磁の碗に、秋冬は汁粉にも合う伽羅色の碗を使っている。味見の壬もずっと同色を使ってきたが、卯月に桂五郎が誤って味見分も客に出してしまったため、数馬の提案で色違いの碗を使うようになった。

「やっぱり二つか」

整った眉尻を、七のように下げた数馬に八郎は思わず噴き出しそうになる。

「やっぱりって……多めに仕込んだのは客の分でさ」

噴き出す代わりに、わざと呆れ声で八郎は言った。

「店の者は二つまで——そう決めたじゃねぇですか。数にぃが来るまでは、味見の壬と汁粉は一杯ずつ、羊羹は切り残りのみだったんだから」

それでは足りないと数馬が不服を唱えたために、今は壬と汁粉は二杯ずつ、羊羹も売れ残りを一棹なら食べていいことになった。

「けどよぅ、よいちで働き出してこのかた、羊羹が売れ残ったことはねぇんだよ」

「そりゃ、売れ残らないように考えて作っていやすからね」

「むぅ……」

縁台で出している羊羹も、数馬がいる間は切り残しが多めに出るよう太吉も桂五郎も工夫しているのだが、餡好き——殊に七と同じく小豆餡好きの数馬には物足りないようである。

「いつか壬を飽きるほど——これでもかってくれぇ食ってみてぇなぁ……」

いなせな見目姿からは想像し難いぼやきを数馬がこぼした。

此度はこらえきれずに八郎がくすりとしたところへ、女の声が呼んだ。

「八郎さん！」

王子の方から小走りに近付いて来るのは、一昨日よいちで見た蓮である。

「お蓮さん……」

驚いて言葉に詰まった八郎をよそに、蓮は数馬を見やった。

「あなたは数馬さんっていうんですってね。おととい八郎さんが教えてくださったの。私は蓮といいます」

「そうでしたか。卯月によいちにいらした方ですね」

「ええ。数馬さんの助言のおかげで、此度は無事に壬を食べることができました」

「そりゃよかった」

目を細めた数馬に微笑を返してから、蓮は真顔になって八郎に向き直った。

「八郎さんは、これから深川のお店に行くんでしょう？」

「ええ」

「それなら、両国広小路まで一緒に行ってくれないかしら？」

「えっ？」

「なんだか、変な男につけられてるのよ」

蓮は二晩王子権現の近くの旅籠に泊まったそうで、朝餉ののちに旅籠を発ってしばらくして、後をつけて来る男に気付いたという。

「笠を被った、納戸色の着物を尻っ端折りにした男よ」

数馬と二人して辺りを見回してみるも、時節柄、また日光御成道とあって笠を被った者は多い。納戸色の着物も尻っ端折りも珍しくなく、振り売りを含めて幾人もの男が似たような格好をしている。

「どいつかはちと判らねぇですが、八が一緒なら、まあ安心でしょう」

数馬が微笑むと、蓮の硬い顔が和らいだ。

「八、両国までお蓮さんを送って行きな。頼んだぜ」

「はい」

八郎が頷くと、数馬は蓮に会釈をこぼして王子の方へ歩んで行った。

「私たちも行きましょう」

蓮に促されて八郎は再び歩き始める。

「悪いけど、両国広小路まではお願いね。でも、深川なら通り道といえないこともないでしょう？」

「ええ、まあ。――おうちは両国なんですか？」

そう遠くないなら家まで送って行ってもいいと思ったが、下心からと思われたかと、次の瞬間には問うたことを後悔していた。

そんな己の胸中を読んだかのごとく、蓮は微苦笑を浮かべて応えた。

「うちは両国……両国橋を渡ってすぐの呉服屋よ。けれども、帰りしな、ちょっと広小路の店を覗いて行きたいの。あの男がどこまでついて来る気か知らないけれど、広小路まで行けば人がたくさんいるからなんとかなるわ」

「呉服屋の方でしたか」

「なぁに？」

「その、道理で垢抜けていらっしゃると……」

蓮の単衣は無地だがあまり見ない薄色で、勝色の帯にはよく見ると麻葉文様が入っている。郷里ではお下がり、店ではお仕着せしか着てこなかった八郎は、女の着物どころか男の着物もよく判らぬが、蓮の身なりは巾着や小間物を含めて、どれも品が良く高価に見えた。

「あら、ありがとう」

褒め言葉には慣れているのだろう。蓮はにこやかに礼を口にした。

しかし呉服屋の――しかも年頃の娘が、何ゆえ一人で王子まで行き来しているのかは気になるところだ。

「あの……」

「なぁに？」と、蓮は再び無邪気に問い返す。

「王子権現には、よくお参りにいらっしゃるんで……？」

「そうよ」

言外の問いが顔に出ていたのか、蓮はくすりとして続けた。

「つぐみ屋って旅籠をご存じ？」

「もちろんです」

つぐみ屋は王子権現の手前にある旅籠で、八郎はおそらく一生泊まることがないだろう上宿だ。だが、つぐみ屋の客にはよいちの菓子を好む者がそこそこいて、客が王子権現参りのついでによいちに寄ったり、つぐみ屋の奉公人が客に頼まれて羊羹を買いに来たりということはしょっちゅうだ。

「あそこが私の定宿なの。時折、気晴らしに飛鳥山や権現さま参りに行くのよ」

「お一人でですか？」

「そうよ。いけない？」

少しばかりつんとした蓮に、八郎は慌てて応えた。

「いいえ、ちっとも。ただ、その、一刻ほどの道のりとはいえ、女の人の一人旅は危ないかと……」

「……いつもは駕籠を使っているのよ。今日はお天気がいいから、歩いて帰ろうと思ったの」

「さようで」

「もう！」

苦笑を浮かべて蓮は八郎を見上げた。

「さようで、なんて堅っ苦しい。あなた、いくつよ？」

「十七です」

「じゃあ、ほんの二つしか違わないわ。お店じゃないんだから、もっと気安く話してちょうだい」

「はあ……」

とすると、お蓮さんは十九歳か……

年の差はそうなくとも、八郎はまず女に慣れていない。草笛屋にいた頃は見習いの身で仕事に忙しく、よいちや二幸堂でもほぼ板場にこもりきりである。数馬と交代するようになって、半月に一度こうして外歩きをするようになったが、よいちと二幸堂を行き来しているだけで、寄り道は一切していない。

ふいに、蓮と二人きりで歩いていることに気付いて、胸が早鐘を打ち始めた。

通りを行き交う者は多く、厳密には「二人きり」ではないものの、このように女と連れ立ってゆくのは初めてだ。ましてや蓮は、妙齢の人目を惹く美女である。己はお仕着せだが、店の娘と店者の色恋沙汰は珍しくない。

――いや。

数にぃじゃあるめぇし、俺はせいぜい伴の者か……

そう思い直すと、少しばかり胸が落ち着いた。

「ねぇ、黙って歩くと余計に疲れるわ。何かお話ししましょうよ。八郎さんは江戸生まれなの？」

「いえ、私――俺は成田――下総の出です」

蓮に言われた通り、ややくだけた口調で八郎は応えた。

「ふうん。江戸にはいつ出て来たの？」

「十一の時です。町で、何人か江戸に奉公に行く者がいたんで、みんなと一緒に」

「八郎ってことは、もしかして八人兄弟なの？」

「九人です。いや、九人でした。九人目の弟はもう亡くなりやした。うちは子だくさんで貧しくて……上の兄二人と姉一人を除いて、下の子らはみんな、口減らしのために奉公に出たんです。九人目は――九郎丸ってんですが――五つ歳が離れていやして、俺が奉公に出てすぐに流行病で亡くなったと聞きやした」

九郎丸の死を、八郎は初めての藪入りで成田に帰るまで知らなかった。

親兄弟からは「流行病」だと言われたが、八郎は信じていない。上の兄や姉たちは八郎がいた頃から「飯の分け前が減る」と不満を漏らしており、近所の者からも上の兄たちが九郎丸には大分つらくあたっていたと聞いた。九郎丸の死はろくに食べさせてもらえなかったからか、度を超えた折檻か、はたまたその両方かと踏んだ八郎は、以来一度も家に帰っていない。

「そう……」

聞けば、蓮にも弟妹がいるという。眉をひそめて鎮痛な面持ちになった蓮を見て、八郎は辛気臭い話を持ち出したことを悔いた。

急ぎ、太吉を庇って草笛屋を追い出されたこと、だが縁あって二幸堂の面々や余市と出会ったことを八郎は話した。

蓮に問われるがままに、更によいちの大家と一悶着あったこと、壬のおかげでよいちを畳まずに済んだこと、今は二軒の店の皆と楽しく暮らしていることなどを話すうちに、いつしか神田明神、和泉橋、新シ橋を横目に過ぎた。

柳原の先に両国広小路が見えた頃には、蓮はすっかり明るさを取り戻していた。

「ふふ、よいちではみんな仲良しだものね」

蓮の軽やかな笑いが耳に快く、目に眩しい。

「二幸堂でも、です。いつか深川に来ることがあったら、是非寄ってください。旨い菓子がたんとありやす。いや、旨い菓子しか置いてねぇんで」

「そうね。そのうち訪ねてみるわ」

道中、幾度か八郎と蓮は振り返ったが、怪しい男は見当たらなかった。もしも男が蓮に岡惚れしていたとしたら、己が同行するのを見て諦めたのやもしれない。もしくはお蓮さんの思い違いか、はたまた、数にぃと話す——数にぃのことを俺から聞き出す口実だったのやも……

奉公人の中では共に年長者で、互いに代わりを務めるがゆえに、自然と数馬の話が多くなったように思う。

それでも己がまたとない、楽しいひとときを過ごしたことは確かであった。

「ここでいいわ」と、両国広小路の真ん中で蓮は足を止めた。「もう平気よ。ここなら見知ったお店もたくさんあるし……ありがとう」

「あの、でも、おうちまでお気を付けて」

「ありがとう」

繰り返して、蓮は付け足した。

「道中で八郎さんに会えてよかった。もう一度会えないかしらと思っていたの」

「えっ？」

「私、足が遅くてごめんなさいね。二幸堂の皆さん、八郎さんを案じているんじゃないかしら」

戸惑う八郎をよそに、蓮はにっこりとした。

「また、そのうちにね」

「え、ええ……」

蓮に促されて、八郎は両国橋へと歩き出した。

五間(ごけん)ほど歩いて振り向くと、蓮はまだこちらを見ていて手を振った。

ちょこんと頭を下げて八郎は再び歩き出し——両国橋の袂(たもと)で足を緩める。

今一度振り返ってみたかったが、広小路の人混みの中、おそらくもうどこかの店にいるだろう蓮を見つけられるとは思えなかった。

未練な真似はすまいと、八郎はまっすぐ前を見据えて両国橋を渡り始めた。

三

両国橋からは足を速めたが、八郎が二幸堂に着いたのは、いつもの四ツより四半刻から半刻近く遅かった。

「もう、何かあったのかと心配したじゃないのさ」と、七。

「すいやせん」

「桂五が何かしでかしやしたか……？」

おずおずと良介が問うた。

「いや、桂五はしっかりしたもんさ。今朝も俺より早く起きて、朝餉の支度を手伝ってくれたよ」

八郎が応えると、良介は嬉しげに微笑んだ。

己と太吉のように、良介と桂五郎は草笛屋にいた頃から仲がいい。

草笛屋が暖簾を下ろさざるを得なくなった折、腕のある職人たちは後釜として店を買い取ったいちむら屋に引き抜かれた。数馬はそんな職人の一人だったが、下働きの良介や桂五郎は、草笛屋の元店主の信俊から僅かな暇金をもらっただけで職を失った。途方に暮れた二人を救ったのは、引き抜きを断った数馬である。数馬は草笛屋での二人の真面目な働きぶりを見ていて、店を大きくした二幸堂に自身と共に二人を売り込んだのだ。

「じゃあ何でいつもより遅かったのさ？」

「その……途中で数にぃと会って、つい話し込んじまって……」

畳みかけるように問うた七へ、八郎は誤魔化した。

隠すようなことではないと思いつつも、蓮のことはどうも話し難い。

二幸堂は四ッに店を開ける。店先に並べる菓子の大半は孝次郎、良介、七の手で作られていたが、名が売れてきたこともあり、暖簾を出す前から客が待っていることもある。日中はほぼ客が途切れることはなく、列をなすこともしばしばだ。

早速八郎は仕事にかかり、錦玉羹の夏の川を仕込み始めたが、そんな八郎を、紅福を丸めつつ七がじろじろ窺った。

「な、なんですか？」

「このお七に嘘をつくとは、いい度胸だねぇ、八や……」

「ううう、嘘なんて――」

うろたえた八郎へ、作業台で練切のすくすくを作っていた孝次郎と、それを取りに来た光太郎が口々に言った。

「諦めろ、八」

「そうとも、八。お七さんに嘘ついたって、なんもいいこたねぇからよ」

結句、洗いざらい――最後の思わせぶりな言葉を除いて――白状すると、七がにんまりとした。

「八もそんなお年頃か」

「そんなんじゃねぇんです」

「両国の呉服屋の娘ねぇ……」

両国住まいの七が思案顔になったところへ、板場の出入り口から初老の男が顔を出した。

「伊豆屋です。ご注文の豆を持って来やした」

「ああ、伊作さん、ありがとさん」

七が手を止めて、伊作から受け取った豆を店の桶にあけた。

「両国の豆腐屋さんでな」と、孝次郎。「豆売りも始めたってお七さんから聞いて、先だって少し試しの豆を買ったんだ。白隠元と大納言、赤豌豆が殊によかったんで、この三つを伊豆屋さんから仕入れることにした」

「どうも、まいどあり！」

孝次郎へ愛嬌たっぷりに声をかけた伊作へ、七が問うた。

「そういや、伊作さん。両国橋の近くの呉服屋はなんてったっけねぇ？」

「両国橋の近くってぇと、元町の中島屋かい？　横網町なら上沢屋だが……」

「ああ、そうそう。中島屋と上沢屋と、二軒あったねぇ」

意味深長に八郎を見やって、七は伊作を見送った。

作業台に戻って来ると、今度は独楽饅頭を作りながら、またまたにんまりとする。

「聞いたかい？　中島屋と上沢屋だよ」

「だ、だからなんだってんです？」

「だって、なんだか気になるじゃないの。私は菓子屋と飯屋しかよく知らないけど、呉服屋ならお義母さんが何か知ってるやも……」

「いいんです」

頭を振って八郎は止めた。

「いいから、余計な真似はしないでください」

「でも、年頃の娘さんが、気のない男と、人目もはばからず連れ立って行くなんてまずないよ」

「俺が思うに、あの人はきっと数にぃに気があるんですよ。ほら、将を射んと欲せばまず馬を射よ、っていうでしょう。怪しい男がいたってのも、数にぃの同情を引こうとしたんじゃねぇかと……」

「うぅーん。けど、お蓮さんは数馬が王子に行くことを知ってたんだろう？　とすれば、そんなにあけすけな娘なら、怪しい男なんてでっち上げずに、宿に忘れ物したとでも嘘をついて、数馬の方についてったと思うんだよねぇ。でもって、帰りは駕籠で帰ればいいいんだよ。お金には困ってないようだしね」

「じゃあ、やっぱり誰か怪しい男を見かけたんですよ」

「でも、街道沿いなら人も多いし、番屋にも駆け込みやすいし、八に用心棒を頼むこたないじゃないの。だからやっぱり、八と話したかったたんじゃないかねぇ。岡惚れというほどじゃなくても、八に興を覚えたんじゃないかねぇ……？」

七の言い分には微かに胸が浮き立ったが、よしんば蓮が己に関心を持ったとしても、菓子職人への物珍しさからだと思われた。

仕事に専念するためにも、八郎は話をそらすことにした。

「ところで、白隠元と大納言はともかく、赤豌豆は何に使うんです？」

白隠元豆は白粒餡の紅福に、大納言は旅路（たびじ）で使っているが、赤豌豆を使う菓子は今のところ錦玉羹の夏の川だけでごく少量だ。

「ああ、それは――」

「よくぞ聞いてくれました」

孝次郎を遮って、七が早速関心を移して言った。

「赤豌豆は大福に入れるんです」

「大福に？」

「とはいえ、紅福にじゃありませんよ。此度二幸堂では、新たに赤豌豆を入れた大福を作ることにしたんです」

口上を述べるがごとく莫迦丁寧に、きりっとして七は胸を張った。

「無論、餡子は小豆餡です。粒餡、こし餡、どちらも捨て難く、悩ましくはありましたが、看板菓子の金鍔（きんつば）に加え、紅福が白餡とはいえ粒餡で、家路（いえじ）旅路は大納言を粒のままと、うちはこし餡勢がやや弱いことから、大福はこし餡と相成りました」

「さ、さようで」

今のところ小豆のこし餡を使った通年菓子は斑雪（はだれゆき）のみだ。茶通（ちゃつう）や粟（あわ）饅頭の日向（ひなた）も中身はこし餡なのだが、茶通は新茶の季節、日向は春と秋にしか出していない。

細かくいえば独楽饅頭の味噌餡も、幾望の黄身餡も、福如雲に練り込まれた餡もこし餡だ。しかしながら、これらは七の求める「餡子菓子」とは少し違うため、七はかねてからことあるごとに、小豆餡がたっぷり入った大福を進言してきた。

「しかれども、ただの大福ではどうもつまらぬと、紅福の粒餡のごとく、何か一捻り欲しいと融通が利かない――もとい、こだわりがあるお師匠は、赤豌豆を皮に入れることにしたのでございます」

「なるほど」

赤豌豆を入れる豆大福もなくはない。だが白粒餡の大福ほどではないものの、どこにでもあるものでもなかった。

「それで赤豌豆を探したんだが、いつもの豆屋にはあまりいいのがなくてな。そしたら、お七さんが近所の豆腐屋が豆売りを始めたってんで、伊豆屋の豆を買って来てくれたんだ」

「そうだったんですか。――念願叶ってよかったですね、お七さん」

八郎が言うと、七は喜びを隠せずにまにまとした。

「大福だけじゃないんだよ。うふふふ……大納言が思いの外よかったから、蜜漬豆も店で出そうって、お師匠が」

「蜜漬豆……ですか」

蜜漬豆は蜜で含め煮を繰り返した豆のことで、よいちでは大納言の蜜漬豆に並餡を加えて粒餡とし、羊羹に使っている。二幸堂でも大納言の蜜漬豆は家路と旅路に使っているから、新しい菓子というほどではない。だが、餡好きで「餡子だけでもいい」という七には嬉しい一品らしい。その分「味見」も増えるのだから尚更だ。

「大納言の蜜漬豆なら、そのまま出してもいいし、上菓子にも使えるからって、お師匠が。ねぇ、お師匠？」

「その通り」と、微苦笑と共に孝次郎が頷いた。「壬みてぇな水羊羹はうちじゃ難しいが、蜜漬豆なら手間も今とそう変わらねぇ。夏場は井戸水で少し冷やして、冬は温めてそのまま出せる。良介や桂五にも、いい修業になるだろうと思ってな」

草笛屋では下働きのみだった良介は、今は二幸堂で菓子作りの基礎を学んでいて、よいちには行っていない。だが、いずれは自分も菓子職人として、よいちの力となりたいらしい。

まだ若い桂五郎は、二幸堂でもよいちでも給仕と売り子しか務めていないが、その方が性に合っているという太吉と違い、菓子作りにも興味津々だ。

蜜漬豆は菓子作りの基礎の内ゆえ、孝次郎が言うように二人にはいい修業になるに違いない。

「豆大福は紅福と名を合わせて『豆福(まめふく)』、蜜漬豆は『甘粒(あまつぶ)』として売り出そうって兄貴が言ってら」

「上菓子は鹿ノ子(かのこ)ですか?」

二幸堂に来て初めて、練切やら錦玉羹やらを学び始めた八郎は、上菓子と聞いて胸を躍らせた。

「うん。まずは鹿ノ子もいいが――」

「他には何を?」

八郎が七と口を揃えて共に勢い込むと、孝次郎は再び微苦笑を浮かべた。

「そいつぁ、作ってみてのお楽しみだ」

「そんなぁ」

「もったいぶらないでくだせぇよ」

これも七と口々にぼやくと、黙々と金鍔の餡を成形していた良介がこらえきれずに笑い出した。

四

孝次郎の御眼鏡に適(かな)っただけあって、伊豆屋の三種の豆はどれも旨かった。

値段もまずまずで、大納言はよいちでも使ってみたいが、伊豆屋は王子までは届けてはくれまい。王子では市中ほど様々な店がないため、よいちは乾物や味噌などを扱っている万屋(よろずや)に頼んで大納言を仕入れてもらっている。

「吉とも話しているんですが、その万屋にかけ合えば、伊豆屋から仕入れてもらえるかもしれません。まあ、まずは余市さんに相談してみやす」

　太吉はまだ十四歳だが、この二年で客あしらいに長けてきて、いまや板場で菓子を作るよりも、表で売り子や給仕をする方が楽しいようだ。草笛屋で引っ込み思案だった時とは打って変わって口が達者になり、算術にも身を入れて、寄り合いでの相談ごとや万屋との折衝も、余市や八郎よりずっと頼りになる。

「うん。まずは余市さんに話してみることだ。万屋との付き合いもあるだろうからな。それに伊豆屋は豆売りはまだ始めたばかりだ。伊作さんはいいつてを持ってるそうだが、慣れてみねぇと毎度いい豆がくるとは限らねぇ。うちはこの三つはそうたくさん使わねぇから伊豆屋に変えてみるが、小豆の仕入れは様子見だ」

　二幸堂で一番入り用な豆は小豆で、金時と斑雪の他、新たな大福にも使われる。

「まあ手始めに、今度試しの豆を持って帰んな」

「赤豌豆と白隠元も少しずつもらってっていいですか？　余市さんにも食べてもらいてぇんで」

「もちろんだ」

　にっこりとした孝次郎には、光太郎とは別の頼もしさがある。

　二幸堂では、縁台用や注文でのみ作っている上菓子に加え、茶通や日向の他にも季節を限って出している菓子がある。いつもの菓子ばかりでは面白みがないだろうと、孝次郎がこういった菓子を八郎に任せてくれるのがありがたい。

他のことはさておき、孝次郎は菓子に関しては滅法器用で、自身の仕事の傍ら八郎と七、良介をちょこちょこ手助けする様は、忍の分身の術とはかくやあらんと思わせる。また、改築で二幸堂はかまどが三つから倍の六つに増えたが、孝次郎はいまだ二つ三つのかまどを同時に使い、自らほとんどの餡炊きを担っている。

――旨い菓子がたんとありやす。いや、旨い菓子しか置いてねぇんで――

そう、蓮に言った言葉は本当だ。

成形の速さ、美しさは無論のこと、ありきたりな菓子から上菓子まで孝次郎の菓子には定評がある。それらの根幹となっているのが、孝次郎の炊く様々な餡だ。

餡を褒めると、孝次郎はほぼ必ず苦笑を漏らす。

――まあ、あの嫌がらせも、今となってはいい修業だったさ――

二幸堂を開く前、孝次郎は草笛屋で一年余りもたった一人で餡炊き部屋を担っていた。餡を作るだけの餡炊き部屋には、それまで三人が勤めていたから、孝次郎一人で三人分の餡炊きをこなしていたのである。

八郎は孝次郎と同じく、自ら望んで菓子屋に奉公に来たのではなかった。だが、やはり孝次郎と同じく、奉公するうちに菓子作りの面白さを覚えて、極めたいと考えるようになった。そんな八郎にとって、孝次郎はまたとない師匠であり、光太郎と共に、実の兄たちより兄らしい存在だ。

大納言の鹿ノ子は、旅路用の豆が残っていたこともあり、その日のうちに縁台に出した。更に孝次郎は、鹿ノ子だけではなんだからと、二日目からは「笹舟(ささぶね)」と称して、抹茶の練切餡を伸ばして笹舟に見立てた器を作り、蜜漬豆を載せたものも出すようになった。

抹茶の練切餡を使った錦玉羹の春の川は弥生末日、葛焼き(くずや)の結葉(むすびば)や茶通は皐月末日で終えていたから、新たな抹茶を使った菓子を喜ぶ客は少なくなかった。

昨年の霜月(しもつき)、暁音を逆恨みした正吾(しょうご)という男がもとで二幸堂は小火(ぼや)を出したが、孝次郎と暁音、光太郎、七の他、町の者の尽力で消し止めた。そののちに、髪結(かみゆい)の佐平(さへい)が隣りに出していた間口一間の店を譲り受けて、二幸堂は広くなった。

今はもともとの間口二間の一階は全て板場とし、佐平の店だった間口一間の方に店と形ばかりの小さな座敷がある。光太郎一家は通りを挟んだ向かいの長屋で、孝次郎と暁音は板場の二階で、奉公人の三人は店の二階で寝起きしている。

よいちでも男三人で気安いが、若者だけの二幸堂ではまた違う楽しさがある。良介や桂五郎とは寝食を共にしている分すっかり慣れ親しんだものの、数馬とゆっくり語らう機会がないのは残念だ。

「俺だって、桂五ともっと話してみてぇや」と、太吉。「良介はいいよな。みんなと仲良くできてさ」

「けど、俺だってよいちに——王子に行ってみてぇよ。深川もいいけどさ。時には山や川を近くで見てぇなぁ」

良介は上総国の田舎町の出で、山や川、田畑を身近に育った。

「そんならまずは蜜漬豆だ。良介と桂五郎が蜜漬豆——いや、なんなら羊羹か壬を作れるようになりゃあ、みんながどっちの店も行き来しやすくならぁ。孝次郎さんもそう考えて、甘粒を作ることにしたんだろうさ」

「うん。まずは俺が、桂五が帰って来る前にしっかり覚えるよ」

「まあでも、半月は難しくても一日二日なら——光太郎さんや孝次郎さんなら、頼めばすぐに王子行きを融通してくれるぜ。お七さんさえ休みでなけりゃ……」

「うん……でもやっぱり、ちゃんと仕事を覚えてからじゃないと」

笑ってそう言った良介に、軽はずみなこと言った己を八郎は恥じた。

「じゃあ、明日もしっかり頼むぜ」

「はい」

「俺も良介のために、甘粒を売り込むからな」と、太吉。

「おう、よろしくな」

そんなこんなで数日が瞬く間に過ぎ、二幸堂に来て五日目の七ッ前に、八郎は板場の出入り口から太吉に呼ばれた。

「八にぃ、ちょっと」

「どうした、吉?」

「あの、件の人が八にぃを呼んで欲しいと……」

八郎が応えるより先に、七が問い返した。

「件の人？」

八郎がちらりと表を窺うと、気付いた蓮が会釈を寄越す。

「少しなら構わねぇから話して来いよ」

孝次郎に言われて、八郎は表に出て、七に見られぬよう戸を閉めた。

「仕事中にごめんなさいね」

詫びを口にしながらも、近寄って来た蓮はにっこりとした。

「いえ……」

「お店、すごく繁盛してるのね。うちのお客さんでも二幸堂を知っている人がたくさんいたわ。番付でも前頭なんですってね」

「ええ」

「お菓子はもう金鍔と独楽っていうのしか残ってなかったから、まずはその二つを買ってみたわ」

よいちほど数を限っていないものの、二幸堂でも無駄を出さぬよう光太郎が目を光らせていて、その日の菓子作りはおよそ八ツ半には終えている。

もしや、他の菓子が手に入らぬかと当て込んで己を呼んだのだろうかと、八郎はつい邪推した。

が、そんな八郎をよそに蓮は続けた。

「ねぇ、八郎さんはまたよいちに戻るんでしょう？」

「もちろんです」

「数馬さんとは半月ごとに交代してるのよね。次はいつ？　十五日、それとも十六日かしら？」

「えっ？」

「いつ、よいちへ帰るのかって訊いてるのよ。私もまた近々、気晴らしに王子に行こうと思ってるの。なんなら、八郎さんが帰る日に合わせて行ってもいいわ」

「えっ、あっ、私と？」

「そうよ。八郎さんとのおしゃべり、楽しかったもの」

「で、ですが……」

八郎が口ごもると、蓮は小さく頬を膨らませる。

「何よ？　私と一緒は嫌なの？」

「まさか」

むくれた様も愛らしく、八郎はどぎまぎしながら慌てて首を振った。

「じゃ、なぁに？　ああ、もしかしてこの間遅くなって叱られたの？　それなら今度はなるたけ早足で歩くから。それならいいでしょう？」

「はあ」

「――で、一体いつ王子へ戻るの？」

十六日だと告げると、蓮は満足げに頷いた。

「まだ親の許しを得てないからなんだけど、王子行きが決まったらまた知らせに来るわ。待っててね」

高鳴る胸が蓮にも聞こえていはしないかと、八郎は頬を熱くした。

「判りました。お……お待ちしています」

かろうじてそう応えたものの、声は上ずり、頬はますます熱くなる。

「ふふ。じゃあ、またね」

目を細めて微笑んだ蓮が去って行くのを見送りながら、八郎は頬に手をやりそれとなく息を整えた。

蓮の姿がすっかり見えなくなってから、板場に戻るべく踵を返すと、閉めた筈の引き戸が一寸余り開いている。

――と、隙間からぬっと七の顔が覗いて戸が開いた。

「わあっ」

思わず声を上げた八郎へ、七は眉根を寄せてぼそりと言った。

「……気に入らないねぇ」

どうやら、こっそり八郎たちを窺っていたようだ。

「な、何が？」

「お蓮さんに決まってるじゃないのさ」

「ど、どこが？」

「どことなく……あんな女が、王子までとはいえ一人旅なんて身持ちが悪い……どうも怪しい臭いがするよ。ねぇ、孝次郎さん？」

「お、俺には、八に気があるように見えたが……なぁ、良介？」

「ええ。俺にもそのように……」

七ばかりか、孝次郎と良介も蓮を盗み見、やり取りを盗み聞いていたらしい。

二人の応えを聞いて、七は大げさに溜息をついた。

「ああもう、男ってのはこれだから……暁音さんがいたら、私の味方になってくれただろうに――」

五

「そうか？　俺はいいと思ったぜ」

「俺もです」

七の「女の勘」は気になったが、光太郎と太吉が言うのを聞いて、八郎は胸を撫で下ろした。

七ツを過ぎて暖簾を下ろし、店は片付けを、板場は仕込みを始めたところである。

「金鍔と独楽しか残ってねぇと言ったら、嫌な顔一つしねぇで、どっちも美味しそうだから、どっちも包んでくれっってな。夕餉の前だからと金鍔は一つだけだったが、独楽は四つ買ってくれた。弟妹への土産だそうだ」

「あの女の人なら、昨年からよいちで幾度か見かけていやす。月に一度かそこらだけど、羊羹も壬も本当に美味しそうに食べてくれるんです。お茶にも詳しいみたいで、いつだったかお竹さんと少しお茶の話をしてやした。お竹さんとこはそう高い茶じゃないけれど、淹れ方を工夫しているから、なんだか話が弾んでて」

「歳の割にはおきゃんに見えたけどよ。そうでもなきゃ、王子とはいえ、女一人で出かけたりしねぇわな」

「怪しいだなんて――俺には、そんな風にはちっとも見えないけどな……」

光太郎と太吉が口々に言うのへ、孝次郎と良介も頷いた。

孝次郎、良介、太吉の評も嬉しいが、女をよく知る光太郎の言葉は殊に心強い。

己に気があると信じ込むほど、身の程知らずではないつもりだ。

ただの気まぐれ、道中の話し相手が欲しいだけだ――

そう己に言い聞かせるも、舞い上がる気持ちは止められなかった。

浮き浮きとして仕事に励むうちに、八郎は一つ思いついた。

白隠元豆で新しい水羊羹を作ってみたいと切り出すと、蓮のことではつんけんしていた七が真っ先に食いついた。

「白餡の水羊羹ですって？」

「ええ。白隠元を使うとなると、壬より高くしなけりゃいけやせんが、白餡の水羊羹なんてあまり見ないでしょう？」

「あまりどころか、市中じゃ並の水羊羹を置いてるとこだって滅多にないよ」

「それからですね」

「それから？　他にも新しいお菓子が？」

目を輝かせて身を乗り出した七へ、八郎は苦笑を漏らした。

「いや、あの、菓子は水羊羹だけですが、その新しい水羊羹の上にですね、肉桂の粉をはたいちゃどうかと……」

「おっ、そりゃいいな」

七よりも早く応えたのは孝次郎だ。

「味が引き締まるし、渋い、いい彩りになる」

「ええ」

打てば響くがごとき孝次郎の言葉に、八郎は嬉しさを隠せない。

「それで、高くする分もう少し手間をかけて、何か、肉桂のための型を作ってみてもいいかと」

「肉桂のための型？」

七と良介は小首をかしげたが、孝次郎はすぐさま微笑んだ。

「ああ、判ったぞ。つまり、独楽みてぇな絵付けをしてぇってことだろう？」

「そう。そうなんです」

独楽饅頭の独楽の絵は焼印だが、薄板か厚紙を切り抜いた意匠の上から粉をはたいて、水羊羹の上に何か絵柄を入れたいと考えていた。

口にしてからふと蓮が思い出されて、八郎はおずおずと付け加えた。

「なんだったら、その、蓮の花はどうかと……ほら、月餅の型とお揃いで……」

注文菓子としている月餅は、蓮蓉餡を使うことから、光太郎が作った型にはやや斜めから見た蓮の花が彫り込まれている。

「蓮の花か……」

孝次郎ばかりか、良介までにやにやとした。唯一、七は憮然としたものの、「意匠としては悪くないね」と小さく頷く。

早速光太郎に型を作ってもらうことにして、合間に八郎は孝次郎と共に肉桂を仕入れに出かけた。

よいちでは羊羹は一棹百文、縁台で出す三切れは八文、壬は川で冷やしたり器を洗ったりする手間を入れて二十文としている。

「白隠元はもとより肉桂も高いからなぁ……白餡の水羊羹を出すなら壬の倍の値をつけたいとこだけど、四十文じゃ売れないかもなぁ……」

太吉がぼやくと、「そうでもねぇぜ」と、光太郎がにやりとする。

「人手がねぇから、どうせそうたくさんは作れねぇだろう。だったら、味はもとより、物珍しさから必ず客がつく。ぼったくろうってんじゃねぇ。元手や手間暇がかかっていることは、味の判る者なら食ったら見抜くさ」

こういった商売に関することは、草笛屋では学べなかった。八郎は余市や太吉ほど金勘定にかかわっていないが、太吉より先によいちに帰ることから、光太郎や太吉の話に聞き入った。余市の許しはまだだが、豆の仕入れ先はともかく、新しい菓子なら――殊に王子の水を活かした水羊羹なら――否やはないと思われる。

試しの水羊羹作りを含めて日々菓子作りに忙殺されていたものの、蓮のことは日に何度も思い出した。

だが、あれから九日が過ぎて、明後日には王子に帰るという十四日になっても蓮は現れなかった。

「親御さんに止められたんじゃねぇか？」

そう、孝次郎が慰めの言葉を口にした。

「つぐみ屋ってのはお高い宿なんだろう？　お蓮さんちがどれほどの店かしらねぇが、そうしばしば王子に遊びに行く金は出せねぇんじゃねぇかなぁ？　はたまた八と行くことを親御さんに知られたか……」

八郎はまだ女を知らぬが、十七歳ならもう「大人」といっていい。さすれば、蓮にその気がなかろうと、親は人目を気にして蓮を止めるに違いない。

それでも一縷の望みを抱いて、翌十五日も八郎は菓子作りに励んだ。

八ツ前に、伊豆屋の伊作がやって来た。

白餡の水羊羹を作るのに大分白隠元豆を使ってしまったため、王子に持ち帰る分も含めて追加で注文していたのだ。

ちょうど遅い昼餉を食べていた光太郎が、伊作に問うた。

「両国の、中島屋か上沢屋の娘のことをちと聞きてぇんですが……」

「中島屋と上沢屋というと、呉服屋の？」

「ちょっと光太郎さん、おやめなさいよ」と、七が眉をひそめる。

「俺ぁただ、お蓮さんが達者かどうか知りてぇのよ。もしかしたら病――暑気あたりか夏風邪かなんかで、臥せっているのかもしれねぇからな」

なるほど、そういうこともありうるかと、八郎は何やらほっとする傍ら蓮を案じたが、伊作はきょとんとしたのち首を振った。

「どっちの店にも娘さんはいやせんぜ」

「うん？」

「そうそう」と、七。「中島屋も上沢屋も息子はいるけど、娘はいないんです。伊作さん、すみませんねぇ、何度も足を運んでもらって。まだ他にも届け先があるんでしょう？　早く回らないと日が暮れちまいますよ」

追い立てるように伊作を帰してしまうと、七はばつの悪そうな顔で皆を見回した。

「お七さん……？」

つぶやくように八郎が促すと、七は一つ溜息をついてから応えた。

「すまないね、八、黙ってて」

朔日に八郎から話を聞いた七は、同日の夕餉でそのことを家族に話した。

「そしたら、お義母さんが両国の呉服屋に年頃の娘はいないって――」

七の姑の信は両国の店に詳しく、中島屋と上沢屋ばかりか、両国橋から離れたところにある呉服屋にも蓮のような娘はいないと断言した。いずれも息子か、娘は蓮よりもっと幼いか、ずっと年上でよそに嫁にいったと言うのである。

「あのお蓮って女が、八に店の名を明かさなかったのはそういうことさ。それならもしや、店の娘じゃなくて奉公人かとも思ったんだけど、お義母さんはそんな見目好い娘なら、自分が知らない筈がないってさ。つぐみ屋が定宿だって言ったのも、八に見栄を張っただけだろうと……」

だが、若い女なら見栄を張りたい時もあろうと、七は信から聞いたことは黙っておくことにした。

「嘘つきだろうと、月に一度かそこらの客なら放っておいても害はないと思ったんだよ。なのにあの女ときたら、わざわざ二幸堂まで来て八に粉かけてくなんて、なんの魂胆かと疑いたくなるじゃないのさ」

よって七はこの十日間それとなく、呉服屋に限らず両国の店々で蓮を探していたという。

八郎が躊躇ううちに、光太郎が問うた。

「それで、お蓮さんは見つかったのか？」

「ううん、まだしかとは……でも、どうも上沢屋の旦那が入れ込んでる女がそうみたいでさ……」

女の正体を突き止めるには至っていないが、上沢屋の客曰く、店主は春先にその女に薄色の着物を贈ったそうである。

上沢屋は横網町にあり、元町よりは両国橋から離れているが、近くには違いない。蓮が「両国橋を渡ってすぐの呉服屋」と言ったのは、上沢屋の「旦那」が念頭にあったからだと思われる。また、呉服屋の店主が「入れ込んで」いて、着物を贈るような女なら、蓮はおそらく堅気の女ではないのだろう。

妾か、芸者か……などと、己の知るそれらしき女を八郎は思い浮かべた。

「けど、俺を騙したってなんの得にもならねぇでしょう」

よいちはもとより、二幸堂も大店とはいえぬから、己を通じて店から金を取ろうという魂胆ではあるまい。

「美人局でもねぇだろうなぁ」と、光太郎。「いや、もしかしたらどっかの菓子屋が八を引き抜くために、お蓮さんに八をたらし込むよう命じたんじゃ……？」

「まさか。引き抜きなら俺より数にぃでしょう」

「だが、数馬はなぁ」

光太郎と孝次郎が顔を見合わせて苦笑を浮かべた。

数馬は光太郎よりは真面目だが、藪入りに花街に行くなど、女への興味は人並みにある。

「けれどもあいつは前に、『女と餡子、どちらかだったら餡子を選ぶ』と言ってたからな。お七さんと同じく、数馬もうちの餡子が『江戸一』だそうだから、数馬がうちを離れることたまずねぇや」

光太郎が言うのへ八郎は笑みを漏らしたが、七は硬い顔のままだ。

「今一度現れたら、いろいろ問い質してやろうと思ってたんだけど……」

「嘘がばれたと知ったのやもしれやせんね」

歯切れの悪い七を始め、皆の同情がいたたまれなく、八郎は努めて明るい声でおどけた。

「怒ったお七さんは、閻魔さまみてぇにおっかねぇですからね。おそらくあの人は、覗き見してたお七さんに気付いてたんですよ。何か魂胆があったとしても、お七さんは騙せねぇと悟って、親の許しだのなんだのと、はっきりしたことは言わずに帰ったんでしょう」

「そ、そうだねぇ。きっとこのお七に恐れをなしたんだろうねぇ」

七のお節介は、女にうぶな己を案じるがゆえだと承知している。

七のぎこちない台詞をもっておしゃべりはお開きとなり、その日最後の菓子作りに店仕舞い、仕込み、片付け、湯屋に夕餉と、いつもと変わらぬ一日を終えた。

二階で夜具に横になると、おずおずと太吉が言った。

「八にぃ。俺は……お蓮さんは悪い人じゃないと思ってる。嘘をついたのも、悪気があったからじゃないと思う……」

己を慰めようとしての言葉だろうが、己よりも蓮のために嬉しくなった。

「うん……俺も、あの人が悪い人とは思ってねぇ」

薄闇の中、互いの顔はよく見えないが、良介を含めて三人三様、どこかほっとしたのは伝わった。

六

翌朝。

八郎は五ツによいちへ発った。

永代橋から日本橋へと向かったのは、両国を避けたかったこともあるが、こちらの方が若干道のりが短いからだ。

羊羹も壬も充分作ってあるだろうが、己が着くまではよいちは余市と桂五郎の二人きりだ。暖簾を上げる四ツより前に着きたいと、八郎は早足でまだそう人出のない通町を北へ歩いて、昌平橋（しょうへいばし）から神田川を渡った。

小高い神田明神を遠目に見ながら湯島横町を北へ曲がり、神田明神の門前町に差しかかると、早くも開いている店がちらほら出てくる。

湯島から本郷へと更に進み、本郷一丁目を過ぎたところで蓮の声がした。

「八郎さん！」

半町ほど先の茶屋の縁台から、腰を浮かせた蓮が手を振っている。

八郎が駆け寄る間に蓮は折敷に代金を置いて立ち上がり、八郎を見上げて手を叩かんばかりに喜んだ。

「よかった！　ここで待っていれば会えると思ったの。でも、もしもう通り過ぎちゃってたらどうしようかと、気が気じゃなかったわ」

「お蓮さん……」

驚きに言葉に詰まった八郎へ、蓮は困った目をして付け足した。

「驚かせてごめんなさい。忙しくて、お店まで知らせに行けなかったのよ」

「そ、そうだったんですか」

今日の蓮は、瑠璃紺（るりこん）の着物に白茶色の縞の帯を締めている。

これも上沢屋からの贈り物だろうか……。

そう勘繰りながら窺うと、蓮がくすりとして八郎の袖に触れた。

「この着物なら、一緒でも目立たないだろうと思ったのよ」

二幸堂とよいちのお仕着せはお揃いで、光太郎が用意した。単衣のお仕着せの着物は縹色、帯は鉄紺である。どちらもお仕着せにしてはいいものだが、藍色という色合いが似ているだけで、蓮の着物の方がずっと上等だ。

そもそも蓮は顔立ちに華があるから、紺の着物を着ていたところで目立たぬということはない。だが、多少なりとも己に合わせてくれたのかと思うと、八郎の胸は高鳴った。

「さあ、行きましょう」

蓮に促されて、八郎は再び歩き出した。

——なんの魂胆かと疑いたくなるじゃないのさ——

七の言葉が頭をよぎったものの、身元を問い質す気にはなれなかった。

蓮は己を待っていて、半町も先から見つけてくれた。「よかった！」と、目を細めた蓮の笑顔が作りものとは思えなかった。

もしも、あれが作りものだったとしても——

己がしっかりしていれば済む話だと、八郎は自身に言い聞かせた。

「二幸堂のお菓子、美味しかったわ。八郎さんの言った通りだった。金鍔はみんなで分けたらちょびっとしか食べられなかったから、二つ買えばよかったわ。独楽の絵がついた味噌餡のお饅頭も、よそのお店とは比べものにならないわね」

「そうでしょう。うちの——二幸堂の餡は江戸一だって、お七さん、いや、数馬さんも常々言ってます」

「お、お七さんは通いの人で、大の餡好きで……先日その、板場から」

「ああ、なんだかみんな、代わる代わるこちらを窺ってたわね」

蓮はやはり気付いていたらしい。

「ふふふ。私みたいな女が急に訪ねて来たから、みんな八郎さんを案じたのよ。悪い虫がついたんじゃないかって。蓮は蓮(はす)っ葉(ぱ)の蓮――たまにそういわれるわ」

七に恐れをなした様子はないが、蓮の自嘲に八郎は眉をひそめた。

「蓮っ葉だなんて……そんなこたねぇ。お蓮さんの蓮は蓮華の蓮――蓮(はす)は蓮でも花の方でさ」

「……ありがとう、八郎さん」

はにかんで礼を言った蓮に、新しい水羊羹のことを打ち明けたくなった。

肉桂の粉をはたくのに、光太郎に作ってもらった型は月餅の蓮華を模したものであったが、いざ使ってみると、花が白濁した水面に咲いているようで、八郎はこの新しい菓子を「睡蓮(すいれん)」と名付けた。無論、蓮を思い浮かべながらのことである。

しかしながら――十中八九、否やはないだろうとはいえ――睡蓮を店に出すかどうかは余市と相談してからだ。また、できることなら実際に作った睡蓮をもって、蓮を驚かせたいという気持ちもあった。

「……王子にいる間に、またうちの菓子を食べに来てくれやすか？」

「もちろんよ。壬を逃さないよう、今日は先に八郎さんとよいちに行くわ。いつもは行きにしか寄らないんだけど、此度は帰りにも寄って、お土産に羊羹を買って帰るつもりよ」

大きく頷いた蓮にほっとして、八郎は睡蓮の代わりに、二幸堂で売り始めた豆福や甘粒、己が主に手がけていた夏の川やすくすくのことなどを話した。

伊豆屋の話のついでに、それとなく蓮の身元を探ろうかとも思ったが、すぐに内心首を振る。

――お蓮さんは悪い人じゃない――

そう判じた太吉と、己の勘を信じたかった。

「妹が……暑気あたりでね。ここしばらくずっと臥せっていたの」

身元の手がかりにはならぬが、蓮の方から妹の話を切り出した。

「暑気あたり……」

光太郎の推察は当たらずといえども遠からずだったようだ。蓮が忙しかったのは、妹の看病のためだったのかと、八郎は勝手に合点した。

「ああでも、よくなってはきたのよ。でなけりゃ、こうして出かけたりしないわ」

「妹さんはおいくつなんですか？」

「十一よ」

とすると、蓮より九つも年下だ。

「そうなんですか。二つ三つ下なのかと思っていました」

「歳が離れているから、結句、私があれこれ面倒を見ているの。……長女は損だわ。知ってる、八郎さん？　長女って書いて『おさめ』とも読むのよ」

「し、知りやせんでした」

「おさめはね、その昔、宮中で雑用ばかり押し付けられてた下級の女官だったんですって。長女も変わらないわ」

「だからこうして、時折息抜きに出かけるんですね」

八郎が言うと、「そうよ」と、蓮は再び自嘲めいた笑みを浮かべた。

――と、向かいからやって来る数馬の姿が目に入る。

声をかけるか否か八郎が迷う間もなく、蓮が呼んだ。

「数馬さん！」

互いに足を止めると、数馬は八郎と蓮を交互に見やって微笑んだ。

「と、途中で出会って……」

「一緒に王子に行こうと思って待ってたのよ」

数馬がにやにやするものだから、八郎は声を上ずらせた。

「お、おしゃべりしながら行く方が楽しいってんで――そ、それだけでさ」

「ふうん」

「みんなには黙っててください。お願いしやす」

八郎が頼み込むと、蓮が頬を膨らませた。

「あら、私と一緒なのがそんなに恥ずかしいの？」

「違いやす。ただ、変に勘繰られたら、お蓮さんが困ると思って……」

「ふうん」と、今度は蓮がにやにやした。「私はちっとも困らないわ」

「あはははは。みんなには黙っててやるからよ。よいちの方はしっかり頼むぜ」

声を上げて笑うと、数馬は去って行った。

よいちには四ツを聞いてまもなく着いた。

「八郎さんは、私に合わせて歩いてくだすったから……」

いつもより少し遅れた詫びは、蓮が先にそう述べた。

蓮は開けたばかりのよいちで壬を食べ、半刻ほどののんびり行きの疲れを癒やしていった。

「あさって、また来るからって、八にぃに言伝を……」

板場に顔を出した桂五郎が言うのを聞いて、余市も八郎の方を見やった。

「そ、そんなんじゃねぇんです」

「まだ何も言っとらんが……」

余市も桂五郎と一緒になってにやにやするものだから、八郎は熱くなってきた頬を手拭いで隠した。

七

――あさって、また来るから――


そう言った蓮は翌朝、そろそろ四ッが鳴ろうかという時刻に現れた。

急遽、今日のうちに帰ることにしたという。

桂五郎に呼ばれて、八郎は慌てて表へ出た。

「お帰りは明日だったんじゃ……？」

「ええ。でもなんだか妹が心配で、一日早く帰ることにしたの」

昨日より顔色の悪い蓮を見て、虫の知らせかと八郎は案じた。

「そうだったんで……」

相槌を打ちながら、八郎は胸を沈ませた。

睡蓮を店で売り出す了承は、昨日のうちに余市から得ていた。店で出すのは白隠元豆の仕入れ先を得てからになるが、まずは己の持ち帰った豆で、蓮の帰りに合わせて、明日、試しの睡蓮を作るつもりだったのだ。

四ッの捨鐘が鳴り始めて、蓮は微笑んだ。

「帰る前に壬をいただくわ。それから、今日は後でお土産の羊羹も頼むわね」

「はい」

暖簾を出して来た桂五郎と入れ替わりに、八郎が壬を取りに行こうとしたところ、背後で「お蓮さん」と、男の声がした。

振り向くと、笠を上げた男が蓮の前にいる。納戸色の着物を尻っ端折りにしていることから、半月前に蓮を尾行していた男だと八郎はすぐさま判じた。背丈は八郎よりやや低いが、三十路を過ぎていると思われる。

縁台から立ち上がって、蓮は声を震わせた。

「いい加減にして。あの人とはもう切れたんだから、もう私にかかわらないでよ」

「そうは問屋が卸さねぇ」

「どういうことよ？」

「お前さんを調べるのに、思ったより費えがかかっちまったんでな」

「お金ならないわ。私のことを調べたのなら知ってるでしょう」

「お前さんなら、いくらでも稼げるだろう？　いいのかい？　あっちに高木屋のことや、あの野郎のことが知れても？」

男が己の方へ顎をしゃくったことから、「あの野郎」が己のことだと判った。

委細は判らぬが、蓮が脅されていることは明白だった。

「おい、あんた！」

後先考えずに八郎が声を出すと同時に、別の男の声もした。

「お蓮……？」

「雄輔（ゆうすけ）さん、どうして――」

蓮が雄輔と呼んだ男はおそらく四十路（よそじ）に近く、整った身なりから裕福な暮らしぶりが窺える。

「一人じゃなんだからな。私ももう帰ろうと思ってね」

蓮に応えてから、雄輔は男を見やった。

「あんたは確か、精吾（せいご）さんだったな。隆三（りゅうぞう）親分の下っ引きの」

精吾は雄輔が自分を知っていたことに、少なからず驚いたようだ。

こんなところではなんだから――と、雄輔に促され、八郎は三人を店の裏手にいざなった。

「精吾さん、あんた、何やらお蓮を脅していたようだが」

雄輔が言うのへ、精吾はにやにやして首を振った。

「脅しなんてとんでもない。この若（わけ）ぇのとの仲をからかってただけでさ」

「ほう。お蓮、お前は本当はこの男のために私を袖にしたのかい？」

「違うわ。この人はここの職人さんで、私とはなんのかかわりもないわ。ねぇ、八郎さん？」

「え、ええ……」

蓮が言う「かかわり」とは男女の仲のことだろうと踏んで、八郎は頷いた。

そうでなくとも、己と蓮は知り合って一月と経たぬ客と店者で、王子から両国への道中を二度共にしただけである。

「俺とお蓮さんは——そういう仲じゃありやせん」

「その通りよ」

「嘘をつくな」と、精吾。「お前さんは朔日の帰りも昨日の行きも、こいつと一緒だったじゃねぇか」

「それはあんたが、人のことをこそこそつけていたからよ。八郎さんはちょうど市中へ行って帰る用事があったから、用心棒になってもらったのよ」

精吾に言い返すと、蓮は雄輔へ向き直った。

「この人よ。この人がおかみさんに頼まれて、私のことを探ってたのよ」

「なるほど」

雄輔は顎に手をやって蓮と八郎を交互に見やり、しばしののちに苦笑を浮かべた。

「うちのやつから、此度初めてここの羊羹を土産に買って来て欲しいと頼まれたんだが……そうか、精吾さんがうちのに言い付けたのか」

曖昧な笑みを浮かべた精吾とは裏腹に、笑みを消した雄輔が声を低めた。

「聞いての通り、お蓮と私はもう切れた。うちのやつに、そうちゃんと伝えてくれ。これ以上余計な詮索や脅しをするようなら、隆三親分か奉行所に知らせて、しかるべき罰を科してもらうぞ。お前さんも知っての通り、恐喝は一分だろうが十両だろうが、実際に金を取ろうが取るまいが獄門だ」

「あっしはただ、思ったより費えがかかったとぼやいて……お蓮さんにも、あんまり欲はかかねぇ方がいいと助言しただけでさ」

「ふうん……」と、雄輔は精吾を一瞥した。「欲をかこうとしたのはお前さんの方じゃないのかい？　余分に金がかかったからって、うちのに吹っかけるような真似はよしとくれよ。もとは私が稼いだ金なのだからね」

穏やかだが、雄輔の物言いには有無を言わせぬ力がある。

「そ、そのようなことはけして――ど、どうかご安心を」

もごもごと言うと、精吾は一礼して踵を返した。

足早に去って行く精吾の足音が遠ざかると、雄輔は八郎へ微笑んだ。

「羊羹を売ってくれるか？」

「もちろんです。一棹百文ですが」

「百文とは、羊羹一棹にはいい値段だな」

「うちの羊羹は江戸一ですから」

それは紛れもなく本当のことだ。また、己と蓮の間にやましいことは何一つないということを示すためにも、八郎は胸を張って応えた。

「そうかね。私は甘い物はあまり口にしないんだが、江戸一と聞いては気になるな。しばらく王子には来られないだろうから、二棹――いや、三棹もらおうか」

店先で三棹の羊羹を包むと、雄輔に差し出した。

「帰ったら、うちのといただくよ。楽しみだ。──ではお蓮、達者でな」

「雄輔さんも」

にっこりとした雄輔に、蓮も気丈に微笑み返した。

蓮と二人して、雄輔が徐々に増えてきた人通りに紛れていくまでしばし見送る。

やがて蓮は、躊躇いがちに八郎を見上げた。

が、口を開く前にその場にくずおれた。

八

そうは見えなかったが、大分気を張っていたのだろう。

抱き起こした蓮の顔は真っ青で、気を失っていて応えない。

慌てた八郎の声を聞きつけて、余市と隣りの茶屋の主・菊太郎（きくたろう）が出て来た。

ひとときして蓮は目を覚ましたものの、身体に力が入らぬようだ。

「うちに運んで、お前がついてておやり」と、余市。「しばらくしても優れないようなら、医者を呼ぼう」

「判りました。──お蓮さん、俺の家に運びますね」

頷いた蓮を外した戸板に乗せると、八郎は菊太郎の助けを借りて、蓮を店からほど近い自宅に運び込んだ。上がりかまちの横に己の夜具を広げて、蓮を寝かせる。

ぐったりとした身体は思ったより重く——だが柔らかかった。髪や胸元から甘い香りが匂い立ち、早鐘を打ち始めた胸を悟られぬよう八郎はすぐに身体を離した。

菊太郎が帰って行くと、弱々しい声で蓮が言った。

「迷惑かけて、ごめんなさいね……」

「いえ。あのままだったらどうしようかと思いました。目を覚ましてよかった」

「ふふ……なんだか、急に気が抜けちゃって……ここが八郎さんち？」

「ええ」

余市がもう三十年余りも住んでいる一軒家である。二幸堂の二階よりは広く、二年前には光太郎が少し修繕してくれたが、古く手狭なのは否めない。蓮にはそぐわぬ家だと、八郎は羞恥を覚えたが、蓮は安堵の表情を浮かべて言った。

「八郎さんちなら安心ね」

「はあ」

「少し、お水をいただけるかしら？」

「もちろんです」

茶碗に水を汲んで戻ると、蓮に頼まれて身体を起こす手助けをした。

「こぼしてしまいそうだから、支えててちょうだい」

「は、はい」

片手を蓮の肩に回して抱きかかえ、もう片方で茶碗を持たせた蓮の手を支える。

己の方がめまいに倒れるのではないかと思ったが、蓮の細くひんやりとした手に触れると緊張がやや和らいだ。

蓮はゆっくり一口ずつ水を含み、八郎はその間ずっと蓮の唇から目を離せずに困った。だが、飲み終えたのち、再び横になった蓮の顔には大分血の気が戻っていて八郎は胸を撫で下ろした。

そんな八郎を見上げて、蓮は自嘲と共に口を開いた。

「恥ずかしいところを見られちゃったわね……」

雄輔は日本橋の高木屋という乾物屋の主だという。身なりはもとより、落ち着いた立ち居振る舞いや物言い、岡っ引きや町同心とも懇意にしている様子から、それなりの身分だろうと踏んでいたため、八郎はただ頷いた。

「それから、あの精吾って下っ引きが言った『あっち』っていうのは、両国の上沢屋って呉服屋の旦那のことよ」

三人のやり取りから推察していたが、蓮は二人の「旦那」持ちだったのだ。

「私はね、本当は馬喰町の姫乃屋って茶屋で働いてるの。よいちのお隣りさんみたいなまっとうな茶屋じゃないわ。表向きは水茶屋で――もちろん、ただ茶を売ることの方が多いのだけれど――裏で色茶屋の真似事をしている茶屋よ。小さな店だから、妓楼みたいな抱えの女はいないわ。でも、隣りの旅籠と通じていてね。客や女が望めばつないでくれるの。――私みたいな女には、ありがたい店よ」

蓮に弟妹がいるというのは本当で、十一歳の妹の下に、九歳と六歳の弟がいるそうである。父親は下の弟が二歳の時に、母親は三歳の時にそれぞれ病で亡くなった。幼き頃から弟妹の子守をしていた蓮は、奉公に出る代わりに十三歳から近所の茶屋で通いで働き始めた。

父親を亡くしたのち、暮らしはかつかつになった。親類も似たり寄ったりで頼れず、蓮は茶屋で働く傍ら母親の内職を手伝ってなんとか凌（しの）いだ。十五歳になっていた蓮は既に茶屋の看板娘で、いくつもの縁談がきたものの、皆、母親や弟妹共々養うことには難色を示し、そうこうするうちに母親も——三年前に——亡くなった。

「母が亡くなった途端、大家ががらりと変わってね。長屋を追い出されたくなきゃ、妾になれと言い出したのよ。といっても、家は長屋の九尺二間のまま、あっちの方は出会茶屋でってね。莫迦にするなと突っぱねてやった」

だが、茶汲み女の稼ぎではとても四人暮らしを賄（まかな）えない。

「妹の暑気あたりは本当よ。でも、あの子はもともと身体が弱くて……だから、手放したくなかったの」

よしんば手放そうにも、身体が弱くては養子先がまず見つからぬだろう。

長屋を追い出されそうになった矢先、蓮は馬喰町にある姫乃屋の噂を聞いた。蓮が事情を打ち明けると、姫乃屋の女将はすぐさま請人（うけにん）となって、馬喰町の長屋を世話してくれた。

姫乃屋では色事を強いることはないが、女将が雇っているのは蓮のような「訳あり」ばかりだ。とはいえ、姫乃屋の取り分を含め、色事についての決まりごとは初めにしっかり告げられており、蓮を含めて女たちに不満はないようである。

雄輔は蓮が姫乃屋で働き始めてすぐ、上沢屋の主・善朗は一年ほどして、それぞれ蓮の「客」になった。客との逢瀬に使われるのは主に隣りの旅籠だが、姫乃屋が許せば――客が相応の金を払った上で――雄輔のように、女を数日借り出すこともできるという。

「泊まりで出かける時は、『女将の遣い』ってことになってるの。今の長屋は大家さんもみんなもいい人でね。留守の時は妹たちを気にかけてくれるのよ」

長女は損、と蓮は言ったが、言葉の端々に弟妹への深い愛情が感ぜられる。

昨日、蓮を尾行して来た精吾は、つぐみ屋には宿を断られたらしく、昨晩は安宿に泊まり、今朝、再びつぐみ屋を訪れて蓮を呼び出した。

「やれ、おかみさんが怒り心頭だの、上沢屋に雄輔さんのことをばらすだのと脅すものだから、宿の人に追い払ってもらったの。それから雄輔さんにあいつのことを話して、一日早くお別れしたわ……あいつが現れなくても、雄輔さんとは此度の王子行きを最後に別れるつもりだったのよ。いい加減、年貢の納め時だもの」

「年貢の納め時？」

「一月ほど前に、善朗さんに妻問いされたの」

善朗は妻を亡くして八年になるそうである。蓮と出会う少し前に一人息子も亡くしていて、後継ぎのためにも周囲は後妻を勧めていた。善朗は、妹はもちろんのこと、弟二人も一人前になるまで面倒を見ると蓮に約束したという。

「あの人は子供を亡くしているからか、どんな子供も――私の弟妹も――宝だからって言ってくれたの。でも、すぐには応じられなかったわ。だって、こう言っちゃなんだけど、雄輔さんの方がお金持ちで、男振りもいいんだもの」

だが、善朗の求婚を耳にした雄輔が半月前につぐみ屋で持ちかけたのは、妾として妾宅での不自由ない暮らし――ただし、弟妹にはそれぞれ養子か奉公先を世話をする代わり、妾宅には住まわせない――というものだった。

「だから、善朗さんと身を固めることにしたの。いずれは離れ離れになるとしても、今はまだ嫌。あの子たちが一人前になるまで、私がしっかり近くで見届けたいのよ。それに、姉が妾だなんて、あの子たちに肩身の狭い思いもさせられないわ」

――今ならまだ、あの子たちに何も知られずに済む――

そんな言外の言葉を聞いた気がして、八郎は思わずうつむいた。

末の弟はともかく、上の二人は「女将の遣い」など信じていないのではなかろうか。今でさえ妾とそう変わらぬが、たとえ形ばかりでも「茶汲み女」であることが蓮のささやかな矜持に思えてやるせない。

「やぁだ」と、蓮がくすりとした。「八郎さんたら、ほんとにうぶなんだから」

顔を上げると、困った笑みを浮かべて蓮は続けた。

「だからつい、声をかけたくなって——からかいたくなったのよ」

「つい……？」

「気を持たせるようなことしてごめんなさいね。正体は知らなかったけど、あの下っ引きの男には——雄輔さんのおかみさんの嫉妬には、しばらく前から気付いていたの。雄輔さんとはじきに別れるっていうのにつけ回されて、うんざりしていたから、八郎さんみたいなうぶな人をからかって、気を紛らわせたくなったのよ」

女も世間もよく知らぬ己は確かにうぶなのだろう。

また、蓮がうんざりしていたのも、気を紛らわせたくなったのも判らぬでもないとして八郎は怒りも呆れもしなかったが、やるせなさは拭えずに返答に困った。

「——もう」

苦笑を漏らして、蓮はゆっくりと身体を起こした。

「身の上話はこれでおしまい。——帰るわ」

「もう少し休んで行った方が……」

「平気よ。羊羹を一棹包んでちょうだい」

羊羹の代金として蓮が差し出した百文を、八郎は固辞した。

「なぁに？　同情ならいらないわ」

「同情なんて……妹さんや弟さんへの見舞いと土産です。俺はただの菓子職人ですから、これくらいのことしかできやせん。お蓮さんこそ、うぶで世間知らずの俺のために、せめてもの情けでこいつをもらってってくださいよ」

　精一杯おどけた八郎を見つめて、蓮は百文を財布に仕舞った。

「いただいてくわ。……さようなら、八郎さん。お達者で」

「お蓮さんも……」

　八郎が応える間に蓮はちょこんと会釈をこぼして身を返し、一度も振り返ることなく去って行った。

九

　水無月（みなづき）朔日。

　八郎は数馬と交代すべく二幸堂へ向かい、道中で再び数馬とすれ違った。

「桂五に聞いたぜ。お蓮さんのことで一騒ぎあったそうだな」

「ええ、まあ」

「桂五を責めねぇでやってくれ。あいつは知らぬ存ぜぬを貫こうとしたんだが、閻魔さま——もとい、お七さんの吟味とあっちゃあ、俺でも口を割っちまわぁ」

「あはは。そいつぁ仕方ねぇ」

「そうなんだ。それより、八、やってくれたなぁ！　文月（ふみづき）が今から楽しみだ。睡蓮も二つ味見していいんだろう？」

昨日、一足先に帰って来た太吉が早速万屋に渡りをつけて、白隠元豆のみ伊豆屋から仕入れてくれることになった。睡蓮の花の見頃はそろそろ終わりだが、よいちでは今度八郎が戻る日の翌日——十七日から店に出す。

「どうでしょう？　運び賃が上乗せされやすからね。吉に訊いてみてください」

「吉に訊いたら、駄目って言うに決まってるだろう」

「じゃあ駄目なんですよ」

眉を八の字にした数馬と別れて、来た時と同じく日本橋から永代橋を渡って二幸堂へ戻った。

八郎が王子にいる間に、七は蓮が馬喰町の姫乃屋の茶汲み女だと調べ上げていたそうである。だが、桂五郎からよいちでの一件を聞いたからか、七を始め、皆、八郎には何も問うてこなかった。

甘酒が功を奏したようで、すくすくも御手洗団子も好評だ。また、七の他にも大福を待ち望んでいた客が思ったよりいたようで、赤豌豆入りの豆福の売れ行きもいい。紅福と並ぶと紅白で縁起がよいと、合わせて買って行く客が日に何人もいることから、光太郎は二つを慶事用の注文菓子としても売り込むことにしたという。

「甘粒の売れ行きは今一つだが、食べた客はみんな『冷えてて旨い』ってから、まあいいだろう」と、光太郎。

甘粒は縁台でしか出しておらず、他にも縁台でしか食べられない菓子があるため、今のところは近所の者や、よほどの小豆好きくらいしか注文しないらしい。

「桂五から聞いたぜ。睡蓮、余市さんもご近所さんも喜んでくれたそうだな」

「ええ」

一瞬、蓮のことかと気構えたが、八郎はすぐさま微笑んだ。

蓮が帰った翌日、余市や近所の店の者たちに試しの睡蓮を食べてもらったのだ。

「味はみんなから褒められました。値段を告げたら険しい顔をする人がいやしたが、見合ってないからじゃなくて、自分たちが気安く食べられないからだと……」

「そうですよ」と、七が横から口を挟んだ。「睡蓮一つと金鍔五つが同じ値段だなんて――」

「そんなら、お七さんは金鍔を五つ買ったらいいのさ。睡蓮は、あれでいい――いや、あれがいいという客が、あの値段で買ってくれるさ」

七を遮って、光太郎はにやにやした。

「むぅ……」

「お七さんだって、よいちの羊羹には百文出すだろう？　あれとおんなじさ」

「むむぅ」

今一度唸ってから、七は気を取り直したように八郎へ言った。

「そういや、羊羹は買って来てくれたんだろうね？」

「忘れるもんですか」

昨日、桂五郎と交代した太吉から、七の注文を言付かっていた。

「言付けてくれたら、睡蓮も買って来ますよ」

八郎はそう申し出たが、七はすぐさま首を振った。

「ううん、睡蓮はいいよ。あれは壬とおんなじで、王子で食べた方が美味しいに決まってるもの。二幸堂でしっかり稼いで、そのうちちよいちでいただくよ」

なんだかんだ舌が肥えている七は、そう言って嬉しげに羊羹を仕舞った。

いつも通り仕事をしながら、八郎は時折、蓮に想いを馳せた。

上沢屋の主・善朗のことも気にかかった。

蓮は雄輔と別れて、善朗の求婚を受けると言った。

善朗が色茶屋のごとき姫乃屋で働く蓮に妻問いしたのは、それなりに考え抜いてのことなのか、それともただ蓮に溺れてのことなのか。善朗は雄輔より羽振りも男振りも劣るらしいが、そんな男が蓮を幸せにできるのかどうか。弟妹もまとめて面倒を見るという約束がちゃんと守られるのかどうか。

また、雄輔に釘を刺されて、下っ引きの精吾は引き下がったが、あとあと蓮に逆恨みでもして、善朗に雄輔とのことをばらして縁談をぶち壊しやしないかなど、八郎はついあれこれ案じた。

けどまあ、俺にできることはもうなんもねぇ——

雄輔よりは劣ろうが、何も持たない己より善朗の方が裕福なのは明白だ。そこそこでも金さえあれば、衣食住にはまず困らぬだろう。

王子の家で蓮と二人きりで過ごした短い時を思い出して、夫婦暮らしを想像してみるも、それが現実からかけ離れた、夜毎の夢のごとく儚い絵空事だと八郎は承知していた。

姫乃屋か上沢屋を訪ねてみようかと思うことをもままあった。

お蓮さんが達者かどうか、この目で、一目でいいから確かめたい――

そう思い巡らせては、やはり放っておくのが蓮のためだと己を押しとどめる。

蓮を忘れるべく、八郎は仕事に打ち込んだ。

そうして迎えた水無月は十日目の朝――

朝餉を済ませたばかりの二幸堂へ、蓮が姿を現した。

「お、お蓮さん……？」

束の間、姫乃屋から――もしくは上沢屋から――逃げ出して来たのかと案じたが、杞憂であった。

祝い菓子を注文したい、と言うのである。

「というと……」

「善朗さんの妻問いをお受けして、めでたく嫁入りが決まったのよ」

「そ、それはおめでとうございます」

蓮曰く、祝い菓子は祝言で振る舞うものではなく、姫乃屋の女将が他の女たちも蓮の「玉の輿」にあやかれるよう、店で食べさせたいとのことである。

「それでね、女将さんとお菓子の相談をするのに、八郎さんに今宵、姫乃屋までご足労願いたいの」

「俺に？　注文菓子なら、旦那か師匠に――」

「八郎さんに頼みたいのよ。旦那さんかお師匠さんには、後で八郎さんがお話ししたらいいじゃない。なんなら、私が頼んであげる」

蓮を表で待たせて店の中へ戻ると、みんなして聞き耳を立てていたようだ。

「行って来いよ、八」

光太郎より早く孝次郎が言った。

「なぁ兄貴、いいだろう？」

「たりめぇだ」

光太郎が頷くのを見て、八郎は急ぎ蓮のもとへ戻った。

十

七が休みなのは幸いだった。

お蓮さんにも菓子にも、口を出されずに済む――

「上菓子なら冬虹、茶碗を借りられるようなら睡蓮でも……」

「なんでもいいぞ、八。女将さんやお蓮さんと相談して、なんでもお前がいいと思う菓子に決めて来な」

冬虹は光太郎と孝次郎の祝言で出した、五色の練切餡を重ねた菓子だ。注文ではまだ作ったことがないそうだが、女たちが蓮にあやかりたいと言うのなら、蓮にも光太郎と葉、孝次郎と暁音の幸せにあやかってもらいたい。

だが、やはり睡蓮を蓮に食べて欲しいという気持ちも多分にあった。

八ツを半刻ほど過ぎて菓子作りを終えてしまうと、仕込みにかかる前に、孝次郎から湯屋へ行くよう命じられた。

「大事な商談だからな。着物は兄貴のを借りて行け」

湯屋で小ざっぱりしてから、光太郎の着物に着替えた八郎を、光太郎が二階の奉公人たちの部屋へいざなった。

「これを持ってけ」

そう言って光太郎が差し出したのは金で、小銭に百文銭、一朱、二朱と合わせて二分近くある。面食らった八郎へ、光太郎は声を潜めた。

「皆が皆そうだってんじゃねぇんだが……中には、嫁入り前にふと魔が差す女もいるからよ」

「ま、魔が差す……？」

「いいから、持ってけ。でもって、もしもだな……もしもの時は、お蓮さんにすっかり任せちまいな。下手な真似をするよりその方がいい。だが、かかりはお前が持つんだぞ。そのための金だからな」

もしもの時――

思いも寄らぬ話に八郎があたふたと金を仕舞うと、七ツが鳴り始めた。

階下に下りると、孝次郎から風呂敷包みを渡される。

「手土産の金鍔と福如雲だ」

「さあ、行って来い」

光太郎と孝次郎に加えて、暖簾を下ろした太吉や、板場から顔を覗かせた良介にも見送られて、八郎は二幸堂を出た。

――八郎さんが迷ったら困るから、七ツ過ぎに永代橋まで迎えに来るわね――

その言葉通り、蓮は永代橋の西の袂で八郎を待っていた。

「お、お待たせしやした」

「ううん、ちっとも。――わざわざ着替えてきてくれたのね？」

「大事な商談ですから」

八郎が言うと、蓮はくすりとして「さあ、行きましょう」と歩き出す。

北新堀町から前橋を渡って、小網町から新材木町へと、蓮の足に合わせてのんびり歩いた。

「先日は羊羹をありがとう。妹たち、大喜びだったわ。よいちのようにうすーく何枚もに切ったけど、みんな、もう一枚、もう一枚って、あっという間になくなっちゃった。流石、江戸一の羊羹ね」

「ありがとうごぜぇやす。王子に帰ったら、余市さんにも伝えやす。きっと喜ぶに違(ちげ)ぇねぇ」

「あら、江戸一だって言ったのは八郎さんよ」

「うちの自慢の羊羹ですからね。今日は江戸一の金鍔と、福如雲って飴菓子を手土産に持って来やした。その……妹さんたちとどうぞ」

孝次郎はおそらく姫乃屋の女将への土産として持たせたのだろうが、蓮の弟妹に喜んでもらいたくて八郎は言った。

「妹たちに？　――ありがとう、八郎さん」

こぼれんばかりの笑みを浮かべた蓮に問われるがまま、七が名付けた福如雲の由来や、作り方を八郎は語った。

堀留町(ほりどめちょう)を北東へ折れ、千鳥橋(ちどりばし)から入堀(いりほり)を渡って馬喰町が近付くと、蓮が躊躇いがちに切り出した。

「あのね、八郎さん。怒らないで聞いてくれる？」

「はあ……」

「祝い菓子のお話だけど……嘘なのよ」

「えっ？」

八郎は思わず足を止めたが、蓮は構わずに歩いて行く。

蓮を追って再び並ぶと、驚きを隠せぬまま八郎は問うた。

「ど、どうしてそんな嘘を……？」

「だって、お店から八郎さんを連れ出すには、何かいい口実がいるでしょう？」

上目遣いに見上げて、蓮は八郎の手を取った。

指を絡めてくる蓮を振り払えずに、蓮に手を引かれて八郎は歩き続けた。

「あ、あの、上沢屋との祝言は？」

「祝言は本当よ。善朗さんが善は急げって、十五日に決まったわ」

とすると、ほんの五日後だ。

魔が差したんだろうか……？

善朗に悪い気がしないでもないが、今は蓮は――己も――独り身だ。

「女将さんも喜んでくれたわ。女将さんが言うには、西洋では水無月の祝言は縁起がいいんですって。水無月の花嫁はずっと――一生仕合わせに暮らせるそうよ。八郎さん、知ってた？」

「い、いえ……」

馬喰町に足を踏み入れると、蓮に導かれるまま、やや入り組んだ小道を曲がって行った。日暮れまでまだ時があるが、道が狭い分空も小さく、辺りはどこか薄暗い。

やがて蓮は、似せ紫色の暖簾の前で足を止めた。

暖簾は無地で、看板も見当たらないが、出会茶屋だと思われる。

「八郎さん」

再び上目遣いに見上げた蓮が、握った手の親指で八郎の手のひらをなぞった。

それだけで逸(はや)りそうになる己を押しとどめつつ、八郎は蓮を見つめた。

一尺と離れていない蓮からは、夜具に寝かせた時と同じく、ほのかに甘い香りがする。つい胸元を盗み見た己を戒めるために握った手に力を入れると、「諾」と受け止めたのか、蓮が嬉しそうに微笑んだ。

「中でゆっくりしましょうよ」

――もしもの時は、お蓮さんにすっかり任せちまいな――

光太郎の言葉を思い出し、八郎は願望と欲望に流されつつ、今一度似せ紫色の暖簾を見やった。

「……お金の心配ならいらないわ」

金なら俺が――

身を寄せて囁いた蓮へそう応えようとして――けれども八郎は、何故(なぜ)だか別の言葉を口にした。

「あの……でも、どうして俺と……？」

よせ、と内なる己の声がした。

野暮なことを問うんじゃねぇ――

「どうしてって……お礼よ。羊羹の」

「羊羹の礼、ですか？」

ふいに幼き弟の九郎丸が思い出された。

初めての藪入りで八郎は店の干菓子を土産にしたが、九郎丸に食べさせてやることは叶わなかった。

「王子で親切にしてくれたお礼でもあるわ。あの時は、ろくにお礼も言わずに帰ってごめんなさいね」

「……礼ならいりやせん」

会ったことはないが、羊羹を大喜びしたという蓮の弟妹に、亡き九郎丸の姿が重なって、後ろめたさが八郎の胸を満たした。同時に、己の菓子職人としてのささやかな矜持が、あの羊羹を色事と引き換えにすることを拒んでいた。

やんわりと蓮の手を放すと、蓮は困った目をして八郎を見つめた。

「でもほら、私にはこれくらいしかお返しできないから……私、本当に――嬉しかったのよ」

「礼はもう充分いただきやした」

どこかでまだ、女を知る――否、好いた女と抱き合う機会が失われたことを惜しみながら、八郎は言った。

「お蓮さんのおかげで、俺は新しい菓子を作ることができて、師匠からも褒められやした」

「新しいお菓子？」

「ええ。名を睡蓮っていいやす」

「睡蓮……」

「それから……前に末の弟の話をしやしたでしょう？　親には流行病で死んだと言われやしたが、俺は信じてやせん。弟は――九郎丸はきっと、上の三人にいびられて死んだんです。俺も、他の兄弟も、やつらには大分泣かされやしたから。だからお蓮さんみてぇな――こんなに綺麗で、弟妹思いの『姉』がいると知って、俺は嬉しかった。お蓮さんのおかげで、俺はなんだか……救われやした」

なんとか笑顔を作って言うと、蓮も「もう！」と溜息交じりに微笑んだ。

「それをいうなら、私だって、どれだけよいちのお菓子に救われたことか」

蓮曰く、つぐみ屋への行きによいちに寄っていたのは、金のために不義密通に赴く自身を励ますためだったという。雄輔や善朗からそれなりの手当はもらっていたものの、妹の薬礼を含めた暮らしの費えとするべく、駕籠代もけちって王子を歩いて往復していた。

「でも、ほんの少し――よいちで一休みするくらいの贅沢はいいと思って……よいちのお菓子のおかげで、私は王子でも仕合わせなひとときが過ごせたわ」

「菓子職人冥利に尽きやす」

顔をほころばせた八郎へ、蓮はくすりとした。

「八郎さんたら……私なんかより、八郎さんの方がずっと綺麗で、いい男よ。ねぇ、その新しい、睡蓮っていうのはどんなお菓子なの？」

しばし顎に手をやってから、八郎は微笑んだ。

「お蓮さんみてぇに色白で、ちょいとばかりぴりっとした、他に類を見ねぇ菓子でさ。よいちでしか出さねぇんで、いつかまた王子に来ることがあったら、是非とも店に寄ってくだせぇ」

「ええ、そのうち是非」

十一

蓮とは入堀の前で別れた。

八郎は出会茶屋の前で暇を告げたのだが、蓮は笑って小さく頭を振った。

——迷子になると困るから、入堀まで送ってあげる——

子供扱いされたようで恥ずかしかったが、道をよく知らぬという自覚はある。

二人して出会茶屋の前からそそくさと立ち去り、入堀まで黙って歩いた。

入堀まで来ると、蓮はあっさりと、だがにっこりとして言った。

――じゃあ、またいつか。今度はよいちで――

――お待ちしていやす――

入堀沿いを永代橋の方へ歩きながら、八郎は何度も振り返りそうになる己を押しとどめ――結句、一度も振り返らずに大川まで出た。

八郎は主だった通りしか知らず、いつもは武家町はできるだけ避けているため、入江橋から前橋までは初めて行く道のりだ。まだ六ツまでしばしあり、夕陽に照らされた川面が眩しくて、八郎は何度も目を細めた。

前橋まで来ると、日暮れ前に道を急ぐ者が増えてきたが、八郎は行き交う舟を眺めながら、のんびり永代橋を渡って黒江町まで戻った。

六ツ前に帰宅した八郎を見て、「筆下ろし」が叶わなかったことを皆すぐさま察したようだ。

筆下ろしどころか、注文もなかったことを、光太郎、孝次郎のみならず、良介や桂五郎、夕餉の支度を終えたばかりの暁音に打ち明けるのはどうも気まずかったが、隠し通せることではない。

光太郎へ一銭も使うことのなかった金をそっくり返して、八郎はこのほんの一刻ほどの出来事を手短に話した。

「……という訳で、注文も取れずに――すいやせん」

「すいやせんなんて……こんなことで謝るんじゃねぇ、莫迦野郎」

莫迦野郎と言いつつも苦笑を浮かべた光太郎へ、八郎も苦笑と共に繰り返した。

「すいやせん」

孝次郎が、光太郎を見やってどこかしみじみとして言った。

「けど、兄貴の読みは当たってたな。祝言の前に魔が差す女もいるっていう……」

「あなた、それは違うわ」

それまで黙って聞いていた暁音が口を挟んだ。

「私はお蓮さんに会ったことがないけれど――今宵八郎さんを誘ったのは、けして魔が差したからじゃないと思うの。お蓮さんはおそらく、本当に八郎さんを好いていたのよ……巴絵(ともえ)さんのように」

元吉原遊女の巴絵の話は、睦月の藪入りに五嘉棒(ごかぼう)という菓子の作り方と共に聞いていた。巴絵は身請けの前に、かねてから好いていた幇間(ほうかん)の千代平(ちよひら)に五嘉棒にかけた「五つの宝」――五嘉宝――をねだって、束の間だが恋を成就させたのだ。

「で、でも、俺とお蓮さんはほんの一月余り前に知り合ったばかりですから、巴絵さんと千代平さんとは違いやす。お蓮さんはただ、俺みてぇなのをからかって、気を紛らわせたかったのだと……」

「いいえ」

八郎へ向き直って、暁音はきっぱりと首を振った。

「長年の恋も束の間の恋も、恋は恋よ。羊羹のお礼だなんて……それこそただの口実よ。きっと、お蓮さんもなんだか恥ずかしかったのよ」

暁音の言葉に、八郎は小さく頷いた。

暁音に言われずとも、胸の内では判っていたように思う。

両国橋でも入堀でも――振り返れば、蓮の姿が見えたように思う。

己が店でそうしたように、蓮も己の姿がすっかり見えなくなるまで、見送ってくれたような気がしてならない。

たとえ束の間の、かりそめの恋だったとしても――

「さあ、飯にしようや」

孝次郎のかけ声で、良介と桂五郎が板場から座敷に膳を運んで行った。

二人に続こうとした八郎へ、光太郎が囁いた。

「八、あっちの方は、俺が近々なんとかしてやるからな」

「えっ？」

「あら」と、暁音がこちらを見やって問うた。「なんの内緒話ですか？」

「男同士の内緒話さ」

「ふうん……」

しれっとして応えた光太郎へ、まるで七のごとく訝しげにしばし見つめて、暁音はにっこりとした。

「それなら私も明日にでも、お七さんとお葉さんと、女同士で話に花を咲かせようかしら」

「は——話ってなんの？」

「内緒話よ」

「あ、暁音さん、俺ぁ何も、俺が連れてくとは言ってねぇ」

「あら私こそ、まだ何も言ってませんけれど？」

光太郎が苦虫を噛み潰したような顔をしたのへ、八郎は思わず噴き出した。

十二

「八にぃ」

太吉に呼ばれて、八郎は板場から店先へ顔を出した。

「お蓮さんが、八にぃを呼んで来て欲しいと……」

時は、水無月は二十八日の昼下がり。

蓮と馬喰町で別れてから、まだ半月余りしか経ていない。

驚いて縁台の方を見やると、蓮が八郎に気付いて手を振った。

隣りに座っているのは見知らぬ男だ。

「八郎さん。この人は善朗さん。両国で上沢屋って呉服屋を営んでるの。私、先だってこの人と祝言を挙げたのよ」

「さ、さようで……わ、私は八郎と申します」

慌てた八郎へ、蓮はくすりとして小声で言った。

「平気よ。高木屋とのこと、祝言の前に善朗さんに打ち明けたの。この人——うちの人、それでもいいいって言ってくれたのよ」

「さようで」

繰り返した八郎へ、善朗が立ち上がって頭を下げた。

「八郎さんのこともお蓮から聞きました。高木屋とのいざこざでつまらぬ輩に絡まれた時も、そののち倒れた時も、すぐさま助けてくださったそうで——その節はありがとうございました」

「いえ、あの、うまく収まってようございました」

「うふふ。今日は睡蓮を食べに来たのよ。睡蓮を二つ、壬も一つお願いね。壬はうちの人とはんぶんこするの」

「すぐにお持ちします」

十七日から売り始めた睡蓮は、辺りでたちまち評判になった。壬ほど数がないため、物珍しさも手伝って、一つ四十文でも八ツには売り切れる。

睡蓮と壬を折敷に載せて持って行くと、睡蓮を見た途端、蓮が「わぁっ」と、声を上げて顔をほころばせた。

早速匙を手にして睡蓮を一口含むと、目を細めて満面の笑みを浮かべる。

「美味しい！」

「どれ……」

善朗も蓮に倣って、睡蓮を一口、舌で転がすようにして目を細めた。

「うん、こりゃ旨い。肉桂が利いてるな。他に類を見ないお菓子だよ」

善朗が言うのを聞いて、蓮は八郎を見上げて微笑んでから、善朗に向き直って胸を張った。

「ね、私の言った通りでしょう？」

「ああ、お前の言った通りだな。二幸堂のお菓子も美味しかった」

「ふふ、うちの人、甘い物に目がないのよ」

「そうなんで？」

「うん」と、善朗は頷いた。「といっても、商談の帰りにちょっと菓子屋や茶屋に寄るくらいでね。二幸堂の名は番付で見かけてはいたんだが、うちの客は両国と浅草ばかりで、深川に行くことはあまりなくってね……」

微苦笑を浮かべた善朗は、三十路をいくつか過ぎているように見える。四十路近い雄輔よりは若いものの、蓮より一回りは年上だろう。呉服屋だけあって身なりはいいが、やや面長で、ぱっとしない目鼻立ちに、身体つきもひょろりとしている。

蓮が言った通り、男振りは雄輔に劣って見える。しかし、温かみのある声に穏やかな眼差し、そして甘い物好きであるということに八郎は親しみを覚えた。

「お蓮が江戸で一番だと言って譲らないものだから、つい先日、二幸堂まで金鍔を買いに行ったんだよ。金鍔はもちろんのこと、斑雪、独楽、豆福（まめふく）、旅路……どれも絶品だった」

　善朗がすらすらと菓子の名を口にしたものだから、八郎はますます嬉しくなった。

「金鍔は、お得意さんの年寄（としより）に手土産にしたんだが」

「相撲部屋の年寄よ。うちは横網町だからお相撲さんのお得意さんが多いのよ」

　相撲の年寄は隠居した力士や行司で「年寄株」を持ち、相撲部屋を営む者だ。

　口を挟んだ蓮を愛おしげに見つめて、善朗は続けた。

「大層旨かったと、次の日にいらして着物の注文までしてくださった。二幸堂さまさまだよ。近々、他のお菓子も買いにゆくよ」

「どうぞよしなに」

「王子に来るのは三年ぶりだ。ここは前は羊羹しか置いてなかっただろう？　他の菓子はおととしから作るようになったんだってね。王子まではなかなか来られないんだが、ううーむ、これはここでしか食べられないんだね？」

「そうよ」と、八郎より先に蓮が応えた。「壬もよ」

「惜しいな。二幸堂で出してくれたら、通うんだが……」

「また来ましょうよ。私、早く仕事を覚えてどんどんお着物を売り込むわ。そしたら、折々にちょっとくらい贅沢したって、みんななんにも言わないわ」

「ははは、お前はまったく心強いよ」

善朗の笑顔には屈託がなく、心から蓮に惚れ込んでいる様子が窺えて、八郎は改めてほっとした。

「でも、まずは明日ね」

「明日？」と、八郎は問い返した。

「ええ。今日は一晩こっちに泊まって、明日の朝またよいちに寄って、お店のみんなや妹たちへのお土産の羊羹を買ってからおうちに帰るの。宿は五福屋よ。ご存じでしょう？」

「もちろんです」

つぐみ屋よりずっと手頃な旅籠だが、主も女将も長年よいちを贔屓にしてくれており、壬や汁粉を出すようになってからは時折夫婦でやって来て、縁台でしばし余市と語らうようになった。

「旦那さんも女将さんも、五福屋の名にふさわしい福々とした丸顔で、うちにもよく来てくださいます」

「そうそう。私、あすこの女将さんからよいちのことを聞いたのよ。あすこがうちの人の定宿なのよ。うちが呉服屋だから、五福屋さんにしたんですって」

「これ、お蓮。王子は三年ぶりだと言ったろう。定宿といえるほどの上客じゃないよ。だが、私もよいちのことは、その昔あすこの旦那さんから教わったんだよ」

「あら、そうだったの？　じゃあ私たち、やっぱりご縁があったのね」

「そう——みたいだな」

嬉しげに目を細めた蓮を、眩しげに見つめて善朗は頷いた。

つられて微笑んでから、八郎は言った。

「そろそろ板場に戻りやす。どうぞごゆっくり」

「あ、待って」

板場に戻ろうとした八郎を、蓮が呼び止めた。

「私、今までずっと蓮は蓮華の蓮だと言ってきたけれど、睡蓮もいいわね。これからは睡蓮の蓮って言うことにするわ」

「お蓮さん……」

「美味しいお菓子をありがとう」

「こちらこそ、おいでいただきありがとうございます。——お二人とも、末永くお仕合わせに」

一礼して踵を返すと、自然と笑みがこぼれた。

店先でやはり顔をほころばせた太吉と頷き合って、八郎は満ち足りた思いを胸に、板場へ続く暖簾をくぐった。

千両箱（せんりょうばこ）

―― 暁音 ――

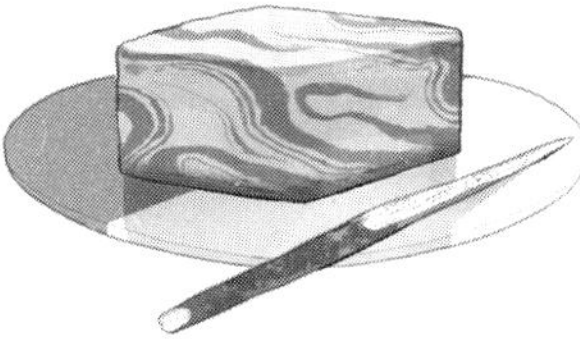

一

上野からの帰り道、和泉橋を渡る前に暁音は九ツを聞いた。

上野には暁音の三味線の師匠の和音が住んでいる。その和音が一月ほど湯治に出かけている間、一軒だけ出稽古を頼まれていた。

——少々愚痴や嫌みが過ぎる方だけど、遠い分、稽古代は弾んでくださるそうだから、稽古代の内だと思って聞き流しておきなさい——

そう和音が苦笑交じりに言った通り、出稽古先の弟子は、稽古よりもおしゃべりに熱心だった。池之端仲町の料亭の女将なのだが、夫はどうも吉原通いに熱心らしい。和音にわざわざ暁音の代稽古を頼んだのも、元吉原遊女である己から吉原の内情を聞いたり、遊女の悪口を言うことで憂さ晴らしをしたりというのが目的だったようである。稽古は五ツ半から四ツ半までの一刻ほどという約束だったが、結句、四半刻は長引いた。

神田から大伝馬町を抜けると、暁音は一旦小網町の方へ向けた足を返して、江戸橋の方へ歩いて行った。稽古代を多めにもらえる分、昼からは己の稽古に励むつもりで他の稽古を入れていない。ならば少し足を延ばして、南八丁堀の菫庵に行こうと思ったのである。

舌の肥えた七や、その夫にして料理人の宇一郎が勧める蕎麦屋・菫庵は、蕎麦はもちろん、蕎麦がきが絶品だ。

菫庵の暖簾をくぐった時には既に九ツを半刻余り過ぎていたが、縁台はまだ全て埋まっていた。

「暁音さん、いらっしゃいませ」

にこやかに出迎えたのは、花番――蕎麦屋の給仕――の汀である。ちょうど奥の縁台から立ち上がった客がいて、汀がさっと折敷を片付けつつ暁音を手招いた。

「かけと蕎麦がきをお願いします」

「かしこまりました」

歳を訊ねたことはないが、汀はおそらく三十三歳の己より少し年下で、三十路の葉と同じくらいの年頃だろう。色白で、笑うとくっきり浮かぶ笑窪が愛らしい。

ほどなくして運ばれて来たかけ蕎麦をすするうちに、少しずつ客がまばらになっていく。

と、数人の帰り客と入れ違いに暖簾をくぐって、玄太が顔を覗かせる。

「おっ、暁音さんじゃねぇか」

「玄太さん。今からお昼ですか？」

「おう。もう腹ぺこよ。——天麩羅と蕎麦がきを頼む。酒も一本つけてくれ」

「かしこまりました」

暁音の向かいの縁台に座って注文しながら、玄太は汀と見交わした。

二人が互いの想いを確かめ合ったのは、一昨年の神無月だ。

玄太は、深川を根城とする香具師の元締め・東不動こと長次の腹心だ。強面にいかつい身体つきで、見た目に違わぬ剛の者である。

汀は陸奥国は会津藩の武家の出だが、同輩に裏切られた父親が浪人となり、両親と共に十一歳の時に江戸に出て来た。両親は既に亡く、菫庵は亡くなった母親の勤め先でもあった。

二人とも独り身で、また、暁音の見立てではとうに男女の仲でもあるというのに、二人が身を固める気配はない。どうやら玄太は、己が裏稼業にかかわるやくざ者であるがゆえに、武家の出で「まっとう」な仕事に就いている汀の夫にはなれぬと考えているようである。

「おっ、早ぇな。ありがてぇ」

汀が持って来た蕎麦がきへ玄太は手を伸ばしたが、汀はさっと盆を引いた。

「お待ちになって。これは暁音さんの分ですよ」

「うん？　暁音さん、まだ食うのかい？」

空になった丼を見て玄太がからかった。

「ええ、ここへ来て蕎麦がきを食べないなんて、もったいないですもの。それに私だって腹ぺこだったんです」

かけ蕎麦で腹はもう落ち着いていたため、先に蕎麦がきを譲ってもよかったのだが、暁音はあえてそうしなかった。玄太が空腹を抱えて昼餉にしては遅めの時刻に現れたのは、それだけ菫庵でゆっくりしたいからである。

菫庵の花番は汀のみだが、汀は手際よく八つの縁台をくるくる回って給仕している。そんな汀を誇らしげに見やる玄太が、暁音には微笑ましい。二人の仲を承知している店主夫婦も板場から玄太と汀を盗み見ていて、暁音と目が合うと二人して笑みをこぼした。

蕎麦がきを腹に収めてしまうと、暁音は早々に腰を上げた。

「じゃあ、玄太さん、ごゆっくり」

「おう。二幸堂によろしくな」

こちらを見やった汀にも会釈をしてから、菫庵を後にする。

稲荷橋と高橋を渡り、武家屋敷をぐるりと回るようにして二ノ橋、豊海橋を渡ると、永代橋へ足を向ける。

と、今度は、北新堀町の方からやって来た一弥と鉢合わせた。

「おや、暁音さんじゃねぇですか」

「一弥さんも深川へお帰りですか？」

「ええ。昼には戻るつもりが、ちと神田でのんびりし過ぎて、こんな時分になっちめぇやした」

苦笑と風呂上がりらしき小ざっぱりとした様子から、女と過ごした帰りだろうと暁音は踏んだ。

玄太の一の子分を名乗る一弥は、玄太とはあべこべに、一見ではとてもやくざ者に見えないいすらりとした色男だ。玄太と同じく独り身だが女には事欠かず、孝次郎から聞いた話によると、神田の永富町（ながとみちょう）にも藤（ふじ）という馴染みの女がいるという。

玄太といい、一弥といい、日中から随分いいご身分である。

でも、この二人が暇なのは深川が泰平な証（あかし）だわ――と、暁音は思わず微笑んだ。

「それにしてもちょうどよかった」

暁音をいざなうように永代橋へ歩きながら、一弥が言った。

「ちょうどよかった？」

「ちょうど暁音さんに相談ごとがありやして、二幸堂へ行くとこだったんでさ」

「私に相談ごとですか？　うちの人にじゃなくて？」

暁音が問い返すと、一弥は再び苦笑を漏らした。

「孝次郎じゃとても……光太郎ならもしかしたら、けど、暁音さんが一番適しているかと思いやして」

「謎々は結構よ。宴の余興か何かかしら？」

「いえ、玄太さんとお汀さんのことでさ」

「あら……それこそ私、ちょうど菫庵に行って来たところよ。お二人とも相変わらず仲良しであてられちゃったわ」

「ええ、お二人とも変わりありやせん。ですから長次親分も涼二さんも――もちろん俺も――いい加減、あの二人をまとめちまいてぇんです」

涼二は長次の右腕で、玄太の敬愛する兄分でもある。一弥が玄太の一の子分を名乗っているように、玄太は涼二の一の子分は己だと譲らない。

「そんなの、涼二さんか親分が命じれば済むことでしょうに」

「それがそうでもねぇんでさ」

呆れ声で一弥は続ける。

「妻問いをけしかけられても、今更女と暮らすのは面倒だの、堅気の女はいざという時役に立たねぇだの、なんだかんだ言い逃れておりやして。涼二さんも親分も無理強いするほど野暮じゃねぇんで、結句そのままに……ついでに、お汀さんは出戻りだから、もう夫婦暮らしは懲り懲りだと言っているそうでして」

これは七から聞いたことだが、汀は二十歳の時に一度嫁いだものの、三年後に出戻って、以来独り身だそうである。

「お汀さんがそんなことを？　そういうことならまずは私が、それがほんとかどうか、お汀さんに直に訊ねてみるわ」

「流石、暁音さん。話が早ぇや」

「おだてたって何も出ませんよ」

「なんもいりやせんよ。いや、こっちが頼んでいることだ。むしろ手間賃をお支払いいたしやす」

「手間賃なんていらないわ。親分や涼二さんにはいつもお世話になっているもの」

「ははは、けど、それじゃあ俺の面目が立たねぇ……」

頼みごとは済んだというのに、空腹だからと一弥は結句二幸堂まで同行して、店先で御手洗団子を二串買った。

「孝次郎にゃ悪ぃが、俺ぁ饅頭よりもこっちがいいや。腹も膨れるし、何より二幸堂のは団子も醤油もひと味違うんだよなぁ」

団子には孝次郎の案で甘酒が使われている。醤油は孝次郎に問われて、己が勧めたものだ。暁音を吉原から請け出したのは、今は亡き柳右衛門という男で、明久という料亭の主だった。暁音は囲われている間に、柳右衛門の伴として江戸中の「旨い物」を賞味していて、此度の醤油もかつて柳右衛門から教わったものだった。

柳右衛門は浄瑠璃好きで、暁音の身請けは三味線の腕前を買ってのことであったが、妾宅でも無論夜伽を求めた。

苦界から抜け出すためには致し方なかったこととはいえども、柳右衛門との日々は暁音には――たとえ孝次郎は承知の上でも――後ろめたい。

だが此度、ささやかでも己の過去が夫の役に立ったことが暁音は嬉しかった。

「毎度ありがとうございます」

給仕の太吉と共に、暁音もにこやかに一弥へ礼を言った。

二

暁音が菫庵を再訪したのは、中一日空けての文月は二日だ。

玄太が訪れるとすれば昼下がりから夕刻だろうと踏んだ暁音は、此度は菫庵が店を開ける四ツより前に着くべく道のりを急いだ。

菫庵ではまず、おかみのまさに声をかけた。

「お節介とは存じますが、お汀さんにご縁談をお持ちしました」

「ご縁談？　でも、お汀さんは玄太さんと……暁音さんもご存じでしょう？」

「その玄太さんとのご縁談です」と、暁音はにっこりとした。「うちの人が作った日向――粟饅頭――がご縁となったと聞きましたのに、なかなかまとまらないようなので、何かお力になれぬかと思って参ったのです」

「まあまあ、願ったり叶ったりですよ。私らも、そろそろなんとかならないかと思っていたんです」

まさも夫の五平も、煮えきらぬ玄太にやきもきしていたという。

「お汀さんに惚れ込んでるのは判りますけどね。まるで囲い女みたいな扱いなんだもの。そろそろ男らしくけじめを——ちゃんと夫婦の杯を交わして欲しいって、うちの人と話していたとこなのよ」

汀が菫庵で働き始めたのはさきおととし——かつての花番だった母親が亡くなってからだが、まさと五平は汀が十代の頃から知っている。

「私らは子宝に恵まれなかったし、お汀さんにもう頼れるお身内はいないからねぇ。勝手に、私らがお汀さんの親代わりと思っているんだよ」

まさの許しを得て、暁音は汀を店の近くの湊稲荷(みなといなり)に連れ出した。

暁音は常から、武家の出にふさわしい汀のきりっとした所作や、しっかりした物言いが気に入っている。ゆえに、下手に隠し立てはしない方がよいと判じて、一弥から——ひいては長次や涼二からも——頼まれて来たことを正直に明かした。

「……それで、本日はまず、お汀さんの本心をお伺いすべく参りました」

ややおどけて、わざと丁寧に言うと、汀も微苦笑を浮かべて問い返す。

「私の本心ですか?」

「お汀さんは出戻りで、もう夫婦暮らしは懲り懲りだと言っているとお聞きしましたが……?」

「まあ、あの人ったら——」と、汀は更に苦笑した。「懲り懲りだ、なんて言っておりません。出戻って以来、殿方とは縁がなかったとはお伝えしましたけれど」

「そんなことだろうと思いましたよ」

もとより、玄太の体(てい)のいい言い訳だろうと踏んでいた。

くすりとした暁音に、汀は少しばかり困った顔をした。

「でも私、出戻ったのは、子供ができなかったからなんです」

「それも……そうではないかと」と、暁音は頷いた。

三年後に、と聞いて推察していたことであった。

嫁(か)して三年のうちに懐妊せぬ女は、「石女(うまずめ)」として離縁されることがあるからだ。

汀の前夫はそこそこの商家の跡取りで、汀を選んだのは恋心半分、見栄半分だったようだ。「武家の女」ということで汀がちやほやされたのは二年ほどで、懐妊の兆しのない汀に家人が苛立ちを隠さぬようになった三年後に、汀の方から離縁を切り出した。

「その頃には、あちらには別に好いた人がいたようで、あっさり離縁状を書いてもらえました」

「玄太さんはそのことは？」

「お話ししました」

——莫迦な野郎だ。餓鬼(がき)は天からの授かりものだってのにな。三年でそんな野郎に見切りをつけたおめぇはやっぱり賢いなぁ、お汀——

そんな風に玄太は汀を慰めたそうである。

「玄太さんらしいわ」

「ええ」

しかしながら、玄太が妻問いを避けているのは本当で、汀には「一人暮らしは気楽でいい」、「いざという時には、俺には親分や涼二さんの盾になる覚悟がある」などと、折に触れて口にしているという。

──今更女と暮らすのは面倒だの、堅気の女はいざという時役に立たねぇだの、なんだかんだ言い逃れておりやして──

「稼業を気になさっているのだと思います。万が一の折に、お汀さんに累が及ばぬようにと」

一弥の言葉を思い出しながら暁音が言うと、汀は困った顔のまま頷いた。

「私もそう思っております。私なりに覚悟は決めておりますので、それとなく伝えたこともありましたが……どうもあの人には事足りぬようです」

やるせない笑みを浮かべて、汀は続けた。

「それに、私にはやはり子供のことで引け目があります。私はもう三十一ですから、きっと子供は望めないでしょう。でも、殿方は違います」

暁音はかつて、己の過去が孝次郎の幸せを妨げるのではないかと恐れた。

また、流産と死産を経て大年増となった己もおそらく石女で、いまだついつい孝次郎に引け目を感じてしまう。

ゆえに暁音は、玄太の気持ちも、汀の気持ちも判らぬでもないのだが――

「……とはいえ、お汀さんは玄太さんと別れるつもりはないのでしょう？」

「ええ、まあ。未練がましい話ですけれど、今のままでも、私は前よりずっと仕合わせなのです。ただやはり、もっと傍にいたいと――叶うなら、夫婦として添い遂げたいと願っております。……欲深ですわね」

「いいえ」

汀に昨年の――未練がましく、孝次郎の傍にいたいと望んだ己を重ねて、暁音は微笑んだ。

「きっと玄太さんも同じです。同じだけれど、どうしたらいいのか、なんと伝えたらいいのか、きっかけがつかめずに迷っていらっしゃるのでしょう。どうです、お汀さん？　ここは一つ、私に任せていただけませんか？」

暁音を見つめること、ほんのひととき。汀は頬に手をやって微笑み返した。

「他ならぬ、暁音さんがそう仰ってくださるのなら……」

あえて語ったことはないが、殊に隠してもいないため、汀も暁音の身の上や孝次郎とのいきさつを、それこそ玄太にでも聞いて知っているのだろう。

汀と頷き合ったところへ、四ツの捨鐘が鳴り始めた。

二人して菫庵に戻ると、店先に見知った男が佇んでいる。

「千代嗣（ちよつぐ）さん」

汀と呼び声が重なって、暁音は汀と顔を見合わせた。

三

千代嗣は浅草に住む幇間だ。

吉原での仕事が主で、暁音が遊女だった頃からの知己(ちき)である。

「千代嗣さんと暁音さんは、お知り合いだったんですね？」

「ええ。千代嗣さんには、中にいた頃から折々にお世話になっているのです」

「お世話になっているのは私の方です」と、千代嗣。「菫庵も、暁音さんが教えてくれたのですよ」

「浅草からは遠いですが、千代嗣さんは蕎麦がきに目がないと仰ってたから」

「そうお聞きしています」

暖簾を出したばかりの菫庵の縁台で、暁音と千代嗣は向かい合って座り、共にかけ蕎麦と蕎麦がきを注文した。

暁音が吉原に売られたのは、十二歳の秋だ。一つ年上の千代嗣は、姐(あね)女郎のもとにいた頃から見知っていたものの、言葉を交わすようになったのは十五歳で新造(しんぞう)になってからだ。それでも、もう二十年近い付き合いになる。

一時、恋情ではなく、長年の情から一層親しみを覚えたこともあったが、結句、男女の仲にはならなかった。そうこうするうちに暁音が身請けされたものの、師匠の和音が吉原でも教えていることや、互いに浅草でのお座敷に呼ばれることがあり、細々と親交は続いた。殊に、小太郎が行方知れずになった折や暁音が吉原での同輩の兄に逆恨みされた折には千代嗣が、千代嗣の弟弟子の千代平と巴絵の仲立ちには暁音が、それぞれ一役買っている。

「師匠に時折、日本橋やら八丁堀やらに遣いを頼まれるんです」と、千代嗣。「それで、菫庵には遣いのついでに寄るようになりました。更についでに二幸堂にも」

「そうだったんですか」

千代嗣の師匠の遣いは月に一度あるかないかで、暁音も出稽古やお座敷で留守にしていることが多い。そうでなくとも、逐一呼び出すほどではないだろうと、店先では一人の客として菓子を買って帰るのみらしい。

「こんなに早い遣いは久しぶりですが、二幸堂は早い方が菓子が揃っていますからね。師匠もそれを当て込んでいるようでした」

「私もこんなに早くにここへ来るのは初めてだけど、こういう偶然は嬉しいわ」

蕎麦を食べながら、互いの師匠のことをしばし語り合い、連れ立って菫庵を後にして二幸堂へと向かう。

「それにしても、ちょうどよかったわ。千代嗣さん、ちょっと相談に乗ってくれないかしら？」

二日前の一弥のごとき台詞を口にして、暁音は玄太と汀のことを話した。

「任せていただけませんか――なんて、お汀さんには言っちゃったけど、玄太さんみたいな男の人には、どう持ちかけたらいいのか……千代嗣さんなら、どう仕掛けます？」

吉原でいろんな男に出会ったが、玄太のような――良くいえば芯が強い、悪くいえば意地っ張りな男を説き伏せるのは難しい。

「そうですね……」と、千代嗣もやや困った顔をした。「根は律儀な方のようですから、腹を割って話せばなんとかなるように思います。けれども親分や兄分が言っても聞かないとなると、暁音さんがお話ししても裏目に出るやもしれません」

「私もそれを案じています」

女の己が話すことで汀の「女心」が伝わればよいのだが、日頃女子供を寄せ付けぬ稼業だけに、女の口出しを嫌って、余計に意固地になることも考えられる。

「お話を持ちかけるなら、暁音さんよりも、案外孝次郎さんの方がよいやもしれませんよ？」

「うちの人の方が？」

「孝次郎さんは裏表のない――ああ、暁音さんに裏があると言っているのではありませんよ――実直な方ですし、玄太さんにとっては縁結びの『恩人』ですから、孝次郎さんのお話なら耳を傾けてくださるやも……」

微苦笑を浮かべて千代嗣は続けた。

「ですが、玄太さんのようなお人には言葉での説得よりも、何か妬心を抱かせるような——たとえば、当馬の方が手っ取り早いやもしれません」

千代嗣の言葉には大いに頷けるものがあるが、さりとて当馬なぞそうそう見つかるものではない。

あの二人のために、当馬になってくれそうな人がいるかしら……？

つい顎へ手をやった暁音に、千代嗣がくすりとした。

「なんなら、わたくしめが一肌脱ぎましょうか？」

「えっ？」

「私なら歳の頃も近いし、菫庵に通い始めて一年ほどですから、お汀さんに想いをかける男としてはちょうどよいと思いませんか？」

千代嗣の思わぬ申し出を二幸堂の座敷で、茶と茶菓子を振る舞いつつ検討していると、盗み聞きしていた光太郎と七がすぐに賛同した。

「そりゃ妙案だ。他に男の影があるとなったら、玄太さんでもきっと慌てるさ。なぁ、こうの字」

「ああ、まあ……」

光太郎には以前、葉の後妻話であたふたした過去がある。後妻話は結句、仕組まれたことで、葉にもその気はなかったものの、再びの求婚を躊躇っていた光太郎にはいいきっかけとなった。

「ひひひ、孝次郎さんだって、一時は千代嗣さんを疑ったものねぇ。千代嗣さんならうってつけだよ」

孝次郎には千代平の一件で、己が千代嗣と二人きりでいたところを見られてしまい、束の間ではあったが、千代嗣との仲を勘繰られた。

「けど、そんな、玄太さんを騙すような真似は……」

光太郎と七に比べて、孝次郎は当馬策には反対らしい。

実直な夫らしいと誇らしくはあったものの、玄太を説得する自信はないようだ。

「じゃあ、千代嗣さんが言うように、孝次郎さんがまず玄太さんに話してみちゃどうのなのさ」

「そ、そいつぁ、俺には荷が勝ち過ぎる……」

七に言われてたじたじとなった孝次郎が目で助け舟を求めてくるのへ、暁音はつい顔をほころばせた。

「私も玄太さんに物申すとなるとどうにも気後れしちゃうから、まずは千代嗣さんに当馬になってもらって、玄太さんが慌てたところをついてみようと思うの」

「う、うん、まあ、暁音さんがそう言うのなら……」

もしや、また疑われたかしら……？

菫庵で千代嗣と会ったのは偶然だが、深川への戻り道中は二人きりであった。

一昨日、一弥からの「頼まれごと」を話した折は孝次郎は乗り気に見えたが、一弥は深川住まいで女に事欠かぬ。一度疑われたことのある千代嗣と戻って来たのは軽率だったかと、歯切れの悪い孝次郎の言葉を聞いて暁音は自省した。

四

昼下がりに出稽古に行くついでに、永代橋の袂の飯屋・すけ屋に寄って、一弥に言われた通りつなぎの言伝を頼んだところ、早速、夕刻に一弥が現れた。

当馬策を話すと、「そいつは効き目がありそうだ」と、一弥はすぐさま乗り気になった。

口裏を合わせるために、翌朝暁音は再び菫庵に赴き、汀のみならず、五平とまさの助力も仰いだ。

「任せとけ」

「千代嗣さんとはまた、もってこいのお人がいたもんだねぇ」

五平とまさが浮き立つのを見て汀は苦笑を浮かべたが、反対はしなかった。

「意地が悪いですけれど、これで少しはあの人の本心が判るのなら……」

――幇間の千代嗣って野郎が、お汀さん目当てに菫庵に通ってるそうですぜ。お汀さんも満更でもない様子だと聞きやした――

そんな風に、まずは一弥から玄太に伝えてもらう手筈になった。

玄太さんのことだから、二、三日のうちには確かめに行くことでしょう――のんびりと一弥か汀の知らせを待つつもりであったが、二日後の八ツ過ぎ、一弥が玄太を伴って二幸堂に顔を出した。

「こんな時刻に珍しいですね」

「涼二さんの遣いでな」

孝次郎が問うのへ、仏頂面で玄太が応える。

一弥はともかく、強面の玄太や涼二は二幸堂の客を怖がらせぬよう、店仕舞いの前後に現れることが多い。

暁音はちょうど店の座敷にいた。

つい先ほど、八ツが鳴る少し前に今日のおやつの芋饅頭(いもまんじゅう)が蒸し上がり、今か今かと待っていた小太郎、伸太、信次と共に、座敷で芋饅頭を食べていたのである。

子供たちが玄太の強面に一様にぎょっとして、そんな子供たちを見て一弥が噴き出した。

「おやつは芋饅頭か……」

「お七さんが貰い物の薩摩(さつま)芋(いも)を、一抱えもおすそ分けに持って来てくれたんです」

芋饅頭というと芋餡を饅頭生地で丸めたものが主だが、孝次郎が片手間に作ったそれは、角切りにして砂糖と塩をまぶした薩摩芋を、やや水で湿らせた上新粉とあえて蒸したものだ。ほくほくとした、だが歯ごたえのある薩摩芋に、つなぎの上新粉がもっちり絡んだ素朴な味わいがする。

「知ってっか？」と、一弥が子供たちへ向かって言った。「こいつはな、尾張（おわり）じゃ鬼饅頭っていうんだぜ。ほら、芋がごつごつとして、鬼の角や金棒みてぇだろう」

「おにまんじゅう……」

揃ってつぶやきながら、子供たちはおそるおそる玄太の顔を盗み見た。

暁音はどうにかこらえたが、一弥は再び噴き出した。

「玄太さん、餓鬼どもが怖がっておりやすぜ」

「うるせぇ。おめぇが余計なことを言うからだろうが」

今一つずつ芋饅頭を持たせて子供たちを表へ出すと、暁音は二人を座敷へ促した。

「玄太さんと一弥さんも、お一ついかがですか？　蒸し立てで美味しいですよ」

芋饅頭を齧ると、ようやく玄太の顔が和らいだ。

「うん。甘いが旨ぇな」

「これでも饅頭ですからね。けど、うん。こりゃ旨ぇ」

どこか懐かしげに言った一弥へ、暁音は問うた。

「一弥さんは尾張の出なんですか？」

「俺は川越（かわごえ）さ。だから芋は食い飽きてんだが、久しぶりに食ったからかな……こうして食うと旨ぇもんだな。いや、こうの字の饅頭だから旨ぇのか」

川越藩は芋畑が多く、薩摩芋は川越芋とも呼ばれているほどだ。

「だが、こいつには尾張生まれの女がいるんだ」と、玄太。「鬼饅頭のこた、大方その女から聞いたんだろう。——神田のお藤(ふじ)って女なんだが」

「いかにも」と、一弥が苦笑を浮かべる。「けど、玄太さん、どうしてお藤の古里(ふるさと)をご存じで？　俺ぁそんなこと一言も——」

「一言どころか、二言も三言も惚気(のろけ)ていたさ。おめぇが、ほら、花見で酔い潰れた折によ」

「はははは、そうか。惚気けていやしたか」

「おうよ。酒には本性が出るもんだ。となれば、あれがおめぇの本意だろう。とっととお藤と身を固めちまえよ」

「玄太さんこそ、とっととお汀さんと一緒になったらいいじゃねぇですか」

まぜっ返した一弥がそれとなくこちらを見やったことから、一弥は既に玄太に千代嗣のことを告げたのだと判った。

「そうですよ」と、板場から顔を出した七が言った。

仕事をしつつ、聞き耳を立てていたらしい。

「玄太さんは一弥さんの兄分なんですから、一弥さんより、まずは玄太さんが身を固めるのが先でしょう」

七に加えて、客の注文を伝えに来た光太郎も一弥に助太刀する。

「お七さんの言う通りでさ。ここは一つ、兄貴が手本を示さねぇと――なぁ、孝次郎？」

「えっ？　ああ、うん」

板場から孝次郎が慌てて応えるのへ、暁音は七と顔を見交わして笑みを漏らす。

「……俺のこたいいんだ」

「そんなら、俺のことはもっといいんでさ」

再びまぜっ返した一弥に、玄太は苦虫を嚙み潰したような顔になる。

涼二の遣いというのは、長次の急な客への茶菓子であった。

「作り置きがあるなら秋の川を一棹、ねぇようなら鹿ノ子を四つ……」

錦玉羹の秋の川は、芋羊羹を「川底」に、その上に落ち葉を象った紅葉色と銀杏色に染めたこなし――白餡に粉と餅粉を混ぜた生地――を散らした菓子で、朔日から縁台でも出している。

「秋の川、一棹ありやす」と、孝次郎。

「うん、じゃあ、そいつと鹿ノ子を一つ、斑雪を一つ、それから……」

「金鍔を一つに、夕凪と福如雲一包みずつ」

言い淀んだ玄太の注文を、一弥が引き継いだ。

鹿ノ子、斑雪、金鍔は甘い物好きの涼二が自分のために、生姜風味の琥珀の夕凪は長次のために、福如雲は客の手土産としての注文らしい。

二人がそれぞれ菓子を抱えて帰って行くと、七が溜息を漏らした。

「あの調子じゃあ、祝言への道のりは長そうだねぇ」

「そうですね……」

「まあ、一人暮らしは気が楽だってのは判らないでもないけどね」

「あら、お七さんでもそう思います？」

「そりゃ、暁音さん。一人暮らしなら、誰にも、なんにも言われずに、好きなお菓子を好きなだけ食べられるじゃないの。なんなら、三度のご飯にお菓子を食べることだって――」

うっとりとしてから、七は慌てて言った。

「今のは、彦やうちの人やお義母さんには内緒だよ」

「ご案じなされませぬよう」

そそくさと板場へ戻る七を苦笑と共に見送ると、暁音は出かける支度を始めた。

今宵は永代寺門前町にある料亭で、お座敷の三味線方を頼まれていた。

お座敷での仕事や、日が暮れてからの帰りを孝次郎は快く思っていない。しかしながら、表立って不平を口にすることはなかった。自分は菓子作りを、暁音は三味線弾きをそれぞれ愛し、誇りとしていることを承知しているからである。

仕事とはいえ、嫁いだ身で酒宴に行くのは気が咎めるが、稽古と違って存分に己の腕前を活かせる場がお座敷だ。

「行って参りますね」

「ああ、うん。気を付けて」

板場にいた孝次郎が振り向いて己を見つめる。

「五ツには戻りますから」

「うん」

たったこれだけのやり取りにも、胸がじんわり温まる。

孝次郎が微かに目を細めて頷くのへ、暁音も微笑んだ。

長屋住まいでも、行き帰りには誰かしら声をかけてくれたが、暮らしを共にしている——夫婦の契を交わした——孝次郎との「家」とはやはり違った。

男女の仲立ちなぞ、一昔前の己なら即座に断っただろう。だが、此度は玄太と汀、どちらにも過去の己を重ねてしまい、つい、そうと承知しつつも「余計なお節介」を焼きたくなった。

男女の仲は千差万別。

人の仕合わせも——

少しばかり自戒を込めつつ、当馬策の首尾を窺いながら九日が過ぎた。

そうして——

明日は藪入りという文月は十五日、浅草での出稽古の帰り道で、暁音は玄太に呼び止められた。

五

「玄太さん。こんなところでお目にかかるとは、奇遇ですね」

「そうでもねぇ。こうの字に、暁音さんは今日は茶屋町で出稽古だって聞いて、張ってたんだ」

「まあ」

「ちと、みんなには内緒で訊きてぇことがあるんだが、いいかい？」

暁音に否やはなかったが、どちらにせよ玄太の顔つきには有無を言わせぬものがあった。

並木町を通り抜けて、駒形堂の向かいの居酒屋の暖簾をくぐった。店先の縁台ではなく、奥にある衝立で分けられている座敷に腰を下ろす。

「暁音さんも飲むかい？」

「いえ」

「俺は一杯やらせてもらうぜ」

「では、私は酌を」

己のために酒を、暁音のために茶を注文すると、玄太は早々に切り出した。

「暁音さんは千代嗣って幇間を知ってるだろう？」

「ええ」

「そいつがどうも、お汀に岡惚れしてるようだと聞いてな」

早くも当馬策がばれたのかと思った暁音は、ひとまず胸を撫で下ろした。

「千代嗣さんが？」

「この一年ほど、浅草からわざわざ、お汀目当てに菫庵に通っているんだとよ」

「違いますよ」と、暁音はくすりとしながら首を振った。「千代嗣さんは蕎麦がきが大好物なんです。ですから私、菫庵を教えたんです」

「暁音さんが？」

「ええ。千代嗣さんは浅草住まいですから、八丁堀まではどうかと思ったんですけれど、時たまお師匠さんのお遣いで、日本橋や八丁堀まで行くそうで、ついでの折に寄ってみると仰っていました」

しれっとして暁音は応えた。

昔取った杵柄で、少なくとも孝次郎より暁音は嘘が得意だが、千代嗣が菫庵に通うようになった成りゆきはおよそ今言った通りである。

「菫庵には、蕎麦がき目当てに通っているんですよ」

運ばれて来た銚子を手にしながら暁音は付け足したが、玄太は仏頂面のままだ。

「それがそうでもねぇんだよ」

杯を一息に飲み干して玄太が続ける。

「初めは蕎麦がき目当てだったんだろう。だが、今はお汀のためさ。おまささんがこっそり教えてくれたんだ。先だっては贈り物の櫛（くし）を持って来て、見送りの際にお汀に渡したそうだ。言われてみれば、こないだ新しい櫛を挿（さ）しててよ……」

　文月に入ってから暁音は汀に三度会っているが、どんな櫛をしていたかは覚えがなかった。だが、暦の上では秋になったばかりであるから、汀が夏場とは違った櫛を挿していてもおかしくはない。

　玄太さんが、これまで気付かなかっただけじゃないかしら……？

　また、まさはなかなかの役者らしいと、暁音は内心にんまりしながら酌をした。

「……ですが、よしんば千代嗣さんがお汀さんに岡惚れしているとしても、お汀さんは玄太さん一筋ですから、案ずることはありませんでしょう？」

「それが――そうでもねぇんだよ」と、玄太は繰り返した。「俺の見立てじゃ、どうやら俺は見限られたみてぇだな」

「まさか、お汀さんに限って」

　杯を口に運びつつ、玄太は暁音をじっと見つめた。

　暁音の言葉の真偽を見極めようとしているようだが、己が汀を信じているのは本当だから、暁音は怯まずに玄太を見つめ返した。

「……俺ぁ、この話を一弥から聞いたんだ。そんときゃ、てっきりあいつがからかってんだろうと思ったんだが、おまささんの話を聞いてよ。そんなら手っ取り早く、千代嗣に問うてやろうと中に行ったのよ」

馴染みの引手茶屋でわざわざ金を払って千代嗣を呼び出し、問い詰めたという。

「それで、千代嗣さんは？」

「お汀に惚れてるのは本当で、だがもう岡惚れじゃねぇ、と抜かしやがった。つまりなんだ、お汀もやつに気があるようだと……」

流石、千代嗣さん――

玄太は、千代嗣の言い分をすっかり信じているようである。

「お汀も満更じゃねぇようだ――そう、一弥も言ってたからな」

「……お汀さんにはお訊ねしなかったんですか？」

「それにゃ及ばねぇだろう」

「どうしてですか？」

「他の男に気を移したなんて、女からは話しにくいことだろう。殊に俺みてぇな男にはな」

「お汀さんはそんな人じゃありませんよ。玄太さんだってご存じでしょう？」

「ああ、ご存じさ。あいつならやつとねんごろになる前に、きっと臆せず打ち明けてくるに違ぇねぇ」

もちろん、汀ならたとえ夫婦の契を交わしておらずとも不貞をよしとせず、もしも他の男に気を移したのなら、臆せず玄太に告げることだろう。

でも、私はただ、お汀さんは他の人に気を移すような人じゃないと——玄太さん一筋だと言いたかったのに——

言葉足らずだった己に内心歯噛みしつつ、汀の心変わりを信じて疑わぬ玄太に八つ当たりせずにいられない。

もう、玄太さんたら——

「お汀さんは、覚悟を持って玄太さんとお付き合いされているのですから、そう容易く気を移すようなことはありませんよ」

今こそ、うまいこと妻問いを促せないものかと暁音が頭を巡らす間に、玄太が口を開いた。

「だが、そろそろ潮時だ」

「潮時？」

「お汀は滅多にいねぇいい女だが、俺よりいい男は山ほどいるからな。そろそろ目移りしてもおかしくねぇ。お汀だって心置きなく……人並みに仕合わせに暮らしてぇに違ぇねぇ。それならそれで、俺ぁ構わねぇさ。けれども、相手が幇間ってのはどうも心配だ。暁音さん、まずはやつのことをもちっと聞かせてくんな」

思わぬ成りゆきに、暁音は慌てた。

「待ってください、玄太さん。いくらなんでも早計です。千代嗣さんは……もしかしたら、その、当馬のような——」

「当馬？」と、今度は玄太が問い返した。

「ほら、一弥さんはなかなかの策士ですから、玄太さんとお汀さんをくっつけようという魂胆で、千代嗣さんを引き合いに出したのではないかとも……」

「うん。俺もまずそう考えた」

「そ、そうですか」

「おう。けど、当馬なら、一弥なら他の──俺と似たり寄ったりの男に頼んだ筈だ。当馬ってのはそういうもんだろう？」

「そう──やもしれません」

当馬ではないが、暁音はかつて、春という己よりずっと若く見目好い女に対して、孝次郎を諦めようと思ったことがあった。

当馬でもそうでなくとも、己よりあまりに劣るようなら歯牙にもかけぬし、あまりに勝るようなら張り合う気が失せよう。千代嗣は姿かたちは玄太より整っているがけして美男ではなく、幇間という堅気とは言い難い仕事に就いていて、稼ぎは玄太にずっと劣る。ゆえに、此度ははまり役だと思ったのだが、玄太には通じなかったようである。

「一弥は董庵には行ってねぇから千代嗣のこた知らねぇし、千代嗣が当馬なんて莫迦莫迦しい役を引き受けるとも思えねぇ」

玄太の言い分に、暁音はまたしても頷きそうになる。

いっそ、全て明かしてしまおうかと暁音は迷った。

千代嗣が言ったように「腹を割って話せばなんとかなる」気がしないでもない。

だが一方で、今になって、千代嗣は本当に汀に惚れているのではないかと暁音は疑った。

ああもあっさり当馬を申し出たのは、千代嗣さんこそ、玄太さんやお汀さんの本心を知りたかったからやも……

「それで暁音さん、どうなんでぇ？　千代嗣はいいやつか、悪いやつか？」

「それはもちろん――いい人ですよ」

旧知ゆえ、また玄太を誤魔化せそうにないため、暁音は正直に応えた。

実際千代嗣は、お調子者の多い幇間の中では真面目な方で、話術の他、酒興のための細かい芸の修業を怠らない。人柄も穏やかで、師匠や兄弟子、弟弟子、引手茶屋、遣手（やりて）、女郎たちなど、皆から頼りにされている。

孝次郎か光太郎が涼二に話したのだろう。玄太は五嘉棒や、それにまつわる一件に千代嗣がかかわっていたことを涼二から聞いていた。

「千代嗣さんは中で生まれ育ったそうですから、中のことをよくご存じで、今でも中につてが多く……」

「中で生まれ育ったなら、女を見る目は確かだな。それによ、顔かたちは一弥や光太郎にゃ及ばねぇが、千代嗣みてぇな男はもてるもんだ。にもかかわらず、お汀に本気だってんだからな」

困った笑みを浮かべてから、玄太は残っていた酒を飲み干した。

財布から金を取り出して多めに折敷に置くと、腰を浮かせて暁音に微笑む。

「待ち伏せまでして引き止めちまって悪かったな。ここでの話は、くれぐれもみんなには内緒で頼むぜ」

「あ、玄太さん」

「つりは暁音さんの手間賃だ」

暁音が呼び止めるのも聞かずに、玄太はあっという間に表へ出て行った。

「もう……」

溜息をついて、暁音も居酒屋を後にした。

六

内緒と言われたものの、玄太に誤解されたままでは困る。まずは一弥に相談すべく、暁音は帰りしなに、永代橋の袂のすけ屋に寄って一弥へ言伝を頼んだ。

七ツの鐘を聞く前に二幸堂が見えてきたが、菓子はとうに売り切ったようだ。

暖簾が下ろされた店の前には、光太郎と孝次郎、余市の他、七と小太郎、旅支度をした太吉、良介、桂五郎がいた。

「間に合ってよかったわ。気を付けて行ってらっしゃいね」

「はい！　行って参ります！」

「行ってまいります！」

少年たちに倣って小太郎まで弾んだ声で応えたものだから、見送りの暁音たちも揃って顔をほころばせた。

まずは良介が永代寺の方へ、残りの皆は両国の方へと連れ立って行く。

藪入りは明日で、いつもは二幸堂は藪入りでも店を開けているが此度は違う。

上総国の出の良介は睦月の藪入りには家に帰らなかったが、此度は今日を入れて四日をかけて家まで往復する。桂五郎は隅田村の出で、太吉を連れて帰ることになった。

というのも、今宵、数馬が八郎を「筆下ろし」に連れて行くからだ。吉原よりも気楽で花代も安いからと、品川宿に行くという。太吉は品川宿の出だが、義父からひどい折檻を受けたことから、藪入りでも家に帰ったことがない。余市と深川でのんびり過ごす――と言った太吉を、桂五郎が誘った。

――なんにもないとこだけど、あと姉貴たちがうるさいけど、よかったら――

家族水入らずのところを悪いと、太吉は初めは遠慮したものの、良介も時折同行していたと聞いて、桂五郎の申し出を受けた。内心、桂五郎の「姉貴たち」に興味津々だったようである。

桂五郎は五人姉弟の末っ子で、上の四人は皆「姉」で、長女は十八歳、四女は十三歳だ。客の他、日頃十代の女子とかかわることがないため、太吉はどこかおっかなびっくりながらも今日の日を楽しみにしていた。

少年たちが皆留守にすると知って残念がった小太郎は、七が両国でのお泊まりに誘った。明日は、回向院や両国広小路を七や彦一郎と巡ることになっている。

「良介さんのこと、よかったわ」

「ああ、佐平さんのおかげだ」

知った道のりとはいえ、良介を一人で上総国に帰すには不安があったのだが、髪結の佐平が、永代寺門前町の店に勤める、やはり上総国から来た奉公人を教えてくれたのだ。上総国といっても広いが、幸い二人の郷里はそう離れておらず、その者に日にちを合わせることで、行きも帰りも良介に同行してくれることになった。

「数馬さんと八郎さんは、もう品川に？」

「いや、兄貴んとこだ。着物を借りに」

孝次郎が応えたところへ、道を渡って二人が帰って来た。

二幸堂から品川宿まで二里ほどの道のりだ。道中はお仕着せのまま、宿場に着いたのちに湯屋で汗を流してから光太郎の着物に着替えるそうである。

「財布は持ったか？」と、光太郎。

「はい」

「菓子も忘れずにな」

「抜かりありやせん」と、数馬がにやりとする。

福如雲と干菓子のらずらを、女たちへの手土産とするらしい。

「八を頼んだぞ」

「はい」

「じゃ、行って来い」

「行ってめぇりやす！」

「い、行って参りやす」

数馬が元気よく応える横で、八郎は恥ずかしげに小さく頭を下げた。

声がけは光太郎だけで充分だろうと、暁音と孝次郎、余市は黙ったまま二人が永代橋の方へ歩んで行くのを見送った。

店はもうすっかり片付いていて、明日は開けないため仕込みもない。

座敷に置いていた荷物を手にして、余市が言った。

「じゃあ、儂ももう行くでな」

「えっ？　どちらに？」

「此度は、佐平さんちに世話になることにしたんだよ。明日も佐平さんがそこらを案内してくれるそうな。子供らは子供ら、年寄りは年寄りで気楽に過ごすさ」

「さようで……」

気楽なのは本当だろうが、少年たちが出払ったこの機会に、暁音と孝次郎を二人きりにさせてやろうという気遣いでもあるようだ。

「俺ももう行くぜ。お葉と勘次が待ってっからな。今宵と明日は飯はこっちで勝手に食うから、そっちも勝手に食ってくれ」

光太郎は一旦戸口へ足を向けたが、すぐに踵を返して戻って来た。

「そうだ、こうの字」

「なんだ？」

「小遣いをやろう」

そう言って、光太郎は財布から一分取り出して孝次郎に差し出した。

「いらねぇよ」

「まあ、取っとけよ。これで暁音さんと何か旨いもんでも食いな。ひひひ、そういや、あれからちょうど十年か」

ひょいと孝次郎の袖に一分落として、光太郎は身を翻して帰って行った。

急にがらんとした店で、袖から一分を取り出した孝次郎が憮然としている。

「十年前の藪入りに何かあったの？」

「いや、何も」

「嘘。何か一分にまつわることがあったんでしょう？」

口角を上げて問い詰めると、孝次郎は微苦笑を浮かべた。

「……ほんとになんにもなかったんだ。だって、俺が訪ねた時にゃ、暁音さんはとうに請け出されていたからよ」

孝次郎と初めて出会ったのが、十年前の春であった。粋人の墨竜が、茶会の菓子の礼にと、孝次郎の奉公先だった草笛屋の先代の信吉と、孝次郎を含めた三人の職人を吉原に連れて来たのだ。そののち僅か半月で暁音は柳右衛門に身請けされたのだが、孝次郎は同年の秋の藪入りに再び暁音に会いに吉原を訪れたという。

「兄貴によ、『何も訊かずに一分貸してくれ』って言ったら、ぽんと二分貸してくれたのさ。けれども結句、暁音さんには会えずじまいで、俺ぁ大川端で夜を明かした。朝になって家に戻ったんだが、なんだか兄貴には言いにくくて、一分は使った振りをしたんだ」

光太郎には何も告げなかったと言うが、光太郎の様子からして、少なくとも孝次郎が借りた金を持って吉原に——暁音のために——行ったと知っているようだった。

七ツを聞いて、暁音と孝次郎は湯屋へ向かった。

いつもは己が先に湯屋へ行き、店のことを済ませた孝次郎と入れ替わりに夕餉の支度をすることが多い。二人で湯屋へ行くどころか、こうして共に通りを歩くことさえも、夫婦になってからはほとんどなくなった。

「せっかくだ。後で何か旨いものを食べに行こう」

「せっかくだから、家でゆっくりしましょうよ。夕餉は権蕎麦でいいじゃないの」

「ゆっくり……？」

問い返した孝次郎へにっこりとして見せ、暁音は湯屋の暖簾をくぐる。

権蕎麦は今は隠居の権蔵（ごんぞう）が始めた蕎麦屋で、湯屋の向かいにある。湯上がりに権蕎麦の縁台に並んで座ると、権蔵が冷やかした。

「おっ、今日は二人きりかい？」

「ええ、今日は夫婦水入らずです」

澄まして権蔵に応えてから孝次郎を見やると、孝次郎は照れた笑みを返した。

蕎麦を食べ終えると、再び二人で並んで家路を歩いた。

いつもより夕刻の人通りが多いのは、藪入り前だからだろう。朱引（しゅびき）の外から奉公に来た者の中には、良介のように今宵のうちに発つ者が少なからずいる。そうでなくとも、皆、明日の藪入りの支度に余念がないようで、道行く者のほとんどが忙しそうにしながらも嬉しげだ。

自ずと暁音も嬉しくなって、孝次郎を見上げた。

「こんなに楽しい藪入りは久しぶり——ううん、初めてよ」

郷里では奉公に出ることなく吉原に売られて、吉原では女郎に藪入りなぞない。

柳右衛門が死して独り立ちしたのちも、藪入りは旅籠や料理屋、芸人には稼ぎ時であるから、暁音は毎度お座敷で過ごしてきた。

「お、俺も……」

もごもごと、だが己を見つめて応える孝次郎が愛おしい。

家に帰ると、手持ち無沙汰の孝次郎を促して、早々に寝支度を済ませて二階へいざなう。

まだ六ツにならぬ窓から、落ちかけの陽射しが入ってくる。

壁の向こうの奉公人の部屋はしんと静かだが、表を行き交う人々と、夕餉の支度に忙しい裏の長屋の喧騒を聞きながら、暁音は夜具を広げて孝次郎の手を取った。

「暁音さん」

「あなた」

いまだ事始めはどこか遠慮がちな夫へからかい交じりの笑みを向けると、孝次郎の方から身を乗り出してきて暁音を押し倒した。

夫婦の杯を交わして七箇月になる。

暁音は姉の死からずっと、己は「疫病神」ではないかと案じてきた。ゆえに今でもふと、己が孝次郎を――二幸堂を――不幸にするのではないかと不安に駆られる時がある。だがその度に、孝次郎の妻問いの言葉が己を奮い立たせてきた。

――まっとうに生きていても人の生き死には避けられねぇもんです。まっとうに生きてりゃ……俺はそれでいいと思ってます――

孝次郎が己の帯を解くより先に、暁音が孝次郎の帯を解いてしまうと、はだけた着物の下から火傷痕が露わになった。

十年前に、初めて孝次郎を「抱いた」時にも、不思議と火傷痕に嫌悪は感じなかった。孝次郎に告げた通り、有明行灯(ありあけあんどん)に照らされたそれは、真っ先に己に雪解けの地表——斑雪——を思い出させた。

あれは本当に、雪解けだったのやもしれない……

半月後にあれよあれよと身請けが決まり、吉原を出た。請け出されたのちも苦難がなくもなかったが、少しずつ——歩みの遅い故郷の春の訪れのごとく——雪解けを経て、こうして孝次郎と夫婦になった。

——暁音さんとただこうして一緒にいるだけで、俺はこれからもまっとうに、悔いのないよう生きてける気がするんでさ——

「私も」

「うん？」

あなたのおかげで、私もまっとうに、悔いのないよう生きていける。

あなたのためにもまっとうに、悔いのないよう生きていきたい——

束の間身体を離してきょとんとした孝次郎を、暁音は今度は自ら抱き締めた。

七

一弥は藪入りにも、その次の日にも姿を見せなかったが、暁音はさほど気にしていなかった。

一弥さんも忙しいんでしょう――

藪入りは香具師たちにも稼ぎ時だ。東不動一家も例外ではなく、暁音自身も稽古やお座敷で忙しくしていたため、しばし玄太のことはそっちのけになっていた。

一弥がやって来たのは二十日の七ツ過ぎで、すけ屋に言伝を預けてから五日が経っていた。

「……どうやら、藪をつついて蛇を出しちまったみてぇでよ」

「もしかして――」

暁音がとっさに危惧した通り、一弥曰く、玄太は汀から身を引くことにしたそうである。

「それだけじゃねぇ。玄太さんの話を聞いて、他の者に菫庵を探らせたらよ。どうも千代嗣もお汀さんもその気に見えたってんだ」

「そんな」

玄太の話から、暁音も千代嗣を疑った。だが、汀もその気になったというのはとても信じ難い。

玄太と居酒屋で話したことを告げると、一弥は眉間の皺をますます深くした。

「ちっ、ぬかったぜ。玄太さんの言う通りだ。中で生まれ育ったんなら、女心を知り尽くしてやがるに違ぇねぇ。お汀さんみてぇなお武家の女を手玉に取るなんざ、やつにはお茶の子さいさいだろう」

「でも、お汀さんに限って心変わりはありませんよ。それとも、お汀さんが自ら心変わりを打ち明けたんですか？」

　玄太の言葉を思い出しながら、暁音は問うた。

「そんな話は聞いちゃいねぇが……けど暁音さん、人の心は――ほんとのところは誰にも判りゃしねぇよ」

　皮肉な笑みを浮かべた一弥へ、暁音も苦笑で応じた。

「本当のところは、そうなんでしょうね。私はお汀さんとは菫庵でしか顔を合わせたことがありませんし、千代嗣さんとだってそう親しい仲ではなかったから……とはいえ、こと色恋に関しては、千代嗣さんに負けず劣らず、男にも女にも見る目はあるつもりです」

　暁音が元吉原遊女だったことを思い出したのか、一弥は小さく肩をすくめた。

「それに、一弥さんは玄太さんを信じているんでしょう？　どんなことがあっても、玄太さんは一弥さんを裏切らないと」

「たりめぇだ。玄太さんと俺は兄弟の杯を交わしてんだ。命を張ってでも俺は玄太さんを裏切らねぇし、玄太さんも俺を裏切らねぇと誓い合った。あの人は何があっても誓いを違える人じゃねぇ」

「そうね」と、暁音は頷いた。「なのに、どうして玄太さんは夫婦の誓いに臆病なのかしら？」

「玄太さんが臆病だと？」

「そうでしょう？　玄太さんは——一弥さんも——女を、いいえ、堅気を見くびっていらっしゃるのよ。ご自分や仲間が命を張るのはよしとするのに、堅気が、殊に女がそうするのを許さない。堅気にだって、本気の——命懸けの誓いができるんですよ。私や、そこらの男と女にとっては、夫婦の誓いがそうなんです。切った張ったばかりが命懸けじゃありませんよ。火事に事故に病にお産——何より、最期まで添い遂げると誓うことがまず、命懸けの証です」

「最期まで添い遂げる……」

「その点、おかみさんと杯を交わした親分はご立派だわ。うちの人もよ。私にとっては、夫婦の誓いも立てられないような玄太さんや一弥さんよりも、うちの人の方がずっと男前なんですよ」

「わあっ」と、短い叫び声を上げたのは板場の孝次郎だ。

どうやら、仕込みをしながら聞き耳を立てていたようである。

続いて何かを落としたような音が響くのを聞いて、一瞬言葉を失っていた一弥が噴き出した。

「あははは。こりゃ一本取られたな。そうか、そうか。切った張ったばかりが命懸けじゃねぇか……こら、こうの字、おめぇは果報者だな」

「ええ、それは間違ぇありやせん」と、孝次郎が板場から応える。

「ははは。こうの字にも一本取られちまった。うん、こいつぁてぇした男前だ」

「はあ……」

孝次郎の返答にくすりとして、一弥は暁音に向き直る。

「暁音さん、悪ぃが、今一度確かめて来ちゃくんねぇか？」

「お汀さんのお気持ちですね？」

「ああ。玄太さんはお汀さんに心底惚れてらぁ。だからこそ、お汀さんが望むなら、お汀さんの仕合わせのためならと、身を引くつもりなんだ。けど、万が一にも誤解があっちゃあならねぇ」

「それなら、一弥さんもご一緒にお伺いしてみませんか？　その目で、耳で、お確かめになった方が」

「いや」と、一弥は暁音を遮った。「玄太さんと約束したからな。菫庵には——お汀さんには近付かねぇってな」

苦笑を浮かべて一弥は続けた。

「つまらねぇ約束だが、形ばかりでも守りてぇんだ。なんてったって、玄太さんは俺の命の恩人だからよ」

一弥の背中には、斜めに大きく走る刀傷がある。暁音は見たことがないが、一昨年の神無月（かんなづき）、光太郎と玄太が舟から落ちた子供を助けるために永代橋から飛び込んだ際、一弥と孝次郎は共に自分たちの着物を脱いで二人へ渡した。そののち四人は湯屋へ向かったが、一弥と孝次郎は下帯一つだったため、光太郎と玄太の武勇伝の他、一弥と孝次郎の傷痕ものちにひととき町の話の種になった。

一弥の刀傷は、若かりし頃、郷里の川越で受けたものだという。

「仲間に裏切られたんだ。兄弟の杯を交わした同輩と兄分にな……」

金に目がくらんだ二人の男は、一味の金を掠め盗り、一弥を盗人として殺そうとしていた。

「ある時、川越の親分と長次親分の間で取引があったのさ。その前の晩、俺ぁ同輩から、東不動に渡す金が盗まれた、親分に殺されそうだ、ってぇつなぎを受け取って、いつもの居酒屋でやっと落ち合った。『俺は盗んでねぇ』というやつの言葉を信じた俺は、俺が親分にかけ合う間、やつには身を隠しておくよう勧めてよ。やつと連れ立って居酒屋を出た……」

と、一町も行かぬうちに辻斬りに襲われた。

てっきり親分の差し金だと思った一弥は、同輩を庇うべく突き飛ばした。ところが、己に向かって来る辻斬りと相対して、辻斬りが兄分だということに気付いた。

「そん時も俺ぁ同輩を疑わず、兄分――ひいては親分の誤解を解こうと必死になった。そしたらよ、玄太さんが教えてくれたんだ」

――騙されんな！　そいつらぐるだぞ！――

とっさに逃げようとした一弥に同輩がつかみかかり、揉み合ううちに兄分に背中を向けていた。

刀を振り下ろした兄分へ、物陰から飛び出して来た玄太が組み付いた。

「あれがなかったら、俺ぁ死んでた」

長次に取引を任されていた玄太は、万が一にも遅れぬよう、前日から川越に来ていた。相手方への探りと物見遊山を兼ねて盛り場をうろついていたところ、二人の企み――仲間を騙して殺そうをしていること――を知り、一旦別れた二人の内、一弥と落ち合う同輩をつけていたそうである。

玄太は素手であったが、あっという間に二人を倒して、騒ぎに駆けつけて来た番人に引き渡した。

結句、致命傷にはならなかったが、一弥の傷はけして浅くはなかった。

玄太は一弥を己の旅籠へ運ばせて、連れて来た手下（てした）に見張りを任せると、その夜のうちに一人で川越の親分のもとに出向いて事の次第を告げた。

「そしたら、川越の親分は二人はもとより、俺のことも疑ってたってのさ。口惜しいわ、傷は痛ぇわで、俺はしばらく寝床で腐ってた」

玄太の手配りで一弥は半月ほど旅籠で過ごし、その間に玄太は深川と川越を行き来して二人の親分とかけ合って来た。

――堅気に戻るってんなら止めねぇよ。けど、もしもまだこっちでやってくようなら、俺と深川に行かねぇか？――

　親兄弟を早くに亡くした一弥は、奉公に出る代わりにやくざ者の遣い走りになった。今更、堅気の仕事に就けるとは思わず、さりとて川越に――己を疑った親分のもとに――いるのも業腹だと、一弥は玄太について行くことにした。

「それで深川に」

「ああ。俺が深川に行くって言ったら、玄太さんはすぐに仲居に酒を頼んでよ。兄弟の杯を交わそうってんだぜ。こちとら、裏切られたばかりだってのによ……」

　この期に及んで固めの杯なんざ莫迦莫迦しい――そう一弥は内心鼻白んだが、命の恩人が望むならと、杯を手に取った。

　そんな一弥の心中を読み取ったのか、やはり杯を手にして玄太は笑った。

　――無理強いはしねぇよ。人はいくらでも嘘をつくからな。俺も時には嘘をつくが、兄弟の誓いを違えたことはねぇ。信じる、信じねぇはおめぇ次第だ。俺は本気だが、おめぇは違うってんなら、杯を置きな。心配ぇすんな。杯を交わさなくてもここのかかりは俺が持つし、東不動にも会わせてやっからよ――

「でも、一弥さんは結句、杯を交わしたのでしょう？」

「そうだ。あんときゃまだ、玄太さんを心から信じちゃいなかったが、俺には命を救ってもらった恩義に応える覚悟があったから、それでいいと思ったのさ」

　時を経て、今では一弥は玄太の「本気」をすっかり信じるに至った。

孝次郎に聞こえぬよう、声を潜めて暁音は言った。

「私もです」

暁音が孝次郎の愛情を疑ったことはなかったが、夫婦の誓いは孝次郎のためというよりも、己のためにしたことだった。

「兄弟や夫婦の契は目に見える物とは違います。人によっては形ばかりの、なくてもよいものなのでしょう。ですが……人の心は判りませんけれど、私の心は決まっていました。私が私に誓いを立てたかったんです」

暁音を見つめて、一弥はにやりとした。

「そうか……それでいいんだな」

八

二日後の朝、暁音は再び汀の気持ちを確かめるために菫庵を訪れた。

「私の心に変わりはありません。玄太さんは朔日よりこのかた、一度だけ、五日前の藪入りの後にいらしただけです。お蕎麦を食べて、少しお話ししただけでお帰りになりましたが、心変わりだなんて……冗談にでも口にしておりません」

悲しげに言う汀を見て、暁音はやはり玄太に苛立ちを覚えた。

玄太さんの意気地なし——

玄太とは裏腹に、千代嗣の方はこの半月余り、三日に一度は菫庵を訪れていた。

「少し、芝居が過ぎたやもしれません……」

汀や千代嗣は一弥の——もしくは玄太の——手下に気付いていたそうである。

「私とおまささんが気付いた限りでは二度、別の——でもそれらしき人がいらっしゃいました。二度とも千代嗣さんがいらした折でしたので、なんとなく、いつもより長く話し込んでしまいました。その、あの人に妬いて欲しくて、つい……」

汀から話を聞いたのち、暁音は早足で上野へ向かった。

池之端仲町での出稽古を済ませると、浅草まで足を延ばし、聖天町の千代嗣の師匠のもとを訪ねたが、あいにく千代嗣も師匠も他出していた。

——菫庵のことでご相談がありますので、また近々お伺いいたします——

そう言伝を残して帰ったところ、翌日、茶屋町で千代嗣が待っていた。

暁音が茶屋町に出稽古に来ていることを覚えていた千代嗣は、昨日、言伝を受け取ったのちに次の稽古の日時を確かめに来たそうである。

「千代嗣さんまで」

「私まで?」

小首をかしげた千代嗣に、つい七日前、玄太に待ち伏せされたことを明かした。

「玄太さんには、私も中でお目にかかりましたよ」

「そのようですね。あれからどうも厄介なことに……ここではなんですから、浅草寺にでも参りませんか？」

「ええ」

千代嗣をいざなって雷門と仲見世を通り抜け、浅草寺でも人気のない方へ暁音は歩いて行った。

「玄太さんは千代嗣さんの言ったことを、すっかり信じ込んでしまったようです」

「ははは、少々芝居が過ぎてしまいましたか？」

汀と同じようなことを言って、千代嗣は苦笑した。

「やはりお芝居でしたか。でも、お汀さんが言うには、千代嗣さんにはどなたか想い人がいらっしゃるようだ……と」

——どうも、想い人と私を重ねていらっしゃるようにお見受けいたしました。私の勝手な推し当てですけれど——

ゆえに、千代嗣の方も芝居に身が入っていたようだと汀から聞いていた。

千代嗣とは長い付き合いだが、浮いた話はこれまで耳にしたことがなかった。汀に続いて千代嗣の本意も確かめるべく言伝を残した暁音だったが、野次馬めいた興味も多分にあった。

「ははは」

千代嗣は再び笑ったが、暁音が黙っていると、盆の窪に手をやった。

「参りましたね。お汀さんにも、暁音さんにも。お二人には隠しごとはできないようだ。ああ、それとも、孝次郎さんから聞いたのですか？」

「孝次郎さん？　いいえ、うちの人は何も」

「そうでしたか。孝次郎さんには、前に少しお話ししたことがあるのです」

目を細めて微苦笑を浮かべてから、千代嗣は続けた。

「お汀さんのご推察通り、私はどこか、お汀さんを想い人と重ねておりました。玄太さんには私自身を……私もかつて、自分の身の上に引け目を感じて、本心を明かすことなく想い人を失ったことがありました。ゆえに、玄太さんには同じ過ちを繰り返して欲しくなく、しかれど、一方で玄太さんが羨ましくもあり、つい芝居に熱が入ってしまいました」

「その方は、他の方に嫁がれたのですか……？」

「いいえ」

微笑はそのままに、千代嗣はやるせない目で暁音を見つめた。

「もう十三年も前に自死しました」

暁音は思わず息を呑んだ。

十三年前だと己は二十歳、千代嗣は二十一歳だった。

千代嗣と情を交わしかけたのはその次の年だ。当時、暁音は先の見えぬ女郎暮らしに慰めを欲していて、千代嗣はそんな己に情けをかけてくれたのではないかと思っていた。結句、男女の仲にはならなかったが、千代嗣は千代嗣で、想い人を失って先が見い出せずにいたのだろう。

「雅秋という名の中の遊女で、私はあの人の間夫でした」

「ちっとも知りませんでした」

「よその妓楼で、売れっ妓でもなかったですからね。でも楼主にも遣手にも好かれていて、大事にされていました。楼主は師匠の友人でもありました。ですから、私たちが二世を誓うほど本気だと知って、あれこれ便宜を図ってくださいました」

楼主や遣手とて人である。金や決まりごとに厳しい吉原にも、義理や人情がなくもなかった。

「師匠に頼み込んで、借金の目処をつけ——これまた師匠から楼主にかけ合ってもらって、身請け話を進めました。請け出したのちにはあの人と、二人で身を粉にして働き、共に借金を返していこうと誓い合いました。そんな矢先、あの人に別の身請け話がきたんです」

相手は大店の息子で、雅秋にとっても妓楼にとっても得意客だった。

「顔かたちこそ私と同じく並でしたが、これがまたぼんぼんにしては——いえ、ぼんぼんでなくとも人柄が良く……店も四代続いた老舗で、辺りで訊き込んでも男や店の評判は上々でした」

調べるうちに、千代嗣は雅秋には内緒で楼主に呼ばれた。

「ぼんぼんにわざと高値をふっかけてみたが、一も二もなく承諾したと告げられました。妾ではなく、妻としてあの人を迎えるつもりだとも……ぼんぼんと一緒になった方が、あの人も仕合わせになれるのではないかと、楼主は私を諭しました」

身請け金の違いも魅力であっただろうが、楼主なりに雅秋の行く末を案じてのことだったと思われる。

「私が迷っていると、楼主は更に切り出しました。あの人の心にも迷いが生じているようだ、と」

——お前さんには酷な話だが、お前さんと一緒になって借金を背負うのと、ぼんぼんと一緒になって贅沢させてもらうのと……どちらが仕合わせなのか、比べるまでもなかろうよ。雅秋のために、ここは黙って身を引いちゃどうだ?——

「楼主が言った通り、比べるまでもないことです。私だって、あの人に余計な苦労を背負わせたくなかった。とうに散々苦労してきた人でしたから……あの人の本心を問うてみようと何度も考えましたが、その度に打ち消しました。問うても詮無いことだと……また、あの人の口から心変わりを聞くのが怖かったのです」

結句、千代嗣は雅秋には何も言わず問わずに身を引いて、雅秋は楼主から千代嗣の「心変わり」を聞いて首をくくった。

「千代嗣さんの心変わり?」

「私が雅秋を避け始めたのをいいことに、楼主は私が怖気づいたと雅秋に告げたのです。女一人のために——雅秋のために——分不相応な借金を背負うのはやはりたまらぬと、私が思い直したのだと……」

どうして。

どうして、雅秋さんを信じてあげなかったんですか？――

なじろうとした言葉を暁音は飲み込んだ。

信じ切れなかったのは雅秋も同じだ。

また、千代嗣が今もって悔いていることは明らかで、己が千代嗣でも同じ道を選んだようにも思えた。

なじる代わりに、暁音は微苦笑を作って問うた。

「だから、玄太さんをけしかけたんですね？」

「ええ」と、千代嗣も小さく口角を上げる。「しかし、悪いことをしてしまいましたね。岡惚れしているだけだと言うつもりだったのですが、玄太さんがあまりにも煮え切らない様子だったので、お尻を叩いてやろうと、つい脈がありそうだと口走ってしまいました。――いえ、それだけではありません」

首を振って千代嗣は付け足した。

「私はやはり、お汀さんに雅秋の面影を見ていたのだと思います。雅秋とお汀さんは見目姿は似ていません。歳も雅秋の方が私より二つ上でした。ですが、雅秋も武家の出で……字は違いますが、本当の名を禎（てい）といいました」

千代嗣が宙に書いた「禎」という字を見て、暁音は眉根を寄せて涙をこらえた。

禎祥（ていしょう）という言葉に使われるように、禎の字には「幸い」や「瑞兆（ずいちょう）」といった意味がある。

もう少しで千代嗣さんと、仕合わせになれる筈だったのに——

「お汀さんには、お禎の分も仕合わせになってもらいたい。そう、心から願っております。——それで、厄介なこととはなんですか？　玄太さんが菫庵でお汀さんを問い詰めて、客の不興でも買いましたか？　それとも、一弥さんや暁音さんが首魁（しゅかい）だったと知って怒っていなさる……？」

「いいえ」と、今度は暁音が首を振った。「玄太さんは十三年前の千代嗣さんと同じ道を選ばれたんです」

「なんと」

玄太が汀には何も言わず問わずに身を引こうとしていると聞いて、千代嗣はみるみる顔を険しくしたが、それも束の間、呆れた声で暁音に言った。

「……玄太さんなら、すぐさまお汀さんに問い質しにゆくと思っていました」

「私もです」

「やはり、人は見た目によりませんね。ああいう方でも、臆病風に吹かれることがあるなんて」

「まったくです」

暁音が頷くと、千代嗣は小さく噴き出して、ようやく屈託のない笑みを見せた。

九

浅草寺で千代嗣と別れ、のんびり大川の西側から永代橋を渡った。

道中で七ツを聞いて、すけ屋に一弥への言伝を預けてから二幸堂へ戻ると、皆が黙々と片付けや仕込みをしている中、暁音は先に湯屋へ向かった。

「何かあったの？」

夕餉の席でも何やらしんとしているため暁音は問うたが、少年たちは揃って首を振る。何かあったのだと推察したが、女の己には言いにくいこともあろうと問い詰めはしなかった。

早々に夕餉を終えてそれぞれ二階へ上がると、暁音は千代嗣とのやり取りを孝次郎に話した。

熱心に聞き入るうちに、孝次郎の顔も千代嗣のようにみるみる険しくなった。

「……それで、一弥さんがいらしたら、一緒に玄太さんに全てを明かそうと話してみるつもりです」

「うん。こいつはみんなで腹を割って話した方がいい」

すっくと立ち上がると孝次郎は言った。

「俺ぁ、今からちと東雲(しののめ)に行って来る」

「今から？」

東雲は入船町（いりふねちょう）の汐見（しおみ）橋の近くにある居酒屋で、涼二の行きつけだ。

「話は後で……遅くなるやもしれねぇから、暁音さんは先に休んでてくんな」

孝次郎には珍しく、暁音に有無を言わせず、あれよあれよという間に階段を下りて行く。

二刻ほどして、四ツ前に帰宅した孝次郎はほどよく酔っていた。運良く、東雲には涼二がいたらしい。

「全ては明日、六ツに東雲で。千代嗣さんのこた、暁音さんの口から直に話した方がいいだろうってんで、暁音さんも一緒に連れて来てくれと頼まれた」

もとより、玄太には己の口からありのままを告げたいと思っていたが、涼二も同席するとなると、玄太がかえって意固地にならぬか暁音は案じた。

——翌日。

孝次郎と共に、六ツに遅れぬよう訪れた東雲は既に暖簾が下ろされていた。

戸口から窺うと、涼二はもちろんのこと、玄太と一弥に加え、長次まで揃っていて、暁音たちを中へと促す。給仕の少年が暁音たちの分も酒とつまみを持って来ると、店主と二人して黙って表へ出て行って、店は貸し切りとなった。

皆をぐるりと見回して、長次が口を開いた。

「さて、まずは暁音さんから話を聞こうか」

「では、はばかりながら……」

暁音が朔日に董庵を訪れてからの出来事を話し始めると、早々に玄太が眉をひそめた。

「二幸堂の話じゃねぇんですかい？」

「お前と一弥の話だよ。お前も一弥も、口出しせずに最後まで聞け」

涼二に言われて、肩をすくめて玄太は黙った。

一弥と暁音はともかく、董庵の五平とまさ、汀までも「芝居」をしていたことに玄太は驚きを隠せなかったが、千代嗣が当馬だったと知って、微かにだが安堵の表情を浮かべた。

暁音が話し終えると、玄太は涼二を見やって口を開いた。

「けど、涼二さん、それじゃあ――」

「黙って最後まで聞けと言ったろう」

涼二に再びたしなめられた玄太が口をつぐむのを見て、長次が言った。

「次は孝次郎、お前が話せ」

「お、俺がですか？」

「そうだ。もとはといえばお前の惚気話が発端だったそうじゃねぇか」

孝次郎さんの惚気話……？

長次と涼二が揃ってにやにやするのへ、孝次郎がおずおずと話し始める。

暁音と一弥には寝耳に水の話であった。

というのも、涼二、玄太、孝次郎はこの一月ほど——暁音や一弥より半月も前から——一弥に当馬策を仕掛けていたというのである。

「なんだと？」

眉をひそめて問うた一弥は、やはり涼二がたしなめた。

「お前も黙って最後まで聞け」

一月ほど前、孝次郎が長次の屋敷に菓子を届けたことがあった。長次は留守にしていたが、屋敷にはちょうど涼二と玄太が来ていて、孝次郎と暁音の祝言の話が転じて、一弥と藤の話になったそうである。

一弥には千住（せんじゅ）宿、吉原、品川宿の三つの花街にそれぞれ馴染みがいて、遊女たちは皆、身銭を切ってでも一弥と過ごしたいと慕っているらしい。更に、花街の外にも、藤を含めて幾人か折々に会う女がいるという。

藤は一弥や汀と同い年の三十一歳で、生まれ故郷の尾張国では若くして香具師の元締め——つまり長次のような者の妾となった。しかしながら、正妻や他の妾たちとの争いに巻き込まれ、命からがら尾張国から逃げ出して江戸に来た。

尾張国でも江戸でも藤は髪結を生業（なりわい）にしてきたが、五年前、天保十二年から始まった改革で女髪結は辞めざるを得ず、この数年は煮売屋と髢屋（かもじや）を掛け持ちして働いている。

――女に金を使うなんざ莫迦莫迦しい――

そう豪語してきた一弥だったが、女髪結を辞めて暮らしが苦しくなった藤のためにこの数年、家賃やら食べ物やらを「貢ぐ」ようになった。

「貢ぐというほどじゃねぇ。ただ、あいつとは長(なげ)ぇ付き合いだからよ……」

一弥は苦笑を浮かべてつぶやいたが、涼二に睨まれ口をつぐんだ。

「それを知って玄太さんは昨年、一弥さんに夫婦の契を勧めたそうですが、一弥さんはけんもほろろに断ったとか」

「まあ！　じゃあ、一弥さんはご自分のことを棚に上げて……」

暁音が思わず見やると、一弥はばつの悪そうな顔をして肩をすくめた。

玄太が一弥に祝言を勧めたのは、昨年の秋、本山堂の跡継ぎだった治太郎(はるたろう)の死の真相を明かすのに、藤が一役買った後だ。初めて藤と直に話して、玄太は藤なら一弥の伴侶として申し分ないと考えた。藤はもちろん、一弥にも「その気」があると判じた上でのことである。しかしながら、昔はともかく、藤は今は堅気の女だ。一弥が即座に首を振ったのを見て、それもまた判らぬでもないと、玄太は早々に説得を諦めていた。

それが此度、孝次郎の祝言や惚気話を聞くうちにふと思いつき、玄太はからかい半分に――だが、一弥の本心を探るべく――当馬策を仕掛けることにした。孝次郎は乗り気でなかったものの、涼二と玄太に口止めされた挙げ句、粋人の墨竜のもとへ相談に赴き、当馬探しを手伝った。というのも、三人とも一弥の当馬になれそうな、壮年で独り身の色男に心当たりがなかったからである。

「結句、墨竜さんのつてで、剣之介って役者の卵が引き受けてくれやした」

「あの剣之介ってのは、役者だったのか」と、一弥。

「気付いてたんですね？」

「たりめぇだ。ただお藤に岡惚れしているだけなのか、それともお藤の新しい情夫なのか、じっくり見極めてやろうと思ってたとこだ」

一弥が舌打ちすると、涼二が噴き出した。

「しかし、お前も当馬を使うたぁなぁ……」

でも、だから玄太さんは千代嗣さんを一度は疑ったのね――

――けど、当馬なら、一弥なら他の――俺と似たり寄ったりの男に頼んだ筈だ。

当馬ってのはそういうもんだろう？――

玄太の台詞を思い出して、暁音はついくすりとしそうになった。

「それで玄太、お前はどうする？」

憮然としている玄太へ、涼二が問うた。

「……どうもしやせんや」

「どうもしない？」

「当馬なんて、つまらねぇことを考えた俺が悪かったんでさ。まさか、一弥からこんなしっぺ返しを食らうたぁ……」

「しっぺ返しだなんて」と、一弥が割って入った。「玄太さん、この期に及んでまだ逃げる気ですか？」

「逃げるも何も、おめぇだっておお藤と身を固めるつもりはねぇんだろう？　だったら、余計な口を利くんじゃねぇ。つまらねぇお節介ももう無用だぜ」

「うん？」と、小首をかしげて一弥が言った。「——ってぇこた、俺がお藤と身を固めたら、玄太さんに余計な口を利いても、つまらねぇお節介を焼いてもいいってことですね？」

「うん？」

「そんなら、俺は今すぐお藤に妻問いして来まさ」

「待て一弥。ちょっと待て」

腰を浮かせた一弥を、玄太が慌てて引き止める。

「なんでです？　玄太さんは、俺とお藤をくっつけようとしたんでしょう？」

「そ、そうだが——」

「だったら、止めねぇでくだせぇ。でもって、俺がお藤と祝言を挙げたら、次はなんとしてでも、玄太さんとお汀さんにくっついてもらいやすぜ」

「な、何を思いつきで莫迦なことを——」

「思いつきじゃありやせん。ここ二、三日、考えてたことでさ」

暁音が藪入り前にすけ屋に言付けたにもかかわらず、一弥が二十日まで現れなかったのは、仕事のみならず、藤の周りに出没していた男――剣之介――の正体を突き止めようとしていたがゆえだった。だが、一弥もまた藤に直に問い質さずに、仕事の合間に、しかも一人で探ろうとしていたために、結句剣之介の正体を今の今まで知らなかった。

「お藤がやつに気を移したってんなら仕方ねぇ――そう思ってやつを探っていやしたが、どうしてどうして、てめぇがこんなに未練がましい野郎たぁ思いやせんでした。だから、やつがお藤の新しい情夫だろうがなんだろうが、お藤に妻問いする気でいたんでさ。本当は今宵お藤を訪ねてみるつもりだったんですが、あいにく親分に呼び出されたもんでね」

「一弥……この、くそったれが」

苦々しげに、だが観念したように玄太がつぶやくと、涼二が笑い出した。

「あはははは」

「いいぞ、一弥。いい女房は千両にも勝る宝だからな」と、長次。

長次と涼二はにやにやと、暁音と孝次郎はにっこりと、それぞれ笑みを交わした。

「暁音さんよ……よくも一杯食わせてくれたたな」

目ざとくこちらを見やった玄太が、恨めしげに言う。

「あら、玄太さんだって、同じ手で一弥さんに一杯食わせたじゃありませんか」

「思ったより口が軽いしよ」

「玄太さんは思ったよりせっかちですわね」

「む……」

「ついでに、お汀さんの新しい櫛ですが、あれも千代嗣さんの贈り物なんかじゃありませんよ。あれは玄太さんの『贈り物』のお金から、先だってお汀さんが買ったものだそうです」

　二日前、菫庵で汀に聞いたことである。

　——これで何か好きなもんを買いな。俺ぁどうも、小間物を見る目がねぇみてぇだからよ——

　初夏にそう言われて渡された金から、汀は櫛を一つ買った。

「そ、そういえばそんなこともあったか」

「櫛を『苦労』と『死』にかけることがあるのは、玄太さんもご存じですわね」

　夫婦暮らしは仕合わせのみならず苦労も多い。けれども、死ぬまで二人で寄り添いながら生きていこう——そんな意を込めて、妻問いに櫛を贈る男は多い。

「新しい櫛の意匠は忍冬です。忍冬という名は、この草花が冬を耐え忍び、枯れずに生き延びることからついたそうです。——これはご存じでしたか？」

「し、知らなかった」

「忍冬の花はとうに終わってしまいましたが、そろそろ実がなる頃です。お二人にとって実りある秋になるよう、心よりお祈り申し上げます」

暁音が恭(うやうや)しく一礼すると、「やい、こうの字」と、玄太は今度はむくれ顔を孝次郎へ向けた。

「おめぇの女房はお節介焼きで口巧者(くちごうしゃ)なのが玉に瑕(きず)だが……てぇした女だな」

「はい」

大きく頷いて、孝次郎は盆の窪に手をやった。

「俺にとっちゃ千両どころか、万両にも勝る宝でさ」

十

善は急げと長次に命じられて、結句、玄太と一弥は今宵のうちに汀と藤に妻問いすべく、揃って東雲を出て行った。

「お前たちのおかげで、うまくまとまりそうだ。ありがとうよ」

長次が言うのへ、暁音たちは各々頭を下げてから顔を見合わせた。

「あの調子なら、どっちもすぐまとまるでしょう。どうせなら、二組まとめて月見の宴で祝言といきやしょう」と、涼二。

「うむ」

長次が頷くと、涼二は孝次郎の方へ向き直る。

「これで、やっと冬虹が食べられるぜ。だが、冬虹は十もあればいいからな。他のやつらには、何か新しい祝い菓子を作ってくれ」

　昨年の月見の宴には百人ほどの子分が集まったと聞いている。皆が皆、甘い物を好むとは限らぬゆえ、孝次郎はその半分の五十個の良夜――蕎麦饅頭――を作った。此度は祝い菓子として皆に行き渡るよう作るだろうが、練切を百も作るとなると手間はもちろん、時がかかる上、味も落ちる。

「承りやした」

　喜んで頷くと、孝次郎は火を借りて、持って来た提灯を灯した。それから「前祝い」に杯を重ねる長次と涼二に暇を告げて、暁音たちは東雲を後にした。

　もう十日で秋分だからか、単衣ではやや肌寒い。

　寄り添いながら永代寺門前町を歩きつつ、暁音は孝次郎をからかった。

「あなたったら、すっかり隠しごとがうまくなっちゃって」

「隠しごと？」

「一弥さんへの当馬のことよ」

「あ、ああ、けれども、あれは口止めされて仕方なく……」

「千代嗣さんを当馬にしようって話した折に反対したのは、同じことをしたら、玄太さんにすぐ気付かれると思ったからでしょう？」

「それもあったが、俺ぁ、前に千代嗣さんにいらねぇ焼き餅を焼いたからよ」

玄太が当馬策を思いついたのも、孝次郎がそのことを話したからだった。

「だから、一弥さんにも玄太さんにも悪ぃと思ったんだ。此度だって、二度もはらはらさせられた」

「二度も？」

「玄太さんと千代嗣さんと、茶屋町で二度、待ち伏せされたろう？」

「ええ。でも、どちらもお話しした通りよ。何もやましいことはなかったわ」

「うん」

頷いて、孝次郎は苦笑を浮かべた。

「けど、暁音さんから話を聞くまでは、はらはらしたんだ。二度とも密告があってだなぁ」

「密告ですって？」

一度目は壬の碗の仕入れ先である瀬戸物屋の佐之介が、窯元の者をもてなすために猿若町へ芝居に連れ出した帰り道で、暁音が居酒屋の暖簾をくぐるのを見たそうである。

――先に入った男はよく見えなかったが、後からついて入ったのは暁音さんだった。ちと、中を覗いてみたんだが、縁台には姿が見えなくてよ。奥は座敷になってるみてぇだった――

暁音に相談があると玄太に言われて、茶屋町での出稽古に出ていると孝次郎は応えたものの、まさか玄太が茶屋町まで出向いて行くとは思っていなかった。ゆえに男の正体は誰なのか、なんのために二人きりで居酒屋に入ったのか、暁音から話を聞くまで孝次郎はやきもきしたという。

「あん時は、暁音さんは翌朝までなんも教えてくれねぇで……その、ほんのちょびっとだが、ああいうことになったのも、後ろめたさからかと思ったり……」

藪入りの前日のことである。すけ屋で一弥に言伝を残したのち、二幸堂では奉公人たちや小太郎の見送りに気を取られ、また、孝次郎と二人きりなのが嬉しい余り、玄太に待ち伏せされて話したことは、翌朝まで忘れていたのだ。

二度目は昨日、七の姑の信が友人宅からの帰り道で仲見世に寄った折、暁音が千代嗣と連れ立って浅草寺へ向かうのを見かけた。信は暁音たちの後をつけ、二人が何やら話し込んでいるのを見て、その足で二幸堂までやって来た。

——暁音さんのことだから、何も間違いはないと思うのだけど、傍からだとなんだか、その、ただならぬ仲に見えてねぇ……——

「ああ、だからみんなの様子がおかしかったのね」

昨日、少年たちが夕餉の席で黙っていたのは、己の不貞を疑っていたからだったのだ。

「壁に耳あり障子に目あり——まったく、どこで誰が見聞きしているか判らないものね……」

つぶやくように言ってから、暁音は孝次郎を見上げた。

いらぬ妬心を抱かせてしまって悪かったと思う反面、焼き餅が嬉しくなくもない。

「ごめんなさい、あなた。はらはらさせて」

「ああ、いや、俺が悪かったんだ。暁音さんを信じていれば——その、信じてはいたんだが、つい……」

「ええ。私もあなたのことは信じているけれど、でもきっと、同じことがあったらはらはらしちゃうわ」

「あ、暁音さんも？」

「あたり前じゃない」

暁音が頷くと、孝次郎は照れた笑みを浮かべた。

「あの、暁音さん」

「なぁに？」

「ち、近いうちに櫛を買いに行かねぇか？」

「櫛を？」

「あ、一緒にじゃなくてもいいんだ。俺ぁ、小間物はよく判らねぇから、どうせなら暁音さんが気に入ったものがいいかと……す、すまねぇ、気が利かなくて。妻問いも人並みにできねぇで……」

いいのよ、櫛なんて——

とっさに応えようとした言葉を、暁音は呑み込んだ。

「代わりにあなたは、もっといいものを贈ってくれたじゃないの」

孝次郎が妻問いと共に差し出したのは、作ったばかりの菓子の「家路（いえじ）」だった。

己への想いが込められた、誰にも真似できぬ妻問いの贈り物で、己にとってはこの世のどんな櫛にも勝る。

「人並みなんて……いいのよ」

小さく首を振ってから、暁音は付け足した。

「ううん。人並みなんてとんでもないわ。言ったでしょう？　私にとっては、孝次郎さんは他の誰よりも男前なのよ」

「や、やめてくれ。こんな往来で——」

「あら、先に悋気たのはあなたじゃないの。親分のお屋敷で、一体なんて悋気たんですか？」

「そ、それは……」

しどろもどろになった夫が愛おしく、暁音は孝次郎の手を取った。

暁音が「人並み」に暮らしていたのは、十歳までだった。

十歳で姉を亡くしてから暮らしは一変し、十二歳で父を亡くしたのち、吉原に売られて兄とも離れ離れとなり——結句吉原にいる間に、再会することなく兄も亡くして一人になった。吉原で十一年もの年月を、請け出されてからも六年を妾として過ごしたがゆえに「人並み」な暮らしを――こうして、ただ心から愛する誰かと言葉や笑みを交わす幸せを――思い出すのにしばしかかった。

「……せっかくだから、櫛も買ってもらおうかしら」

「うん、是非もらってくれ」

櫛そのものよりも、孝次郎と共に小間物屋を訪ねる日を思うと胸が浮き立つ。

「一緒に小間物屋に行って、買ってくださる？」

「もちろんだ」と、孝次郎は弾んだ声で応えた。「兄貴からもらった一分もあるしな――いや、一分じゃ足りねぇか？」

「充分よ」

暁音が目を細めると、孝次郎も暁音を見つめて白い歯を見せた。

と、ふいに暁音は何かに躓（つまず）いた。

「あっ」

「おっと」

手をつないでいたのが幸いして、少しよろけただけで転ばずに済む。

「よかった」

「ふふっ」

ほっとしてつぶやいた声が孝次郎のそれと重なった。

「ははは」

互いに照れた笑みを漏らして、暁音たちは手をつなぎ直した。

「……新しい祝い菓子はどうするの？」

照れ隠しに問うた暁音へ、孝次郎はすぐさま応えた。

「もう考えてある」

「もう？」

「うん。さっき思いついたんだ」

十一

葉月（はづき）は十五日。

七ツ前に藤と汀、五平とまさの四人が二幸堂へ現れた。

今宵、中秋の名月の宴を兼ねて、東不動こと長次の屋敷で二組の祝言が挙げられるのだ。

「暁音さん。此度はほんにお世話になりました」

暁音とは初会の藤が真っ先に頭を下げた。

「おめでとうございます、お藤さん」

目鼻立ちのはっきりとした、艶気のある美女である。もともとやくざ者の妾だっただけあって、肝も据わっているようだ。

暁音を含めた女たち四人は、五平を二幸堂に残して、道を挟んだ向かいにある光太郎の家で、葉と一緒に花嫁の支度に勤しんだ。

化粧を施すと、二人の花嫁は長次が大急ぎで仕立てた二着の白無垢にそれぞれ袖を通した。

「およめさんだ!」

「二人いるよ!」

「花よめさんが二人も!」

小太郎を始めとする子供たちの囃し声を聞きながら、暁音は五平とまさと花嫁たちを入船町にある長次の屋敷へいざなった。

総勢五人で、道具も持たないこぢんまりとした花嫁道中だが、玄太と一弥の祝言であることは深川中に知れ渡っている。黒江町から永代寺門前町を抜けて汐見橋を渡るまで、それとなく通りに集まった町の者が、玄太と一弥、ひいては長次への敬意と祝意を兼ねて、二人の花嫁へ会釈をしていく。

町の者が浮かべる笑顔を見て、五平とまさの緊張もほぐれてきたようだ。良い噂を聞いているとはいえ、やくざ者の親分の屋敷へ出向くとあって、二人は汀よりもずっと硬い顔をしていた。

「だって、あの玄太さんや涼二さんより怖いお人なんだろう?」

五平が問うのへ、暁音は微苦笑を浮かべて応えた。

「そうですね。でも、お顔だけなら涼二さんや玄太さんの方が怖いですよ」

妻問いののち、兄分として、汀と親代わりの五平とまさのもとへは涼二が、藤のもとへは玄太が挨拶に来たそうだが、皆が長次に会うのは初めてだ。

汐見橋を渡ってまもなく六ツの捨鐘が鳴り、長次の屋敷が見えてくる。

屋敷の門の前には、紋付き袴姿の玄太と一弥が仁王立ちで待っていた。

噴き出しそうになったのは、暁音だけではなかったようだ。傍らで、二人の花嫁も顔を見合わせ、笑みをこらえているのが窺える。

紋は真向い五徳で、五徳には木・火・土・金・水の五行や、温・良・恭・倹・譲の儒教にちなんだものなどがあるが、東不動一家のそれは孫子が唱えた「兵家、武将が重んずべき智・信・仁・勇・厳」を表しているそうである。

「さ、中へ。もう皆、揃っています」

門の内側で待っていた涼二の後について、暁音たちは広間に足を踏み入れた。

ずらりと並んだ子分たちは物音一つ立てず、微動だにせず、一行が座るのを待っている。上座の方に光太郎と孝次郎、それから先だって湯治から戻って来た師匠の和音の姿を認めて、暁音は微笑んだ。

まずは五平が長次と挨拶を交わし、まさと汀、藤も五平に続いた。

短くも堅苦しい挨拶を一通り終えて皆が腰を落ち着けると、涼二の合図をもって暁音が高砂を謡って言祝いだ。

続いて長次が玄太と一弥の親代わりとして、二組の式三献の酌人を務める。

夫から妻へ、妻から夫へと、杯が交わされていく。

誓詞を唱えることも、血判を押すこともなく、ただ杯を交わすのみだが、二組の夫婦がそれぞれ妻を、夫を見つめる目には、しかとした誓いが感ぜられた。

酒が入って無礼講となると、隣りの間に控えていた千代嗣と千代平が現れて広間は一息に賑やかになった。

暁音が和音と三味線で千代嗣たちの芸に華を添える中、二組の新たな夫婦に加えて五平とまさは、順繰りに訪れる子分たちへの挨拶に忙しそうだ。

冬虹の他に孝次郎が用意した祝い菓子は二つ。

一つは、胡桃餡を練り込んで、平たく大きく蒸した饅頭生地を長四角に切り分けた「千両箱」。

もう一つは、薩摩芋の餡を丸めた玉を、溶かした寒天にさっと浸けて仕上げた満月のごとき「黄金丸」。

「二つとも、親分の『いい女房は千両にも勝る宝だ』って言葉から思いついた菓子でさ」

孝次郎が言うのを聞いて、暁音も内心つぶやいた。

あなたも千両、ううん、万両に勝る宝だわ——

冬虹、千両箱、黄金丸と、立て続けに口にした涼二は上機嫌だ。

「冬虹は言わずもがな、千両箱も黄金丸も――どっちもてぇしたもんだ。胡桃餡の菓子なんてそうねぇもんなぁ。切り口の餡が流水文様みてぇで雅だしよ。黄金丸も見た目が艶々のお月さんで、月見菓子にもぴったりだ。寒天がまた家路や旅路と違って、透き通ってて、ぷりっと柔らかくていいや……」

舌鼓を打つ涼二に、幾分誇らしげに孝次郎が応えた。

「胡桃は会津名産の鬼胡桃、薩摩芋は川越の――つまり川越芋を使っとります。本当は尾張の芋を使いたかったんですが、見つからなくて……すいやせん」

そう言って、孝次郎は涼二にではなく、藤に小さく頭を下げた。

「孝次郎さんたら――謝らないでくださいな。お芋はとうに食べ飽きたと思っていましたけれど……ふふ、川越のお芋は美味しいわね」

傍らの一弥を振り返って、藤はにっこりとした。

そんな藤の向こうで、千両箱を一口食べた玄太が鼻を鳴らしてつぶやいた。

「ふん、鬼胡桃の餡子たぁな」

「鬼胡桃はお口に合いませんか？」

「いや、旨ぇが、こいつもまた鬼かと……」

「あら、またってどういうことですか？」

汀の問いには一弥が応えた。

「こないだ、こうの字が芋を使った鬼饅頭ってのを作ったんでさ」

二幸堂で鬼饅頭こと芋饅頭を食べていた子供たちの様子を一弥がかいつまんで話すと、玄太を除いた皆の顔がほころんだ。

「鬼饅頭なんて……懐かしいわ」

郷愁の混じった声でつぶやいた藤へ、汀が言った。

「私も芋饅頭は久しく口にしておりません。尾張では鬼饅頭というのですね」

「俺も久しぶりでしたが、こうの字の菓子は鬼饅頭一つとっても違いまさ」

「それなら」と、汀が孝次郎を見やる。「孝次郎さん、今度、注文で鬼饅頭を作ってくださいませんか?」

「はい。鬼饅頭なら、芋が取れる間はいつでも、いくらでも作りやす」

「そんなら、店でもしばらく出してみっか」と、光太郎。「鬼饅頭は、蒸かし立てはふわふわほくほく、冷めてもしっとり旨いもんなぁ……」

「そうしろ、そうしろ。俺もこうの字の芋饅頭——いや、鬼饅頭を食ってみてぇ」

涼二がちらりと玄太を見やって言うのへ、長次もにやにやしながら頷いた。

「うん。俺も一度はその鬼饅頭ってのを食ってみたいぞ」

「お、親分まで?」

そう言って強面の玄太が眉尻を下げたものだから、暁音たちは皆、再び顔をほころばせた。

伯仲(はくちゅう)

―孝次郎―

一

明け六ツ前、隣りで暁音が起き出す気配を感じて、孝次郎も目を覚ました。

「起こしちゃった？」

「いや、いいんだ」

昨晩、孝次郎も暁音も、東不動こと長次の屋敷で催された二つの祝言と月見の宴に招かれていた。

六ツから始まった祝宴は五ツ過ぎにはお開きとなったが、二組の新しい夫婦にあてられたからか、帰宅した孝次郎たちはどちらからともなく求め合った。

壁を挟んだ隣りの部屋には奉公人の少年たちが眠っているため、声を殺して、静かに、密やかにと気遣いながらの閨事（ねやごと）だったが、それはそれでおつなものだ。

やや残っている心地良い疲れと共に身体を起こすと、寝間着から着替える暁音が目に入って再び情欲を覚えそうになる。

「さ、酒の匂いが気になるから、ちょっくら湯屋に行って来る」

「行ってらっしゃい」

暁音の傍でそそくさと着替えて、孝次郎は朝風呂に向かった。

酒の匂い、と言ったのはけして方便ではなく、己が縁結びに一役買った慶事なれば、昨晩は——あまり酒に強くない孝次郎にしては——飲み過ぎた。

湯屋で一風呂浴びると酒の匂いも気怠さも抜けて、気持ちもしゃっきりとする。

孝次郎が戻ると、朝餉の支度がちょうど終わったらしく、葉が座敷に寝かせていた勘次郎をおぶった。

「おはよう、孝次郎さん」

「おはようさん」

まだ乳離れしていない赤子の勘次郎はさておき、小太郎を入れて男が六人、女が二人と八人分の食事の支度は葉と暁音が担っている。江戸では三食分の米を朝に一度に炊いてしまうところが大半だが、二幸堂では日中もずっとかまどに火が入っているため、朝夕の二度、炊き立てが食べられる。

三人分の朝餉を持った葉が長屋へ帰って行くと、二階や井戸の方から、八郎、良介、桂五郎がわらわらと、形ばかりの三畳しかない店の座敷に集まって来る。

各々挨拶を交わしたのち座敷で朝餉を済ませると、いつもより少し早く、五ツ前に八郎が王子へ発った。桂五郎と太吉は月末に一月ごとに、数馬と八郎は朔日と十六日と半月ごとに、二幸堂といちを行き来している。

「今日はお七さんが休みだからな。数馬が帰って来るまで、桂五に板場の手伝いをどんどん頼むぞ」

「はい！」

七は本来なら十五日が休みであったが、昨日は月見菓子や祝い菓子の注文があったため——また、七自身がそれらの菓子を食べたがったため——一日休みを遅らせたのだ。

桂五郎は奉公人の中では最年少の十二歳で、今は売り子や給仕が主な仕事だ。だが、本人の願いもあって、少しずつ菓子作りにも慣れさせようと、近頃は大納言を蜜漬けにした甘粒（あまつぶ）を始め、朝夕は板場での手伝いを頼むようにしている。

二つの当馬騒動そのものは文月（ふみづき）のうちに落着していたが、昨晩、玄太と汀、一弥と藤の四人が無事に祝言を迎えたこと、二つの新しい祝い菓子の千両箱（せんりょうばこ）と黄金丸（こがねまる）が好評だったことで、孝次郎は心中穏やかに仕事に勤しんだ。

四ツが鳴る少し前に数馬が戻り、四ツの鐘と同時に暖簾を上げる。

「孝次郎さん、俺の分の祝い菓子は？」

仕事に取りかかりながら数馬が早速問うた。

「千両箱の切り落としは少し取っておいたが、黄金丸は残らなかった」

「そんなぁ……」

「けど、ありゃあ一晩置いとくのもなんだから……今度また鬼饅頭（おにまんじゅう）を作ることになったからよ。その折に黄金丸も作りゃあいいさ」

「ほんとですか？　ほんとですね？」

作業台の向こうから火消しのごとく隆とした身を乗り出す数馬に、思わず噴き出しそうになる。

「ああ。お前にも作り方を教えてぇしよ」

孝次郎が頷くと、数馬は満面の笑みを浮かべて手を動かし始める。

七は留守でも、草笛屋で一人前に働いていた数馬がいると仕事が早い。八ツ前には今日の分の菓子をすっかり作り終え、顔を出した小太郎におやつを渡してしまうと、孝次郎たちも菓子の味見をしながらしばしのんびりとした。

――と、板場の戸口から七が現れた。

「お師匠！」

「お七さんか。おやつを食いに来たのかい？」

「違います！　あ、いえ、違いません。おやつもちろんいただきますよ」

板場に入って戸を閉めると、七は作業台を回って孝次郎の前までやって来る。

「ちょっと、これを見てくださいよ」

憤然として突き出したのは菓子番付だった。

ざっと眺めて見ると、「東之方（ひがしのかた）」の二段目、前頭（まえがしら）の一番右に二幸堂の名があった。

「前よりは出世したみてぇだな」

喜んだ孝次郎とは裏腹に、七は目を吊り上げた。

「お師匠の目は節穴かい！」

「だ、だって、春は確か、同じ二段目でももう少し中ほどにあったような……」

「そら違う番付ですぜ、孝次郎さん。まあ、この番付も昨年は春のやつと似たり寄ったりの順で、これより三つ左に名がありやしたがね」

呆れた声を出した数馬へ、七が大きく頷く。

「あっちは宗久堂、こっちは網代屋だよ」

ありとあらゆるものが格付けされている見立番付は数多出版されていて、菓子番付一つとってもいくつもの版元がある。孝次郎が今一度下の方へ目をやると、版元として「網代屋　鷲兵衛」の名があった。

「ああ、そうか。網代屋だったな」

七曰く、菓子番付でもっとも売れているのは宗久堂の番付だが、江戸見物の旅人や「番付好き」向けで、七を含む菓子通は皆、網代屋の番付に重きをおいているそうである。今年で二十年目になるという網代屋の番付は年に一度の発行で、いつもは文月の藪入り前の十五日に出ていたのだが、今年は一月遅れの葉月十五日となったらしく、この一月ほど七は幾度か板場でそのことを口にしていた。

「もう！　他人事じゃないんですよ！」

「す、すまねぇ」

ぷりぷりしている七をなだめるべく、孝次郎はひとまず詫びてみた。

　しかしながら、孝次郎自身は草笛屋にいた頃からさほど番付を気にかけたことがない。というのも、番付は評者の好みに多分に左右されるからだ。菓子や料理に限らず、根付や指物、小間物、絵など、およその「物」は、職人が一定の技を取得したのちは、学問や武道のようにはっきりとした勝敗はつけ難い。量や大きさ、色、味付け、意匠、値段など、人の好みは十人十色であり、万人に好まれる物が必ずしも最上ともいえぬ。また、菓子番付を書くような評者は得てして上菓子を好むことから、上菓子をあまり扱っていない二幸堂が二段目止まりなのは致し方ないことだと孝次郎は納得しているのだが、七はそうではないようだ。

「宗久堂はともかく、網代屋なら——鶯兵衛さんなら、此度は必ず二幸堂を上段に、なんなら関脇か大関にしてくれると信じていたのに」

「小結をすっ飛ばして関脇なんて、そらいくらなんでも……」

　言葉を濁した孝次郎を、七はきっと睨みつけた。

「何、弱気なこと言ってんですか。私の番付じゃあ、二幸堂は勧進元ですよ！」

　見立番付の勧進元は最上格で、誰もが認める老舗が主だ。

「うん。お七さんの舌は確かだからな。見ず知らずの鶯兵衛さんよりも、お七さんにそう言ってもらえる方が、俺ぁ嬉しいや」

　顔をほころばせて率直に言うと、七は吊り上げていた目元をやや緩めた。

「とはいえ、まだ二段目ってのは腑に落ちねぇなぁ……」

溜息と共に数馬がぼやいた。

「そうなんだよ」

我が意を得たりと頷いて、七は番付を見つめて眉根を寄せる。

「去年まではさ、店も小さかったし、上菓子は注文ばかりだったから仕方ないと思ってたんだよ。でも、今は縁台で練切も錦玉羹も出してるからさ。鷲兵衛さんならきっと噂を耳にして食べに来てくれただろうと――でもって、一度でも食べてもらえたなら、きっと二幸堂をもっと上位にしてくれるだろうと……それに、うちだけじゃないんだよ」

「というと?」と、孝次郎と数馬が声を重ねた。

「いちむら屋も、昨年から一つしか順が変わってないのさ。いちむら屋も老舗じゃないけど、上菓子は老舗に負けちゃいないもの。店も日本橋の南に移ったし、せめて小結、前頭なら一位か二位の上位じゃないとおかしいよ」

他の番付はいざしらず、網代屋は日本橋の南北にわたる通町から中山道を境に東西を分けているらしい。昨年は「東之方」に名があったいちむら屋は、今年は「西之方」の上段、前頭の左から二つ目にあった。

潰れた草笛屋に居抜きで移ったいちむら屋は、二幸堂と同じくまだ初代で、老舗ではない。だが、日本橋から北へ五町ほどの岩附町に店を構えていた時分から上菓子には定評があり、草笛屋と同じくらい名は知られていた。

「勧進元が若狭屋、差添が八懸、行司が三芳屋なのはそれぞれ評判の老舗だからいいとして、山都屋が大関から関脇に、代わりの大関が小結だった大黒堂ってのは合点がいかないよ。音羽屋や万里堂、松喜も順を落としてる……」

「けどよ、お七さん。草笛屋みてぇなことだってあるからよ」

かつて大関や関脇だった草笛屋も、暖簾を下ろす前は「前頭落ちもありうる」と菓子好きの粋人に言われたほどだった。

「草笛屋は明らかに味が落ちていたもの。音羽屋や万里堂は、前と変わらず美味しいし、いくらなんでも菊花堂や加賀屋より下だなんてこたないよ……あーあ、もう、鶯兵衛さんにはがっかりさね」

今でこそ修業と称して、時折七と他の菓子屋を訪ねることがあるものの、孝次郎は七ほど市中の菓子屋の味を知らない。七ほどの菓子通なれば、番付に物申したくなる気持ちも判らぬでもないが、その七にしても、上菓子を食べる機会は限られている。ゆえに、一概に評者が誤っているとは孝次郎には思えぬのだが、口にしても詮無いだけだ。

代わりに孝次郎は、顎をしゃくって店の座敷へ七を促した。

「まあ、お七さん、おやつにしねぇ。今、桜紅葉を作るからよ」

「桜紅葉を？」

こし餡を黄色と橙色の薯蕷餡で包み、紅葉した桜の葉を象った桜紅葉は、秋の上菓子として文月朔日から縁台で出し始めた。

「うふふふ」

七がいそいそと座敷へ向かうと、孝次郎は数馬と苦笑を交わし、手早く桜紅葉を作って小皿に載せた。

だが、孝次郎が自ら小皿を手にして板場から店へと続く戸口を出たところで、光太郎がひょいと小皿を取り上げる。

「これぞ阿吽の呼吸だな、こうの字よ」

「ちょっと！　それは私のおやつですよ！」

「お客さまの注文が先だぜ、お七さん」

「むぅ」

「そう怖い顔しなさんな。友比古さんの注文だぞ」

「友比古さまがいらしてるんですか？」

いちむら屋の店主の名を聞いて、七は急ぎ表へ出て行った。

二

孝次郎が新たに七のために桜紅葉を作る間に、光太郎は良介と桂五郎に店先を任せて、七と共に友比古を座敷へ招き入れた。

「私もどうも網代屋の番付に合点がいかなくて、お七さんとこの無念を分かち合おうと——ああでも、まずは桜紅葉に慰めてもらいましょうか」

そう言って、友比古はにこにこと桜紅葉を口に運んだ。

「うん。すくすくのような目新しさはないけれど、孝次郎さん、やはりあなたの餡は違います。薯蕷餡はともかく、小豆餡がねぇ……小豆餡はいつ食べても、うちのより孝次郎さんの方が美味しいんだなぁ……」

「そうそうそう」と、七。

また一口桜紅葉を含んで、友比古がしみじみと言う。

「粒餡もいいんだが、こし餡もねぇ……」

「むふふふふ。どっちもお師匠の餡子が江戸一ですよ。もうね、餡子だけでもいいんです。私には、餡子だけでも一品ですよ」

友比古の称賛に、常から餡の味見をしている七が機嫌を直したのも束の間だ。

桜紅葉を食べ終えると、二人して番付を広げて険しい顔をする。

「二幸堂さんがいまだ二段目はないでしょう」

「ええ。なのに、大黒堂が大関ってのも」

「私もとても信じられませんよ」

「山都屋はさぞ悔しい思いをしていることでしょうよ。本当に、鷲兵衛さんは一体どうしちゃったんでしょうねぇ？」

「そこなんです。網代屋が一月遅れで番付を出すっていうんで、私は昨日の朝一番にこれを買いに芝まで行ったんです。でもって、その場で網代屋に頼み込んだんですよ。鷲兵衛さんに会わせてくれ、ってね」

「えっ？　鷲兵衛さんに会ったんですか？」

身を乗り出した七へ、友比古は首を振った。

「けんもほろろに断られましたよ。ちょうど店にいた客からも『たかが番付で、そう目くじら立てなくても』と、嫌みまでいただきました」

「たかが番付、されど番付」と、光太郎が口を挟んだ。「黙っていても客が来るのは日本橋や浅草、音羽町――深川じゃ門前町くらいですからね」

音羽町は護国寺へ通じる参道沿いの町である。二幸堂は永代橋から永代寺門前町へと続く道中の黒江町にあるが、永代寺や富岡八幡宮を訪ねるのに永代橋の袂から北側の堀沿いを回って行く者も多いため、必ずしも黒江町を通るとは限らない。

「ですが、番付に載るようになってから、うちは客が増えました。まあ、それでも八幡さまや永代寺詣でのついでが主ですが、前は素通りしていた客が、番付のおかげで足を止めてくれるようになりましたよ」

「うちもです。岩附町に店を出した頃は、少し奥まったところだったせいで、なかなか売れなくて。でも、番付に載ってから、どんどんお客が増えたんです」

今でこそ、いちむら屋は「黙っていても客が来る」日本橋にある。友比古の実方は裕福で、草笛屋を買い取ることができたのは実方のおかげでもあるが、いちむら屋の実力なくして、日本橋での商売は成り立たぬ。

「自賛になりますが、上菓子なら真ん中の御三家にだって劣りませんよ。いくら好みがあるとはいえ、うちは此度は小結、せめて前頭の一位か二位にはつけるだろうと思っていました。鷺兵衛さんは上菓子好みのようですから、尚更です」

友比古の言い分に、意を同じくしていた七が大きく頷く。

「こりゃおかしいって、ちょうど話してたとこだったんです。菓子好きはきっとみんな首をかしげていますよ」

「よかった。やはりお七さんもそうお考えでしたか。私は菓子番付の中では何より網代屋の——鷺兵衛さんの番付が好みで、信頼していましたからね。なんだか裏切られたような気持ちになったんです」

「私もですよ！」

「鷺兵衛さんの番付も今年で二十年目だ。もしや鷺兵衛さんは大分お歳を召されているのではないか、それで舌が利かなくなってきていたり、店や菓子を取り違えていることもあるのではないか……もしもそうなら、鷺兵衛さんのみならず、版元の網代屋の沽券にもかかわるのではないかと持ちかけてみたのですが、菓子屋の言いがかりを、いちいち橋渡ししていちゃきりがない——と」

「むむ」

「まあ、好みは人それぞれですからね。鷲兵衛さんがご自身の好みで書かれたものに物申すのですから、言いがかりと言われても致し方ありません。けれども、此度はこうして一夜明けても承服し難い。ですから、私は近いうちに今一度、網代屋に頼んでみるつもりです。鷲兵衛さんがどこの誰なのか、どんなお人柄なのかにも興をそそられますが、何より、うちのどの菓子を食べて、どう評しているのか、私は知りたい……」

「それなら、私も連れて行ってもらえませんか？」と、光太郎。

「光太郎さんも？」

「私は友比古さんやお七さんみたいな菓子好きじゃありませんから、菓子の細かい良し悪しは判りません。ですが墨竜さんやら鐵真さんやら、粋人、茶人といわれる皆さまも網代屋の番付を頼りにしていると聞いております」

ゆえに、番付の位――殊に上段に入っているかどうか――は、上菓子の注文を大きく左右する。

「となれば、私も鷲兵衛さんの忌憚なきうちの――二幸堂の評を聞いてみたい」

にかっと笑ってから、光太郎は付け足した。

「ただ乗り込んでは、また言いがかりのそしりを受けるやもしれません。ですから、菓子屋として、向後の心得を鷲兵衛先生にご指南いただきたい――ってことにしてはどうでしょう？　一人よりも二人、二人よりも三人と、まとめて行けば、網代屋も断りにくいでしょうから、ええと、先ほど仰ってた山都屋さんにも声をかけてみませんか？」

「光太郎さん！」

「旦那さま！」

友比古と七が目を輝かせて声を揃えた。

「妙案です。旦那さま」

「流石、光太郎さん。頼もしい」

「それほどでも」

七と友比古が持ち上げるのへ、光太郎は謙遜しつつも再び白い歯を見せた。

三

翌日、光太郎は早速友比古と、上野の山都屋を訪ねるべく出かけて行った。

七は光太郎の代わりに売り子を務めつつ、首尾を気にして今か今かと待っていたが、七ツが鳴っても光太郎は帰って来なかった。

「もう、どこで油を売ってんだか……」

ぶちぶちこぼしながら七が帰って行ったのち、板場の戸口からそっと玄太が顔を覗かせた。

「こうの字」

「あ、鬼饅頭の注文ですか？」

「いや、今日は涼二さんの遣いでな。暇なら、後で光太郎と東雲で一杯やらねぇかって話だ。急ぎじゃねぇが、なんだか聞きてぇことがあるらしい。ついでに餡子の菓子の売れ残りがあれば買って来いと言われたが、すっからかんみてぇだな」

「ええ」

饅頭や大福などは七ツ前に売り切って、残っているのは琥珀の夕凪と飴煎餅の福如雲、干菓子のうずらのみである。

仕込みと風呂を済ませてから向かいの長屋を訪ねてみたが、光太郎はまだ帰宅していなかった。

手ぶらで行くのは気が引けて、孝次郎は福如雲を一包み手土産にして、六ツが鳴る少し前に一人で東雲の暖簾をくぐった。

涼二は店の一番奥のいつもの縁台にいた。他にも客がいる中、手招くところを見ると、今宵は密談ではないらしい。

「おう、こうの字。一人か？」

「はい。兄貴は野暮用で朝から出かけていやして、まだ帰って来てねぇんです。涼二さんもお一人ですか？」

「さっきまで玄太がいたんだが、六ツが鳴る前に家に帰れと追い出してやった。なんてったって、やつは祝言挙げ立てだからな」

にやにやする涼二に、孝次郎も微笑を返す。

涼二と初めて顔を合わせたのもここ、東雲だった。二幸堂を始めてまもなくのことで、光太郎と長次——東不動——のかかわりを探るべく訪れたのだ。

涼二は長次の右腕にふさわしく、太い眉に鷲鼻の強面で、六尺近い背丈にがっちりとした身体つきをしている。見るからに「堅気ではない」が、孝次郎が慄いたのはほんのひとときだった。人柄を——殊に甘い物好きであると——知るにつれて慣れ親しんで、いまやこうして二人きりでも気負わずに済む。

「無事、祝言が終わってよかったです」

「うん。菓子代と仲人代は月末までに、玄太と一弥に届けさせるからよ」

「仲人代はいりやせんよ」

「そう言うな。こんなにめでてぇことは久方ぶりだ。お前たちも縁あって一緒になったんだ。仲人代で暁音さんは言わずもがな、お葉さんにも何か贅沢させてやれと、光太郎に言っときな」

——あなたったら、すっかり隠しごとがうまくなっちゃって——

一弥への当馬策を黙っていたことで暁音にそうからかわれた孝次郎だが、今一つ、暁音に隠して——否、黙ったままのことがある。

涼二の亡き妻子のことだ。

玄太への当馬策が裏目に出た折、孝次郎は「こいつはみんなで腹を割って話した方がいい」と、一人で東雲に向かった。運良く涼二は東雲にいたが、孝次郎と二人きりとあって、店を貸し切りとする代わりに店主に断って二階で密談とした。

それまで孝次郎は暁音同様、どうして玄太が——一弥はともかく——頑なに大婦の契を拒むのか訝っていた。汀に己の稼業の累が及ぶと恐れたとしても、東不動一家には長次を始め、妻帯している者が少なからずいるからだ。だが、二階で玄太のことを相談するうちに、涼二から妻子のことを打ち明けられて合点した。

子分たちの大半にもずっと独り身だと思われている涼二だが、もう二十年ほども前に夫婦の杯を交わした女がいたという。

——だが俺が意気がって、つまらねぇ恨みを買ったばかりに、結句、あいつも赤子も亡くしちまった——

相手は涼二の居所を問いたかっただけで、殺すつもりはなかったようだ。だが、脅されて突き飛ばされた折に頭を打った妻は気を失ったまま翌日亡くなり、母親の死を悟ったのか、生まれて二月足らずだった赤子はもらい乳や重湯を受け付けずに衰弱死した。

涼二が大親分——長次の亡き父親の元長(もとなが)——と杯を交わしたのは妻子の死後、ほどなくしてのことだった。ゆえに、このことを知っているのは玄太を含めた僅かな古参のみらしい。殊に念は押されなかったが、たとえ成りゆきでも己を信頼しての打ち明け話で、他言は無用だと孝次郎は受け取った。

　玄太が汀と男女の仲になりながらも妻問いに二の足を踏んでいたのは、涼二の亡き妻子が念頭にあり、汀の身を案じる傍ら、兄分の涼二に義理立てしていたからだったのだ。

　妻子の話を聞いたのちに、当馬策を講じた折の己の惚気話を孝次郎は悔やんだ。が、涼二はそんな孝次郎へ首を振った。

　——俺が悔いているのは浅はかだったてめぇで、あいつと一緒になったことじゃねぇ。お前にも玄太にも、俺の昔話でうじうじされるよりも、俺や女房子の分も仕合わせになってもらいてぇのさ——

　先月の涼二の言葉を思い出しながら、孝次郎が暁音と櫛を買いに行く約束をしたことを話すと、涼二は嬉しげに目を細めた。

「そら、暁音さんも喜ぶだろう。家路もいいが、ありゃあもう暁音さんだけの菓子じゃねぇし、女ってのは、なんだかんだ小間物が好きみてぇだからな」

　やはりそうか——と孝次郎が頷くと、涼二は微苦笑を浮かべつつ、おもむろに懐から折り畳んだ紙を取り出した。

「ところで、こうの字、こいつを見たか？」

　広げた紙は、網代屋の番付だった。

「……あの、もしや、聞きたいことってのはこのことですか？」

「おうよ」

笑みを引っ込めて、涼二は眉をひそめて二幸堂の名が書かれている二段目を指さした。

「いくらなんでも、お前たちが二段目はねぇだろう。俺は上菓子はよく知らねぇが、金鍔(きんつば)や大福や饅頭はこの菊花堂ってとこより、二幸堂の方がずっとうめぇぞ」

七も訝っていた菊花堂は、東之方の上段の、前頭の一番右に名を連ねている。

「はあ」

「なんでぇ、その気のねぇ返事は？」

「いやあの、涼二さんも番付をご覧になっているとは思わず……」

「そら、二幸堂がどんなもんだか知りてぇからよ」

涼二曰く、甘い物好きなのは昔からだが、稼業や役目柄、そう気安く出かけられぬため、七のように片っ端から菓子屋を食べ歩いたことはない。

「だからお前たちが深川に来るまで、番付なんざ気にしたこたなかったんだ。それでもよ、若狭屋、八懸、三芳屋の菓子はもちろんのこと、日本橋や浅草、上野辺りの店なら出かけた折やもらい物で食ったことがあらぁ」

涼二が番付を買い始めたのは一昨年からだ。二幸堂という贔屓(ひいき)の菓子屋ができたことで、番付でその名と位を確かめるのが涼二の密やかな楽しみになった。

「菓子番付がそういくつもあるたぁ知らなくてよ。昨年までは子分がそこらで買って来た宗久堂のを見てたのさ。だが、いつだったか光太郎がよ、お七さんは宗久堂よりも、この網代屋ってとこのを重宝してるってんで、こいつが出るのを俺はずっと楽しみに待ってたんだ」

「さ、さようで」

「なのに、こりゃどういうことだ？　宗久堂のよりは幾分ましだが、俺はなんだか承服できねぇ。光太郎は――いや、お七さんはこれをもう見たか？」

「ええ、実は――」

昨日の出来事を話すと、涼二は心持ち眉間の皺を緩めた。

「そうか。いちむら屋もか。それで光太郎は出かけたきりか」

「そうなんです」

「この鷲兵衛ってのは偽名だな？」

「おそらく」

「どこの誰かは、いちむら屋も知らねぇのかい？」

「そう――みてぇですね」

「なんでぇ、頼りねぇな」

「す、すいやせん。宗久堂の方は身内に書かしてると聞いたことがありやす」

「身内に？」

宗久堂は菓子のみならず、料理屋や茶屋、鰻屋、鮨屋、豆腐屋など、主に食べ物の番付をいくつも出している。どれも鷲兵衛の番付に負けず劣らず長く手がけているが、一人の舌に頼らず、奉公人を幾人も使って数多ある店を調べているらしい。

「手が回らねぇことがよくあるそうで、金を渋ってろくに味見をせず、しても一品しか食わなかったり、時には奉公人の友人知人から話を聞いただけ、表から客入りを見ただけで判じることもままあると、前にお七さんから聞きやした」

「けれども、お七さんも鷲兵衛の正体は知らねぇんだろう？　とすると、鷲兵衛ってのも一人とは限らねぇぜ。案外、こっちも網代屋の奉公人の寄せ集めかもな」

「そういうことも……ありえやすね」

なるほど。網代屋が即座に友比古さんの頼みを断ったのも、実は鷲兵衛という人物そのものがいないからやもしれない――

酒を口に運びつつぼんやり頷くと、涼二は苦笑を浮かべた。

「お前は悔しくはねぇのか、こうの字？」

「俺は……悔しくはねぇです」

しばし言い淀んだのち、孝次郎は素直に応えた。

「そら、位が上がれば嬉しいです。ですが、人の好みは様々ですから……」

七には言えなかった持論を話してから、孝次郎は付け足した。

「二幸堂では割と好きにさしてもらってやすし、俺は俺が旨いと思った菓子しか出しておりやせん。それでお七さんや友比古さん、涼二さんみたいな菓子好きや、町のみんなに『旨い』と言ってもらえて、売れ残ることも近頃はとんとなくなりやした。俺にはそれだけで充分でして……」

「まったく、お前は欲がねぇなぁ。番付が上になりゃあ客も増えて、もっと多くの皆に『旨い』と言ってもらえるぜ？」

「けれども、うちが一日に作れる菓子には限りがありやす。兄貴はゆくゆくは値上げを考えているのやもしれやせんが、俺はどうも気乗りしやせん」

金鍔や独楽饅頭、斑雪、紅福、豆福などは、材料や手間を考慮すれば安く出している方だ。客が増えれば多少値を上げても売れるだろうが、孝次郎は番付を見て遠方からやって来る客よりも、かつての暁音のように、一つ二つでも足繁く通ってくれる地元の客を大事にしたい。その代わりといってはなんだが、縁台で出している上菓子や注文菓子では相応の金を取っている。

「値上げが嫌なら、もっと職人や菓子の数を増やしゃいい。ああでも、店を大きくするのはいいが、深川から出て行くのはなしだぜ。暖簾分けならいいけどよ」

「俺も兄貴も深川から出て行く気はねぇです。けど、暖簾分けか……まあ、いずれ誰かがそう望むようなら止めやせんが……」

数馬や八郎なら、二幸堂の暖簾ではなく、己の店を持っても大成するように思われて、孝次郎は再びぼんやりと杯を口にした。

「ははは、まあおいおい光太郎と考えな。二幸堂は——お前たちはまだまだこれからだからな」

声を上げて涼二は笑い、やはり酒を含んでからつぶやいた。

「それにしても、鷲兵衛の正体は気になるな……」

四

翌朝、いつもより早めに現れた七と共に、孝次郎は光太郎から話を聞いた。

「それが、山都屋は番付なんざ、歯牙にもかけちゃいねぇんだとよ」

――うちは大黒堂さんはもちろんのこと、若狭屋さん、八懸さん、三芳屋さんにだって劣っちゃいませんよ。鷲兵衛さんがどう評そうが、うちはうちの味を貫くだけです――

「むむむ」

山都屋の台詞を聞いて七は唸ったが、どちらかというと山都屋と意を共にしている孝次郎には山都屋の心意気は快い。

思わず口角を上げると、七が目ざとく睨み付ける。

「また、他人事みたいに――」

「けどよ、もういいじゃねぇか、お七さん。俺ぁ、山都屋の言い分に賛成だ。俺ぁ、うちの味も――少なくとも普段の菓子は――他にけして負けちゃいねぇと思ってら。

鷲兵衛さんだって、宗久堂よりはうちを買ってくれてんだ。それでもう、よしとしちゃどうかと、俺は」

孝次郎にしては珍しく己の考えを主張してみたが、七はにべもなく一蹴した。

「俺ぁ、俺ぁ、って、孝次郎さんはよくても、私はちっともよくないんだよ。お師匠は贔屓客の心がてんで判っちゃいないんだから……己の選（え）りすぐりを信じて、人はただのお客から贔屓客になるんだよ。でもって贔屓客ってのは往々にして、贔屓の店や人が売れた方が嬉しいんだ。番付に一喜一憂するのも、それだけ店を贔屓しているからさ。己の見立てが確かだって証にもなるからね。番付に、殊に上段に載ることが、どれだけ贔屓客を喜ばせて、売上を左右することか――」

語気を強める七の隣りで、光太郎も重々しく頷く。

「菓子番付だからよかったものの、これが役者や茶屋娘の番付だったら、刃傷沙汰（にんじょうざた）になってもおかしかないよ」

「お、おう」

いくらなんでも大げさな――と思わぬでもなかったが、孝次郎とて人や世間に認められたいという欲がなくもなく、七が言わんとするところは伝わった。

「まあ、お七さん。話にゃまだ続きがあるんだ」

とりなすように光太郎が再び口を開いた。

「山都屋の主はともかく、奉公人にはやっぱり番付を業腹に思っているやつがいてよ。後でこっそり明かしてくれたんだ」

　光太郎たちより一足早く、牛込（うしごめ）の椿木屋（つばきや）の店主で将介（しょうすけ）という若者が、山都屋の店主に会いに来たそうである。

「ああ、そういえば、椿木屋はまた店を開けたんだったねぇ。どれどれ……」

　七が広げた番付を覗き込むと、椿木屋の名は三段目の中ほどにあった。

「椿木屋は三、四年前に一度暖簾を下ろしたんだよ。店主が身体を悪くしてさ。噂で、昨年また店を開けたと聞いてはいたけれど、私はまだ訪ねてないや。けれども、前はずっと、後ろの方とはいえ二段目に名を連ねていたからねぇ。私が聞いたところじゃ味は変わってないようだから、それが本当ならこの順番は不服だろうねぇ」

「まさしくその通りさ。身体を悪くしたのは将介の親父で、新しい店は将介が嫁と切り盛りしてるんだとさ」

　椿木屋は茶饅頭と団子の他、練切が一つ二つあるのみの、間口一間の小さな店だが、町では評判で、七が言うように閉店まではずっと網代屋の番付の二段目に名があった。父親はまだ思うように身体が利かないそうだが、その味はしっかり引き継いだと自負している将介は、鷲兵衛の評が不満で、まずは父親のかつての奉公先であった山都屋を訪ねてみようと思い立った。

「山都屋は関脇で承服してんのか。親父は知らなかったが、山都屋なら鷲兵衛さんがどこの誰なのか知っているんじゃねぇか。鷲兵衛さんは山都屋のどんな菓子を食べたのか――将介はそんなことを問うたそうだが、山都屋の主はさっき言った通りでよ。鷲兵衛の正体も、鷲兵衛がいつやって来たかも、どんな菓子を食ったのかも知ったこっちゃねぇってんだ」

憮然として将介は山都屋を後にしたが、そんな将介なら光太郎たちの味方になるだろうと、店主と将介のやり取りを聞いていた山都屋の奉公人は判じたのだった。

「出直すのもなんだから、その足で椿木屋まで行って来たのさ。おかげで、帰りが遅くなっちまった」

「して、その将介さんはなんと？」

「喜んで、俺たちと一緒に網代屋に行くってよ」

ただし少し日をおいた方がよかろうと、また光太郎や将介はそうちょくちょく店を留守にできぬことから、網代屋行きは十日後の葉月は二十七日としたという。

「ふうん……」

やや機嫌を直した七は、二日後の己の休みの日の四ツ前、二幸堂に現れた。

「金鍔と斑雪を十ずつ、これに入れとくれ」

持参した二段の重箱を差し出しながら、七は付け足した。

「福如雲も四つ――いや、五ついただくよ」

「なんでぇ、お七さん。何か催しごとでもあんのかい？」

目を丸くして問うた光太郎へ、七はふんと鼻を鳴らした。

「ああ、そうだよ。繰言会さ」

「繰言会？　あ、もしや、番付の？」

「そうそう。お菓子好きのみんなで美味しいお菓子を食べながら、鷲兵衛さんへの憂さを晴らそうと思ってね」

福如雲を入れた風呂敷包みを背負い、重箱を抱えて七が店先から遠ざかると、孝次郎は光太郎と顔を見合わせた。

気質は違えど兄弟である。思いを同じくして代わる代わるつぶやいた。

「なんともはや、ありゃあ相当腹に据えかねてんな」と、孝次郎。

「お七さんはうちもそうだが、鷲兵衛さんの番付を贔屓にしてたからな。あれぞ可愛さ余って憎さが百倍」

「げに恐ろしきは」

「お七さんの菓子への執念……」

五

更に数日を経て、鷲兵衛の番付が市中に行き渡ったからか、墨竜と鐵真を含めた幾人かの贔屓客が番付を携えて二幸堂を訪れた。

とはいえ、七や友比古のごとく悔しがっているのは鐵真だけで、他の者は首をかしげながらも番付は番付と甘んじているようだ。またやはり、墨竜や鐵真も鷲兵衛の正体は知らぬとのことである。

店の座敷に上がった墨竜が言った。

「いちむら屋の言ったことが、的を得ているように思うがね」

――鷲兵衛さんの番付も今年で二十年目だ。もしや鷲兵衛さんは大分お歳を召されているのではないか、それで舌が利かなくなってきていたり、店や菓子を取り違えていることもあるのではないか――

「となれば、いずれ鷲兵衛さんの番付も宗久堂の番付のように菓子好きには売れなくなるだろうが、年に一度の発行なら数年はもちそうだな」

「だから、余計に腹が立つんじゃ」と、鐵真。「網代屋の爺ぃめ。そうだ。もしや、あの爺ぃが実は鷲兵衛なんじゃないか？」

「爺ぃって……網代屋の忠兵衛さんは、鐵真さんと同い年だったと思いますよ」

鐵真は雅号で本名は仁左衛門だ。日本橋の打物屋・土佐屋の隠居で、今年還暦を迎えた。

苦笑を浮かべて墨竜は続けた。

「忠兵衛さんが鷲兵衛さんってことはないでしょう。あの人は鐵真さんと同じくらいご壮健ですから菓子屋巡りもできそうですが、そこそこ顔が知られていますからな。ご自身で菓子屋を調べていたなら、とっくに正体がばれていますよ」

「むむ、それもそうか」

「網代屋の店主は忠兵衛ってんですか？」

「なんだ、こうの字、おめぇそんなことも知らなかったのか？」

光太郎が呆れ声で、墨竜より先に問い返した。

「ははは、孝次郎らしいがね」

笑みをこぼした墨竜に、孝次郎は涼二の言葉を思い出して言った。

「鷲兵衛さんは、宗久堂のように奉公人の寄せ集めってこたねぇですかね？」

「うむ。なくはないだろうが、網代屋は錦絵や草双紙が売りの版元だからな。番付に割く奉公人はいないと私は思うがね」

「さようで……」

そうこうするうちに二十七日となり、光太郎は朝のうちから出かけて行った。

網代屋が芝神明の近くにあることから、友比古や将介とは京橋で待ち合わせるそうである。

――だが、意気揚々とした背中を見送って二刻余り。八ツ前に連れ立って戻って来た光太郎と友比古の仏頂面から、孝次郎たちは不首尾を悟った。

板場を数馬に、売り子を良介に頼んで、孝次郎と七も座敷に集う。

「友比古さんが行った時とおんなしさ。取りつく島もなく断られたぜ。物言いだろうがご指南だろうが、いちいち取り次ぐこたできねぇってな。実は俺たちゃ不正も疑っていたんだが、忠兵衛さんは先回りして言いやがった」

——ご指南なんて調子のいいことを言いながら、賂を渡そうって肚じゃないんですか？　ずるや依怙贔屓を防ぐためにも、鷲兵衛さんの顔や身元は知られない方がお互いにとっていいことなんですよ——

忠兵衛の言い分はもっともだ。ゆえに、光太郎たちは大人しく——すごすごと引き下がった。

「ああでも、ありがとうございます、お七さん。お七さんのおかげで、音羽屋の清吉さんも一緒に来てくれました」

気を取り直して微笑んだ友比古曰く、七日前の繰言会というのは方便で、七はあの日、網代屋行きの「仲間」を増やすべく、番付で己がおかしいと思った——おそらく店も不服としているだろう——菓子屋に目星をつけて、今日、光太郎たちが網代屋へ行くこと、もしもその気があるなら、事前にいちむら屋の友比古を訪ねるよう、二幸堂の菓子を手土産に話して回ったのだった。

「そ、そうだったのか。なんでぇ、水臭ぇな。言ってくれりゃあ……」

「くれりゃあ、なんだい？　もっとお菓子を持たせてくれたかい？」

「うん、まあ……なぁ、兄貴？」

「ああ。こないだの菓子代もそっくり返すぜ」

「いんや、いいよ」と、七は即座に首を振った。「私が勝手にしたことで、他のお店にもそう言ったもの。今からでもお代をもらったら、嘘をついたことになっちまう。二幸堂のお菓子を土産にしたけれど、店者として伺ったんじゃないんだよ。一人のお菓子好きとして、好きなお菓子屋を回っておしゃべりして来ただけさ」

「けど、それじゃあ……」

「それなら、私が此度のお礼に、お七さんに今度何かご馳走しましょう」

言葉に詰まった孝次郎へ頷いてから、友比古は七ににっこりとした。

「うちの菓子じゃなくてもよいですよ。いや、むしろ、うちの菓子じゃない方がいい。冬がこないうちに、何か旨い秋の菓子を一緒に賞味しませんか？」

「します、します。美味しいお菓子なら、なんでもご一緒しますとも」

たまに店先に立つこともある七は女にしては大柄で、それなりに目立つ見目姿をしている。ゆえに音羽屋を始め他の店では、七がそう言わずとも、また手土産の菓子を出されるまでもなく、七が二幸堂の店者だと見知っていたようだ。

「けれども清吉さんは、お七さんをうちの店の者じゃなく、二幸堂の贔屓客として話を聞いたってんだ。音羽屋は昨年はいちむら屋の一つ前——つまり今年のいちむら屋の地位につけていたのに、此度は二つ落ちて二段目になったからな。だからやっぱり、番付にがっかりした贔屓客がいたらしくてよ。贔屓客のためにも、訳が聞けるなら聞いてみようと、わざわざ音羽町から足を運んでくれたのさ」

わざわざ足を運んだのは七も同じだ。

音羽屋はその名の通り音羽町にあり、護国寺の参道沿いにある音羽町まで、深川からだと早足でも一刻はかかる。

改めて見やった七が微苦笑を浮かべるのへ、孝次郎は胸を熱くした。

「お七さんよ」

「なんだい？」

「その……俺ぁもっと旨い菓子を作るからよ。て、手始めに、長月（ながつき）も何か新しい練切を考えてみる」

何はともあれ、己は菓子作りの他、取り柄がない。

長月末までは秋の川や日向（ひなた）と共に、桜紅葉を縁台で出すつもりだった。だが、練切は季節ごととせずに、隔月か、なんなら一月ごとに替えてみるのも店や贔屓客のためになるのではないかと、孝次郎は頭を巡らせた。

「ほんとかい？」

七ばかりか友比古まで目を輝かせるのへ、孝次郎ははにかみながら頷いた。

「いいですな。練切がもっと頻繁に替われば、お客は必ず増えますよ」

「他のお菓子ももっと売れるよ。お師匠のお菓子は、どうしたって一つじゃ足らないもの。今だって、土産のお菓子を買って帰るお客がほとんどだからね」

「そうそう。縁台があるのは二幸堂さんの強みですな。上菓子はその場で食してもらうのが一番だからねぇ」

いちむら屋は上菓子が売りだが注文が主で、岩附町にあった時も日本橋に移った今も、縁台は出していない。その代わりでもないが、普段菓子は団子と大福のみでも、二つの上菓子を日替わりで店先で売っている。

「ええ。まずは食べてもらわないと始まらねぇですから、もっとたくさんのお客さんに食べてもらえるよう工夫してみやす」

「うんうん」と、七が大きく頷く。「食べてもらえれば、味の判るお人は必ずお師匠のお菓子の虜になるよ。でもって、くらべてもらえれば、小結、関脇、大関、いいや、御三家にだって勝る味だと唱える者が、私の他にもきっと現れる筈――」

「あはは、大きく出ましたな」

友比古が声を上げて笑う横で、光太郎がにんまりとした。

「それだ、お七さん」

「うん?」

「食べくらべ――いや、菓子くらべだ! なぁ、友比古さん?」

先日は山都屋と椿木屋へ、今日は網代屋へと一緒だったからか、くだけた口調で言って光太郎は友比古を見つめた。

「菓子くらべ?」

「うちと友比古さんちと――椿木屋と音羽屋もきっと否やはねぇでしょう。四軒でそれぞれ自慢の菓子を競いやせんか? 勝ち負けはさておき――といっても、負ける気はさらさらねぇですが——必ず話の種になりやすぜ」

「光太郎さん！」

「旦那さま！」

友比古と七が声を揃えて身を乗り出した。

「やりましょう！」

「是が非でも！」

再び二人の声が重なったところへ、板場の方から数馬がひょいと顔を出した。

「孝次郎さん、涼二さんがおいでです」

「涼二さんが？」

板場に戻ると、涼二は裏の長屋へ続く勝手口にいた。客の目をはばかって、表口を避けたらしい。

「昼間っからすまねぇな」

「いいえ。何か、菓子が入り用で？」

「鷲兵衛の正体が判ったぞ」

「えっ？」

東雲で孝次郎と話して以来、涼二は鷲兵衛の正体が気にかかって、こっそりつてを頼って探っていたという。

「案ずるな。お前たちに差し障りがねぇよう、重々留意したからよ。あっちはこっちに気付いちゃいねぇ」

「はあ……」

呆気にとられて頷く間に、八ツの捨鐘が鳴り始めた。

「あ、ちょうどいい。上がってくだせぇ。おやつを作りやす」

「ははは、通りがかりにちょいと知らせてやろうと寄っただけで、おやつを食いに来たんじゃねぇんだよ」

「けど、あの、ちょうどいろいろありやして」

「うん？」

訝しむ涼二を孝次郎は座敷までいざなって、菓子くらべに浮き立つ友比古に引き合わせた。

六

涼二を見上げて友比古は束の間目を丸くしたものの、すぐに如才なく微笑んだ。

「お噂はかねがねお聞きしております。いちむら屋の友比古と申します。以後どうかお見知りおきを」

「涼二だ。堅気相手の仁義は控えさしてもらうぜ」

後ろ髪を引かれるごとき七を板場に戻して、孝次郎は手早く鹿ノ子（かのこ）を四つ作った。

涼二の後からおやつを求めてやって来た小太郎には焼き立ての金鍔を三つ渡して、鹿ノ子は七と数馬に一つずつ、残りの二つは座敷へ運ぶ。

店先の客や、鷲兵衛の正体を慮ったのだろう。男三人は板場にも聞こえぬほど声を落として話し込み、四半刻ほどしてまずは涼二が、更に四半刻ほどを経て友比古が、それぞれ相好を崩して帰って行った。

七ツで暖簾を下ろしたのち、孝次郎と七は無論のこと、数馬、良介、桂五郎も興味津々で、片付けや仕込みはそっちのけで座敷に集まった。

「まずは菓子くらべだが」

友比古は大層乗り気で、丸一日いちむら屋を閉めて、菓子くらべに板場を貸してくれるという。いちむら屋には五十人からの奉公人がいる。少なく見積もっても二幸堂の十倍、場所柄や上菓子が売りとあって、実際はもっと多くの売上がある筈だから、菓子くらべで得る金ではまったく割に合わぬ筈だ。

「流石、友比古さま。相も変わらず太っ腹でいらっしゃる」

「なぁに。言ったろう？　菓子くらべは必ず話の種になる。その後の売上を見込んでのことでもあんのさ。友比古さんはあれでなかなかの商売人さ」

友比古の方が自由が利くことから、椿木屋と音羽屋には明日にでも友比古が話しに行くという。

「委細はまたのちほど詰めるが、くらべる菓子は上菓子と普段菓子を一つずつ。四軒で合わせて八つの菓子を食ってもらって、その上で気に入った上菓子と普段菓子を一つずつ、客に入札（いれふだ）に記してもらう」

「八つってのは、一度に食うには多くねぇか？」

七や数馬、友比古のような甘い物好きでも、八つも一度に食す者はそういないだろう。己なら三つか四つ食べたところで嫌気が差して、舌も鈍りそうである。

「何も一人で全て、続けざまに食うこたねぇ。入札は一枚でも、家の者や仲間と菓子を分け合って、皆で評してもいいじゃねぇか。たとえ一人でも、菓子くらべは四ツから七ツまでの長丁場だ。急ぎの客は仕方ねぇが、菓子好きならきっとのんびり最後まで楽しむさ」

　光太郎の言葉に七と数馬が大きく頷く。

「あんまり寒くならねぇうちがいいだろう、けれども十三夜まではいちむら屋は大忙しだってんで、日取りは来月の長月（ながつき）二十日。入札は百枚。当日の五ツに売り始めるが、もしも五ツまでに客が百人を越えるようなら籤引（くじび）きにする。お代は二百文にしようと話してらぁ」

「に、二百文？」

　よいちは羊羹を一棹百文としているが、二幸堂では独楽饅頭はいまだ四文、金鍔は八文、練切でもせいぜい二十文である。

「おう。けして高かねぇぞ。なぁ、お七さん？」

「光太郎さんの言う通りだよ。忘れたのかい？　草笛屋なんて、大福に二十文も取ってたじゃないのさ。いちむら屋は上菓子に四十文取ることもあるし、よいちだって睡蓮を四十文で出してんだ。入札含めてのお代だよ。手間暇を考えたら二百文どころか三百文——いちむら屋を貸し切ることを考えたら、四百文でも足りないよ」

「けれども、三百文、四百文となるとそこらの町の者は手が出しにくくなる。金持ちだけの娯楽にはしたくねぇからよ。菓子代にしかならねぇだろうが、二百文がいいとこだろう」

「な、なるほど」

孝次郎を始め少年たちも合点して頷くのを見回してから、光太郎は続けた。

「職人は二人ずつ——いちむら屋や音羽屋はともかく、椿木屋は二人しかいねぇからな。身内の入札はなしだ」

「そんなぁ」と、七がこぼした。

職人が二人なら、二幸堂からは孝次郎と数馬が順当だ。身内は入札を買えぬとなると、己は菓子くらべの菓子にありつけないと判じたのだろう。

「たりめぇだろう。菓子くらべの菓子に身内の入札を許しちゃ札が偏っちまう。けれども、そう嘆くこたねぇぜ。菓子くらべの日は、うちも店を閉めちまおう。どうせみんな仕事が手につかねぇだろう。飲み物や箸休めを出したり、札を数えたりする手伝いも入り用だからな。心付として、菓子は手伝いの分も作ってもらうことにしようや」

二人しか菓子作りをしないとなると、いちむら屋の奉公人は大分余るが、ほとんどの者は給仕や接客の経験がない。ゆえに光太郎も友比古も、桂五郎や良介、七の働きに期待しているとのことである。

「ですが、俺は月末には、太吉さんと交代してよいちに……」

「うん。だが一応、桂五はうちの、吉はよいちのもんだからな。此度は十五日に帰してもらうよう、お前も数馬も余市さんに伝えてくんな。いひひひひ、八も吉も悔しがるだろうなぁ」

にんまりとした光太郎を見上げて、桂五郎も笑みを浮かべた。

「そんで、鷲兵衛さんだが……三日後に、友比古さんと訪ねてみることにした。お七さんも一緒に来てくれ」

「私も？」

「だって、会って、話してみてぇだろう？」

「そりゃあね」

――どんなもんだか、俺もちょいと話してみてぇが、俺が一緒じゃ向こうが硬くなっちまうに違ぇねぇ。光太郎や友比古さんなら、鷲兵衛さんも気安いさ。ああ、光太郎よりもお七さんの方がいいんじゃねぇか？　だって、お前はお七さんほど菓子を知らねぇだろう――

「……ってぇ、涼二さんのお達しさ。菓子くらべには鷲兵衛さんを招待するつもりだ。札の数には入れねぇけどな……だから、菓子くらべの亭主として俺は一緒に行くが、番付のこた、友比古さんとお七さんが訊ねた方がいいだろう」

まだ本人に確かめたことではないからと、光太郎は涼二から聞いた鷲兵衛の身元を明かさなかった。

だが三日後、光太郎たちは鷲兵衛との対面を果たして、涼二の調べの証が立った。鷲兵衛の本名は平右衛門。室町の塗物問屋・松田屋の隠居にして茶人であった。鐵真や網代屋の忠兵衛よりは若いが、五十路は越えているらしい。加えて、鷲兵衛は一昨年から足を悪くしていた。

「駕籠で出かけることもあるそうだが、あんまり歩き回れねぇから、今は菓子は大体注文で取り寄せたり、弟に頼んだりしているんだと」

「ということは……」

——物によっては、少し時を経ていたやもしれません。したがって、辛い評になった菓子もありましょうが、私の舌はまだまだ確かです。そう外れた評はしておりません。茶飲み友達——ああ、といっても、茶の湯の仲間で茶菓子をよく知る者たちですよ——の評も参考にすることがありますが、私の評とかけ離れたものは聞いたことがありません——

平右衛門は五十路を過ぎても痩せの大食いで、顔立ちは並だが、女形のように撫で肩でほっそりとしていた。急な来客、ましてや己が鷲兵衛だと突き止められたと知って驚きは隠せなかったものの、物腰は柔らかく、目下の光太郎たちにも始終丁寧な言葉遣いだったという。

「穏やかなお人でさ。嘘を言ってるようには見えなかったけど……」

「けど？」

「やっぱり、うちが二段目ってのはないと思うんだよねぇ……」

「まだ言ってんのか」と、孝次郎は呆れた。「今度こそ、もういいじゃねぇか、お七さん。――いや」

「いや？」

「鷲兵衛さんは、菓子くらべの招待は受けてくだすったんだろうな？」

椿木屋と音羽屋には友比古が一昨日に早速出向いて、両店ともその場で菓子くらべへの参加を決めていた。

「うん。そのために、いちむら屋もうちも椿木屋も一日店を閉めると聞いて、目を丸くしていたよ」

音羽屋は二十人ほど奉公人がいるそこそこ大きな店ゆえに、菓子くらべの日も残った職人で店を開けておくそうである。

――そのような催し物は初めてです。ご招待、痛み入ります――

菓子くらべの話を聞いて、鷲兵衛は驚きつつも喜んだ。

「いちむら屋なら歩いて行けないこともないし、なんなら駕籠を使ってでも必ず行くってさ」

「そんなら、今度こそ鼻を明かしてやろうぜ」

孝次郎にしては珍しく、負けん気が沸々と湧き上がってくる。

「何か、鳳凰に勝る菓子を考えるからよ」

鳳凰は長月の上菓子として、涼二が訪ねて来たさきおとといのうちに考えて、朔日の今日から売り始めた練切だ。白こし餡を橙色のこなしで包み、表に花びらを刻んで同名の大菊を模した。

「お師匠！」

飛びつかんばかりの七へ力強く頷くと、光太郎や少年たちも顔を輝かせる。

早速、明日の仕込みをしながらあれこれ思案していると、暁音が出稽古から帰って来て問うた。

「何があったの？　みんな、なんだかとっても楽しそう」

七

続く日々は飛ぶように過ぎた。

友比古は毎日のように二幸堂に現れて、光太郎と委細を打ち合わせた。

まずは四人の店主の内では一番達筆の友比古が張り紙を書き、各々の店に張って菓子くらべを告示した。

上菓子は当日の楽しみとしたが、普段菓子はいちむら屋は餡団子、音羽屋は大福、二幸堂は金鍔、椿木屋も餡団子と先に決めて、張り紙にもそう記した。

普段菓子を金鍔に決めるまで、二幸堂ではひとときあった。

――斑雪だろう――と、光太郎。――これはうちにしかねぇ菓子だからな――

――うん。斑雪かねぇ――

七は一度はそう頷いたものの、すぐに首をひねって打ち消した。

――でも、うちで一番売れているのは金鍔だよ。菓子くらべなら作り立て……焼き立ての金鍔を出せるんだから、金鍔の方がいいような……――

――焼き立ての金鍔は格別だからなぁ――と、数馬。――いや、孝次郎さんの金鍔は冷えてても旨いですが――

――それを言ったら、蒸し立ての斑雪も甘酒の味と香りが立って美味しいよ――

――ですな。とどのつまりは粒餡かこし餡か……こりゃあ、悩ましいですぜ――

――そうなんだよ。お師匠の餡子はこし餡も粒餡も甲乙つけ難いんだ。お師匠はいかがです？――

――俺ぁ、どっちでもいい。どっちにも勝ち目があると思ってら――

――むむ。となると、どっちがいいかねぇ、数馬？　粒餡かこし餡か……――

――こし餡か粒餡か……ううむ――

後はしばらく七と数馬に任せてみたが、いつまでも決着しそうになかったために、光太郎が鶴の一声で一番売上がある金鍔とした。

いちむら屋は普段菓子は大福と団子しか扱っていない。音羽屋は金鍔、団子、饅頭、大福といくつもあるが、大福が店の売りゆえに、此度は大福を出すという。それならば、と、いちむら屋は団子にしたが、椿木屋は悩んだ挙げ句に、茶饅頭ではなくやはり団子に決めた。これもまた、椿木屋は茶饅頭よりも団子の売上の方が良く、同じ小豆餡の団子でも、いちむら屋がこし餡を上に載せているのに対して、椿木屋は団子の周りを全て潰し餡で覆っているという違いがあるからだ。

勝負の普段菓子を張り紙に記したことで、菓子くらべの噂が広まると共に、二幸堂では金鍔の売上が少し伸びた。他の三軒も同様らしく、菓子くらべに行けない者や、どんなものだか興を覚えた者がそれぞれの店を訪ねているようだ。

入札は福如雲の包み紙同様、光太郎が版木を作って、片手間に刷る手筈になっていたが、十日ほど経ってから光太郎が問うた。

「思ったより問い合わせが多くてよ。百二十——いや、百五十にしてもいいか？」

「百五十？」

八郎が声を高くした傍らで、孝次郎は迷うことなく頷いた。

「俺ぁ構わねぇぜ。どうせ、店は一日閉めんだからな」

「けど、孝次郎さん。金鍔はともかく、上菓子を二人で百五十ってのは……店と鶩兵衛さんの分を入れて、少なくともあと二十一は作ることになるんですよ？」

味見として四軒に五つずつ、鷲兵衛に一つ、入札の分とは別に菓子を作るのだ。

「客が賞味するのは四ツから七ツの三刻だが、職人は五ツ前から支度を始めたとして四刻はあるんだ。俺と数馬なら訳もねぇ」

にやりとして言うと、八郎と共に光太郎まで顔をほころばせた。

実のところ、金鍔に加えて、百七十余りも同じ上菓子を、二人きりで作るとなるとなかなか厳しい。他の店に負けぬよう、凝った菓子をと考えているから尚更なのだが、なんとかなるという自負はある。

伊達（だて）に十五年も、菓子屋で働いてきたんじゃねぇ——

いつになく己の内にみなぎる覇気が、孝次郎自身にも清々しく、誇らしい。

一番人手の少ない椿木屋を始め、いちむら屋も音羽屋も否やはなく、入札の数は百五十となった。

孝次郎が上菓子をあれこれ思案する傍ら、七は当面、休みを返上して光太郎や友比古と菓子くらべの雑用に勤しんだ。

十五日に、太吉と入れ替わりに戻って来た桂五郎が告げた。

「二十日と翌日と、よいちは二日店を閉めて、みんなで菓子くらべを見物に来るそうです。『身内』だから入札は買えないだろうけど、できたら、八にぃと吉にぃは手伝いに加えて欲しいと、余市さんから頼まれました」

余市たちも来ると知って、孝次郎たちはますます気勢を上げた。

「俺も行くぜ」

「楽しみにしてっからな」

自由が利く権蕎麦の隠居の権蔵や廻り髪結の佐平も、各々店にそう告げに来た。

小太郎と仲の良い伸太・信次の父親にして建具師の晋平（しんぺい）も、勤め先が伯父の店とあって、二十日は仕事を休めぬか、かけ合っているそうである。

「まあ、うちの人は駄目でも、私は子供たちやお葉さんと一緒に行きますよ」

己は内職ゆえに、晋平の妻のてるはそう言ってにんまりとした。

八

そうして迎えた長月二十日は、立冬にもかかわらず、ほんの僅かな雲を浮かべた空が爽やかな小春日和となった。

孝次郎を始め二幸堂では皆、七ツ過ぎには起き出して、六ツ過ぎにはいちむら屋に向かった。

およそ三年ぶりに足を踏み入れた板場や餡炊き部屋は、いちむら屋によって改装されていたものの、草笛屋の面影がなくもない。

「懐しいか？」

そう問うたのは、かつて草笛屋で共に働いていた宗次郎だ。宗次郎は八郎や太吉の兄弟子だったが、草笛屋が暖簾を下ろした一年前に店を見限って、いちむら屋に移っていた。

「そら、ちょびっとは」と、孝次郎は苦笑を浮かべた。「ここでの『修業』も忘れていやせんぜ。かまどの癖も覚えていやすから、俺にも充分、分がありまさ」

「うん。思う存分、腕前を見せてくれ。だが、今ここで働いているのは俺たちだからな。自陣で負けを喫するような恥はさらさんぞ」

上菓子を得意とする宗次郎が口角を上げて言うと、傍らの誠太という職人もくすりとして頷いた。いちむら屋の菓子くらべの職人はこの二人で、誠太は三十三歳の宗次郎よりはいくつか年上に見える。小柄な宗次郎より一回り大きな身体つきをしているが、宗次郎に似て穏やかで、その名の通り誠実そうな顔立ちだ。

音羽屋の職人は源六郎と達二という名で、源六郎が四十路前後なのに対して、達二はその半分の二十歳前後の若者だ。音羽屋は四軒の内では一番創業が早く、店主の清吉は三代目であった。菓子屋の跡取りとして清吉も菓子作りは一通り学んだそうだが、友比古と同じく稀に板場を手伝うことはあっても己の腕をわきまえていて、菓子くらべには腕利きの職人である源六郎、それから向後に期待している若手の達二を頼むことにしたという。

椿木屋からは将介と妻のたみ。共に数馬や達二よりは幾分年上の二十二、三歳といった年頃で、なかなかの美男美女である。

「本日は皆さんの胸を借りるつもりで参りました」

山都屋や網代屋を訪ねたり、菓子くらべの話に乗ったりと、活発な将介は若者らしい勝ち気な目をしている。だが夫婦揃ってぺこりと頭を下げる様は好ましく、ついでにまだ独り身の数馬や達二が、将介に何やら羨望の眼差しを向けたことが孝次郎には可笑しかった。

八人の職人を頼もしげにぐるりと眺めて、友比古が言った。

「餡炊き部屋も板場も、皆さんで好きに使ってください。入り用なものや足りぬ豆や粉などがあれば、うちの者に気軽にお訊ねください」

光太郎が主立って表で入札を売る手筈を整える中、孝次郎たちは早速菓子作りにかかった。

まずは餡炊き部屋にて、金鍔に使う粒餡を数馬と煮立てる。小豆をいつもより更に選り分けようかとも考えたが、結句、いつも通りがよいと判じた。つまらぬこだわりやもしれぬが、普段菓子なれば、今日振る舞う金鍔も、今まで売ったものやこれから売るものと同じとしたい。

四軒とも普段菓子の餡から炊き始めたが、いちむら屋と椿木屋は小豆餡を冷ます傍ら上菓子用の餡の支度にかかる。二幸堂と音羽屋は普段菓子を先に出すべく、餡炊き部屋から板場へ移った。

二貫ほど作った餡を作業台で小分けにして冷ますと、数馬と共に鍔の形に成形していく。

「ここの板場は広くていいですね」

数馬が言うのへ、追って板場へやって来た誠太が微苦笑を浮かべて応えた。

「そうでもないぜ。いつもは二十人からの職人が出入りしてるんだ。こんなに広々しているのは俺も初めてさ」

宗次郎よりは幾分くだけた誠太の言葉に、皆が顔をほころばせる。

五ツ前には四軒の知己に加えて市中の菓子好き、物好き、お祭り好きが二百人余りもいちむら屋の前に集まり、入札は結句籤引きとなった。しかしながら、仲間や家族で連れ立って来た者が多く、またよほどの強者（つわもの）でなければ日に八つも菓子を食べようとは思わぬため、籤に外れた者はその場で分かち合いに誘い誘われ、ほとんどの者が留まった。

表には、貸物屋から借りた八人がけの縁台を二十四台、二列に並べた。縁台には入札を持った客が鈴なりに、周りにも人山ができて、それがまた見物客を呼んだ。出来上がった菓子は、いちむら屋の他の職人が板場に取りに来て、店先の給仕役の二幸堂の少年たちに渡すことになっている。

四ツの鐘を合図に、四軒のそれぞれの菓子を客に配り始めた。

少年たちは八郎と太吉、良太と桂五郎の二組に分かれて、菓子を運ぶ傍ら、入札の品書きに客が受け取った分を記して回る。

客にはのちほど、品書きの上菓子と普段菓子を一つずつ選んで丸をつけ、七ツまでに表に置かれた箱に入札するよう頼んであった。箱の番は七といちむら屋の番頭で、二人とも盛況を喜びつつも、不正がないよう箱に目を光らせている。

音羽屋の平べったい大福の中身はこし餡だ。金鍔を焼きながら、もらった味見を齧ってみると、白玉粉で作った皮は、二幸堂の紅福や豆福より厚めにもかかわらず、もっちりと柔らかい。餡は心持ち塩気があって、護国寺詣でにはるばる足を運んだ客の一休みに好まれそうだ。

いちむら屋の上菓子は「烏瓜（からすうり）」。その名のごとく、烏瓜の実を模した練切で、手亡（てぼう）——小粒の白隠元豆——の中割餡を橙色のこなしで包み、抹茶色のこなしで小さい葉と蔓をつけるという凝りようだ。よく見ると実の表面にはうっすら白い縦筋が入っていて、技の細やかさに思わず溜息をつきそうになる。

椿木屋の上菓子は店の名にかけた「寒椿（かんつばき）」で、こし餡を薄紅色のこなしで包んだ練切だ。味には格別新しさはないものの、寒椿は並の椿より花びらが多く、散り際も花ごとではなく、花びらが一枚一枚落ちていく。およその形を作るのは妻のたみだが、椿の形に整え、幾重にも重なった花びらを刻んでいくのは将介で、どれも揃った形になっているところは幼き頃からの修業の長さ、確かさを感じさせた。

友比古の計らいだろう。いちむら屋の職人は次々と違う者が菓子を取りに現れて、それぞれ板場の仕事ぶりを眺めては、目を見張ったり、にやりとしたり、うっとりしたりと様々な顔を見せていく。

口下手な孝次郎は人付き合いが得意ではなく、黒江町へ引っ越した時は町の者と親しむまでしばらくかかった。だが、宗次郎を除いた五人は初めて会う顔ぶれにもかかわらず、この板場では半刻と経たずに打ち解けた。

事前に危惧していた敵愾心は、どこにも、誰からも感ぜられなかった。己を含めて多少の負けん気はなくもないのだが、八人が皆、ただ己が誇る菓子作りに勤しみ、互いの技や味から切磋琢磨に努める心が伝わってきて、孝次郎たちは折々に顔を見合わせては笑みを交わした。

大福は皮を作るのが金鍔より手間だが、皮が出来てしまうとあとは丸めるだけである。二幸堂よりも一足早く、音羽屋は普段菓子を作り終えて、上菓子作りに取りかかった。

音羽屋の上菓子は「桔梗」だった。中身はいちむら屋の烏瓜と同じく手亡の中割餡だが、表のこなしは紅碧色で、花心に向けて白くぼかしてある。五枚の花びらの先がぴんとしていて、より本物の花らしく、花心の黄色のこなしはただ丸めたものではなく、網で濾して細かくしてあった。

これまた味見に感心しながら、孝次郎たちも追って上菓子に取りかかる。

今日の日のための菓子は、次の神無月の月見に合わせて「十日夜」と名付けた。

黄身餡を、栗餡に白玉粉を混ぜた練切餡で包み、一寸二分ほどの饅頭根付のごとき平たく丸い形に整える。それから二本の竹串を箸のように操りながら、表面のこなしをやや持ち上げるようにして尾花（おばな）――薄（すすき）の花穂（かすい）――を刻み、仕上げに十日夜の月を模して型抜きした黄色の薄いこなしを右上に載せる。

　形を揃えるために半月よりは丸みのある月の型は、光太郎に作ってもらった。極小さいものゆえに、此度は木ではなく針金を用いたが、これもまた工夫を凝らした型となった。

　尾花を刻むのは孝次郎の方が抜きん出て速いため、成形は二人で、そののちは孝次郎が尾花を、数馬は月の型抜きとそれを載せての仕上げを担った。

　我ながら、相変わらず華がねぇ――

　出来上がった十日夜を見やって、孝次郎は内心苦笑した。

　栗色ほど濃色ではないが、栗餡には渋皮を混ぜてあるがゆえに、月の黄色を除いて菓子は茶色く地味だ。また、菓子くらべが栗名月の別称を持つ十三夜の後であったことは残念だが、栗餡は十日夜のやや暗い野原にふさわしい色合いではある。

　味には自信があり、一口齧ってこちらを見やった宗次郎が言葉を発する前に、孝次郎はにやりとしてみせた。

「……栗餡に黄身餡か」

「いかがです？」

「旨いよ。お前の菓子なんだからあたり前だろう」

　率直に称賛を口にして、宗次郎はそこはかとなく悔しげな声でつぶやいた。

「こりゃ旦那さまも喜ぶだろうな。旦那さまは栗も好物なんだ」

「暁音さんもでさ」と、数馬。

「暁音さん？」

「孝次郎さんのおかみさんでさ」

「孝次郎、お前——」

「へぇ。この春に祝言を挙げやした」

「へぇ、じゃねぇ、この野郎」

　いつもは丁寧な言葉遣いの宗次郎が初めて砕けた物言いをしたものだから、孝次郎はますます照れた。

「友比古さんからお聞きかと思いやした」

「……旦那さまは菓子の話しかしないんだ」

「ははは。けどあの、宗さんの一手が利きやしたんで」

　——女子は総じて菓子好きだ。旨い菓子を贈るのも一手だぞ？——

　宗次郎の助言を聞いて、暁音に菓子を贈ろうと思い立ったのだ。

「私の一手？　——ああ、判ったぞ！　あの時の栗金鍔の女だな。栗が好きでもあり、嫌いでもあるという……」

暁音への贈り物にと、栗金鍔を試しに作っていた最中に、宗次郎が二幸堂を訪れたことがあった。

「へぇ、そのお人です。結句、金鍔じゃなくて、大納言と栗を合わせた琥珀菓子を贈りやしたが……」

「おっ」と、口を挟んだのは誠太だ。「そりゃ、家路のことだろう？　旦那さまからの土産で食ったよ。うん、あれも旨かった」

孝次郎よりも数馬が嬉しげに大きく頷いて、一層月の型抜きに励み出す。

他の者を交えて束の間のおしゃべりを楽しみながらも、孝次郎たちはほぼ休みなく菓子を作り続けた。

先に烏瓜を作り終えたいちむら屋が、団子を作り始める。いちむら屋に遅れること四半刻ほどで、椿木屋の二人も寒椿から団子に移った。

串の長さは同じだが、いちむら屋はこし餡で団子は四つ、椿木屋は潰し餡で団子は三つだ。しかしながら、餡の量は椿木屋の方がずっと多い。というのも、いちむら屋は連なる団子の上にこし餡を塗りつけただけだが、椿木屋は団子の間に隙間を設けている上、団子が見えぬよう周りを餡で覆っているからだ。

「はは、こりゃあ、小さなおはぎだ」

目を細めて、数馬が椿木屋の味見の団子に舌鼓を打つ。

いちむら屋の団子も、そこらの菓子屋や茶屋の団子に比べればたっぷり餡が載っている。なおかつ、餡としてはいちむら屋の方が洗練されているのだが、無類の餡好きとして、数馬は太っ腹な椿木屋に軍配を上げたいようだ。

七ツまで四半刻を切っただろうと思しき時分に、皆が見守る中、将介が最後の五本の団子をいちむら屋の者に渡した。

片付けもそこそこに孝次郎たちは店先へ出て、そっと表を窺った。

光太郎曰く、既に八割がたの入札が終わっているという。

ざっと見回すと、百五十枚の入札に対して、客は倍の三百はゆうにいるようだ。

「いえ、もっといますよ」

孝次郎たちを労ってから、八郎が言った。

「開札まで辺りをぶらりとして来るという人や、近所の茶屋や飯屋で一息ついている人がたくさんいますから。一人、通りすがりに菓子を受け取って行く振り売りもいましたよ。入札のために七ツには必ず戻ると言っていたから、そろそろ戻って来るんじゃないかな……」

当然といえば当然だが、客の大半は菓子好きらしく、そこここで菓子談義に花が咲いている。番付を手にした者もちらほら見える。

夫婦の椿木屋の着物を除いて、職人たちは二人ずつ揃いの店のお仕着せに前掛けをしている。八人を目ざとく見つけた客が幾人か、近寄って来て声をかけた。

「お疲れさん。どれも旨かったよ」

「仲間と分けて食ったが、まったく足りねぇ。近いうちに店に寄せてもらうぜ」

「どうせいちむら屋で決まりだろうと思って来たけどさ。上菓子も普段菓子も、どうしてどうして迷ったよ……」

胸を熱くしながら皆と何度か頭を下げるうちに、おそらく八郎が言っていた振り売りが帰って来た。

振り売りの入札に孝次郎がほっとしてまもなく、七ツの捨鐘が鳴り始めた。

九

百五十枚の入札は、一枚たりとも欠けていなかった。

開札は店先で、四軒の店主の眼前で、観衆に見守られて行われた。

上菓子の一位は六十四札を集めたいちむら屋で、二幸堂が四十四札、音羽屋が三十八札、椿木屋が四札であった。

普段菓子の一位は二幸堂で七十二札、音羽屋が四十一札、いちむら屋が二十二札、椿木屋が十五札と続いた。

椿木屋は、どの番付でも四軒の中では一番下だ。孝次郎もいちむら屋や音羽屋には及ばぬと判じていたから結果は妥当と思われたが、将介はやはり悔しげだった。

そんな将介に、光太郎が声をかけた。

「けど、将介さん。団子はなかなかいい勝負だったじゃねぇか。いちむら屋を相手にほんの七札しか差がつかなかった」

「そりゃ、町の人の札もあったでしょうから……」

「うん。だが、そりゃいちむら屋もおんなしだ。こいつを見てみな」

光太郎が差し出したのは、椿木屋の団子に丸がついた入札で、品書きの横に書き込みがある。

《おだんご　あんこ　たくさん　うれしい》

《はじめてくった　うまかった　こんど　かかあのぶんを　かいにいく》

《どこやら懐しきくつろぎなり　団子とはかくあるべし》

将介がさっと袖で両目を拭った。

横から覗き込んだたみも、懐から手拭いを出して目頭にあてる。

「あははははは。こいつぁまるで俺が書いたみてぇだ」

一枚目の、子供が書いたようなたどたどしい字を指して数馬が笑った。

「そうなんだよなぁ……いちむら屋のは、俺には餡が足りねぇんだよなぁ。あれなら団子は二つでいいや」

数馬がしみじみ言うのへ、七が頷く。

「そうそう。でも、やっぱり餡子はいちむら屋の方が……団子にはどちらかというとこし餡の方が合うしねぇ。ううん、突き詰めれば潰し餡かねぇ……？」

「俺ぁ、団子は潰しの方が好みでさ。ああ、でもやっぱりこし餡も……」
悩ましげな顔になった二人をよそに、光太郎が他にも書き込みがあった入札を孝次郎たち職人や、友比古、清吉に渡した。
《焼き立てが旨かった》
《とおかんやに　またたべたい》
《金鍔は大関》
「あ、孝次郎さん。こちらにも二幸堂のことが」
友比古が差し出した入札は上菓子に丸がついているのは烏瓜だが、普段菓子は金鍔で、書き込みは下の方にまとめてあった。
《僅差で烏瓜　ただし団子は遠く及ばず　捨て難し十日夜　金鍔はこの上なし》
目頭を熱くした孝次郎へ、友比古はにっこりとした。
「悔しいですが、この方のお気持ちはよく判ります。孝次郎さんの金鍔は江戸で一番。そして、十日夜の栗餡と黄身餡の取り合わせ……私は栗も好物でしてねぇ」
宗次郎と誠太が苦笑を浮かべて見交わすのへ、孝次郎たち六人の職人も笑みをこぼした。
「うちは少々、上菓子に目新しさが欠けていたように思います」と、清吉。「負け惜しみになりますが、うちの大福には塩気がありますから、いちむら屋さんや椿木屋さんのように普段菓子を後に出していたら、今少し大福に札が入ったやもしれません。上菓子でいちむら屋さんとの勝負は厳しいと判じて順序を反対にしてみましたが、二幸堂さんの金鍔とこんなにも札に差がつくとは」

「甘い物が続くと、塩気のある物が欲しくなりますしね」と、友比古。「私は護国寺詣での折には、いつも先に音羽屋さんに寄って、大福で行きの疲れを落としてからあの階段を上がるんですよ」

「ははは、さようでしたか」

結果が知れて、客が少しずつ帰って行く。まだ話が弾んでいる者たちは、連れ立って居酒屋や飯屋に場所を移すようだ。貸物屋が片付け始めた縁台から少し離れたところに余市と佐平、暁音の姿を認めて、孝次郎は駆け寄った。

「今日はお座敷があったんじゃ……？」

「昨日のこと、あなたの檜舞台が見られないと師匠にこぼしたら、今朝になって師匠が代わりの三味線方を手配りしてくれたの。昼過ぎに着いたから早いお菓子は食べ損ねちゃったけど、十日夜、美味しかったわ」

権蔵と晋平は籤に外れたが、てると佐平が当たって、二枚の入札で権蔵や余市、暁音、晋平、後から来た七の姑の信や葉、子供たちと皆で菓子を分けたそうである。

「そうか。よかった」

微笑んでから辺りを見回す。

「それで、晋平さんらや子供らは？」

「みんな、権蔵さんと一緒に一足先に深川へ帰ったわ。二幸堂がいちむら屋に勝ったって、町のみんなに早く伝えたいからって」

「か、勝ったのは金鍔だけだが……」

「でも、私は十日夜の方が美味しいと思ったわ」

「そうか。よかった」

繰り返して、孝次郎は安堵に再び微笑んだ。

菓子くらべの札や菓子通の評は無論嬉しいのだが、暁音の喜ぶ顔を見て更に胸が満たされた。

ここぞという機に栗の菓子を用いたのは、やはりどこか暁音が念頭にあったからではなかろうか。

――好きでもあり、嫌いでもあり……ううん、やっぱり好きなのかしら――

暁音がそう言ったのは、幼き頃、親兄弟を死に追いやった一連の不幸な出来事の直前に、姉と栗を一粒分け合っていたからだ。それまで好物であった栗は、姉に続いて一家が不幸に見舞われてからは、口にする度に暁音に苦い思いをさせてきた。

過去を塗り替えようなどと、だいそれた望みは抱いていない。

ただ、これからは己が暁音と人生を――できれば不幸よりも幸を――分かち合っていきたいという思いが、己に「美味しい栗」を作らせているような気がする。

「墨竜さんや鐵真さんもいらしていたわ。――一弥さんも」

「一弥さんまで？」

「といっても、涼二さんのお遣いとしてだけれど」

強面の自覚がある涼二は、陽の高いうちに通町で顔をさらすのは気が進まぬと、己は裏茅場町の知己の家に潜み、一弥をいちむら屋まで何度か往復させて菓子くらべの菓子を賞味していたそうである。

「籤引きに備えて、朝は玄太も一緒だったさ」と、佐平。「籤に当たったのは玄太で一弥は外れたんだが、玄太は柄が悪ぃからな。お遣いは一弥に任せて自分は涼二さんとのんびりしていたみてぇだ」

三刻余りも使い走りをしていた一弥は気の毒だが、涼二にも菓子くらべを楽しんでもらえたことは喜ばしい。

くすりとした孝次郎を、光太郎が呼んだ。

「おい、こうの字！」

「いけねぇ、片付けがまだなんだ」

暁音たちに先に帰るよう促して、孝次郎は店先の光太郎のもとへ戻った。

八郎他三人の少年たちやいちむら屋の番頭は、他の奉公人と一緒になって店先の片付けに勤しんでいたが、友比古に清吉、七、数馬他六人の職人の姿はなかった。

顎をしゃくって光太郎が言った。

「みんなもう座敷で待っててら。――鷲兵衛さんが、話があるそうだ」

「えっ？」

十

無事に菓子を作り終えた安堵や、客の称賛に舞い上がっていたため——否、昨日から菓子のことばかり案じていた孝次郎は、すっかり鷲兵衛のことを忘れていた。だが、どうやら己の他は皆、菓子くらべの間もずっと鷲兵衛を気にかけていたようである。

いちむら屋の座敷には、二人、孝次郎の知らぬ男たちがいた。

一人は鷲兵衛こと平右衛門、今一人は網代屋の忠兵衛であった。

孝次郎たちをぐるりと見回してから、鷲兵衛がゆっくりと頭を下げた。

「此度の番付は、忠兵衛さんに差し止めをお願いいたしました」

鷲兵衛の隣りで、忠兵衛も神妙に頭を下げる。

「あれから、助右衛門(すけえもん)を——弟を問い質しました。弟は初めのうちはしらばっくれておりましたが、忠兵衛さんの調べもあって、先日全てを白状しました」

助右衛門は鷲兵衛の二つ違いの弟で、この一年余り、足が利かなくなった鷲兵衛の代わりに菓子屋を訪ね歩いていた。

違う菓子を手に入れるべく、日をおいて同じ店に幾度か通ううちに、数軒が助右衛門が鷲兵衛ではないかと当たりをつけて、下心と共に話しかけてきた。

「それで弟は私に、いえ、鷲兵衛の一人になりすまし、いくつかのお店から番付の位を上げる代わりに賂を受け取りました」

　助右衛門は、鷲兵衛の番付は兄弟二人で書いていると嘘をつき、持ち帰る菓子に細工をしたり、菓子を他店のものとすり替えたり、また偽りの噂を伝えたりすることで、番付の位が変わるよう操っていた。

「手土産に頼んだことで時が経ち、味が落ちたと思われるお菓子には、その分、少し評を加味しておりました。ですが、違う店のものを渡されていたとは思いも寄りませんでした。たとえば二幸堂さんの金鍔。弟は賂をもらった店にそそのかされて、形のみ似た、別の店の金鍔を持ち帰ったとのことでした。斑雪は代わりが利かないので、わざと日を置いたものを渡したと……二幸堂さんのお菓子は墨竜さんの茶の湯で一度、夏の川をいただいたことがありました。そちらは見目涼やかで、川底のこし餡の水羊羹(みずようかん)や薯蕷(じょうよ)餡が殊に美味しかったです。しかしながら、金鍔や斑雪が今一つだったために、あのような位にいたしました」

「弟さんは、本当にお金のためにそんな真似をしたのですか？」

　そう問うたのは友比古だ。

　というのも、平右衛門の店である松田屋は室町の大店で、平右衛門は――おそらく助右衛門も――隠居であっても道楽する金には事欠かぬ筈だからだ。

友比古を見つめて、平右衛門は悲しげに首を振った。

「……お金のためではありません。弟はずっと……私を妬んでいたそうです」

助右衛門という名からも推し量れるように、平右衛門が跡取りとしてちやほや育てられる中、助右衛門は生まれながらにして兄の助役、引き立て役として扱われてきたことが不満だった。

平右衛門は茶の湯や菓子道楽のために三十代半ばで早くも隠居となったが、助右衛門はまだ十代だった平右衛門の息子の助役として、一昨年まで働いていた。

「弟は店が――商売が好きなのだと思っていました。弟は私より商才があり、私はもちろん、息子も弟の家人も弟の働きぶりを褒め称えておりました。店のお金だって、息子より自由にさせておりました。ですから、弟に妬まれていたとは私は露ほども知らず……隠居したのも、まさか私を――番付を貶めるためだったとは……」

声を震わせた鷺兵衛の横から、忠兵衛が付け足した。

「鷺兵衛さんは、足を痛めて食べ歩きがままならなくなったのち、番付をやめようとしたのです。ですが助右衛門さんが、『私が手助けいたします。兄さんの舌は変わらず確かですから』と、鷺兵衛さんと私を説得したのです」

そうして、助右衛門は「兄の手助けをするために」隠居となったが――

「長年好き勝手してきた私が、ただ番付を諦めるだけでは腹の虫が収まらない。初めからこの機にどうにかして番付の評判を落としてやろうと考えていたそうで、略を持ちかけられたのは渡りに船だった、と……」

実は友比古が網代屋で会った客は助右衛門で、「たかが番付」などと言いながらも、友比古が番付を不服としているのを見て、内心ほくそ笑んでいたらしい。

こらえきれずに、鷺兵衛は手拭いで涙を隠した。

忠兵衛は鷺兵衛ほどではないがやはり茶の湯をたしなんでおり、二人は二十年余り前に茶の湯を通して知り合った。

「私はそれまで甘い物がさほど好きではなく、ずっと茶菓子も不要と思っていたのですが、鷺兵衛さんの蘊蓄(うんちく)があまりに面白いものだから、人並みに菓子が好きになりました。それで、鷺兵衛さんが隠居すると聞いて、菓子番付をうちから出してみないかとお誘いしたのです」

初回はともかく、友比古が光太郎、将介、清吉を連れて再び訪れたことで、忠兵衛は助右衛門を疑った。平静を装って友比古たちを帰したものの、翌日のうちに鷺兵衛に己の疑念を話した。

「その後は初めにお話しした通りです」

鷺兵衛と忠兵衛は賂を渡した店は明かさなかったが、助右衛門が評を落とすべく菓子に細工を施した菓子屋の名は一通り挙げた。

音羽屋や二幸堂に加え、万里堂や松喜など、七が目星をつけていた店の名を次々聞いて、孝次郎たちは改めて七の菓子通ぶりに舌を巻いた。椿木屋の菓子には細工はなかったのだが、他の店との兼ね合いで、三段目に順を落とさざるを得なかったようだ。

「いちむら屋もですよね？」

己の勘がおよそ当たったことで、心持ち誇らしげに七は問うた。

だが、鷺兵衛は眉根を寄せて首を振った。

「いちむら屋へは私が自分で足を運びました」

「そ、それならどうしてですか？　いちむら屋はもっと上位にふさわしい筈——」

七が問い返すと、唖然（あぜん）としている友比古へ鷺兵衛は苦しげに口を開いた。

「他の皆さまの評は助右衛門の細工に弄されたものでしたが、いちむら屋の評は私自身の過ちです。私は長らく、草笛屋を贔屓にしていたものですから……」

日本橋界隈にはいくつも菓子屋があるが、鷺兵衛は己と同い年の信吉が三十路で店を開いた時から草笛屋を贔屓にしてきた。老舗を尊重して、また己の好みが評を大きく左右してはならぬと自重して、草笛屋を御三家とすることはなかったが、大関か関脇、味を落としてからも小結より下の前頭にするには忍びなかった。

「このままでは来年は前頭とせねばならんと悩むうちに、草笛屋は暖簾を下ろしました。ほどなくして後釜にいちむら屋さんがいらして、看板も暖簾もすっかり変わってしまい……友比古さんに若き日の信吉さんを重ねて、この店が菓子屋であり続けることを喜びつつも、かつての草笛屋や、急にお亡くなりになった信吉さんの無念へ思いを馳せるうちに、ついひねくれた評を下してしまったのです」

皆の顔を窺い、再び友比古を見つめて鷺兵衛は続けた。

「いちむら屋さんへの評はまったくの感傷であり、評者にあるまじき行いでした。平にお詫び申し上げます。草笛屋もしかり、客に不信を抱かせては――まともな仕事ができなくなってはおしまいです。差し止めはもちろん、不正があったことは網代屋で張り紙にて知らせます。私はもう二度と番付に携わりません。皆さまを証人としてここに誓います」

鷺兵衛は改めて頭を下げて、此度は額を畳にこすりつけた。

十一

孝次郎たちが座敷で話し込んでいる間に、いちむら屋の奉公人によって板場の片付けも済んでいた。

両国への帰り道を急ぐ七とはいちむら屋の前で別れ、七は江戸橋を渡って両国橋へ、孝次郎たちは海賊橋から霊岸橋と湊橋を渡って永代橋へ向かった。

男七人でぞろぞろと、だが腹を空かせてやや小走りに帰路を急ぐ中、光太郎がぼそりとつぶやいた。

「……悪い人じゃなかったたな」

「ああ。なんだかお気の毒な……いや、いちむら屋のこたあんまりだけどよ」

鷲兵衛のいちむら屋への仕打ちは許し難いが、信吉を――己に菓子作りの楽しさを教えてくれた、草笛屋の先代を――慕う孝次郎としては、鷲兵衛の感傷は判らぬでもなかった。

「こうの字」

「おう」

「おめぇ、前に俺に、根付はもういいのかって訊いたがよ」

「ああ……」

――兄貴は兄貴の好きにすりゃあいい。店も無理に続けるこたぁねぇ。兄貴が根付をまたやりてぇってんなら俺は――

――俺はただ根付の腕がもったいねぇと――せっかく親父の跡を継いだんだ。いや、根付師じゃなくても器用者の兄貴なら、錺師でも指物師でも……なんにでもなれらぁな――

草笛屋で孝次郎が冷遇されていると知って、光太郎は菓子屋をやろうと思い立った。ゆえに、二幸堂を始めてしばらくは、己のために根付師を――好きな仕事を辞めたのではないかと案じて、光太郎にそう問うたことがあった。

「本当にいいんだからな。前は『菓子屋の店主も悪くねぇ』なんて言ったがよ。悪くねぇどころか、今は滅法気に入ってらぁ。ずっと家ん中にこもって根付を彫るよりも、店を切り盛りする方が俺には性に合ってるみてぇだ。そりゃあ、根付もいいけどよ。今みてぇに、たまに彫るくれぇがちょうどいい」

「そうかい」

光太郎が根付師となったのは、孝次郎が奉公に出た後であったから、実は孝次郎は兄が根付師として暮らした日々をよく知らない。だが、始まりはどうあれ、光太郎がいまや商売を楽しんでいることは明白だ。

今更、なんでぇ……？

戸惑う孝次郎へ、光太郎は畳みかける。

「ほんとにほんとだぞ。なんのわだかまりもねぇからな」

「おう」

「――おめぇはどうだ？　何か不満はねぇか、こうの字？」

「不満？」

「仕事はきつくねぇか？　何か道楽にしてぇことはねぇか？　そうだ。まずは小遣いを少し上げてやろう」

鷲兵衛の話の委細をまだ知らぬ八郎たちはきょとんとしているが、座敷にいた数馬は口を結んで笑いをこらえている。

「……俺も、わだかまりはなんもねぇよ。小遣いも今のままで充分だ。道楽にしてぇこともねぇし――いや、菓子作りが道楽みてぇなもんさ。心配ぇすんな、兄貴。

感謝こそすれ、俺ぁ、兄貴を恨んでも妬んでもいねぇからよ」

「そ、そうか」

「ほんとにほんとだぜ。俺と兄貴の仲じゃねぇか。俺が隠しごとが苦手なのは、兄貴がよく知ってんだろう」

「うん……」

いつになく真面目な顔で頷く光太郎が可笑しくて、孝次郎は噴き出した。

北新堀町を粗方抜けると、深川へと続く永代橋が見えてくる。

「——それより兄貴」

「なんだ？」

「俺ぁ、ちと閃いたんだが……」

「なんだなんだ？　菓子のことか？　店のことか？　暁音さんのことか？　なんだっていいぜ。俺にできることなら、なんだって叶えてやっからな——」

早足で歩きながら、光太郎が勢い込んで己の顔を覗き込むものだから、孝次郎はまたしても噴き出さずにいられなかった。

十二

神無月は十日から、二幸堂は番付を売ることにした。

その名も「東都餡子番付（とうとあんこばんづけ）」は、一枚四文。

評者は七で、左下の版元にも「深川二幸堂　七」と名を記してある。

勧進元は二幸堂、差添は八懸、行司は若狭屋だ。東之方の大関が三芳屋、西之方は万里堂で、小豆餡の普段菓子が団子しかないいちむら屋は西之方の小結となっている。

番付は二段のみで、御三家と東之方、西之方合わせて三十三軒しか載せていないが、三段目には「餡子七化（ななばけ）」と銘打ち、品書きと注釈を入れた。

餡子七化
一、福如雲
二、豆福
三、金鍔
四、斑雪
五、旅路・家路
六、甘粒　又はよいちの羊羹・壬（みずのえ）
七、伯仲（はくちゅう）

一から六まで六つの餡子菓子を御買上毎に判を押し〼（ます）
六つの判を集めし御客様に七つ目の伯仲を差し上げ〼

二十日前、孝次郎が帰り道で閃いたのが、この餡子番付だ。

光太郎と数馬はもちろんのこと、少年たちもすぐさま乗り気になって、帰り着いた二幸堂では菓子くらべの祝いもそこそこに余市を交えて手筈を話し合った。

七に番付に載せる店を書き出してもらうと、達筆の墨竜に清書を頼んだ。

清書が出来上がると、光太郎は芝の網代屋まで出向いて、忠兵衛に版木と摺刷（すりさつ）を注文し、忠兵衛は快く、儲けは度外視で引き受けてくれた。

――知らなかったこととはいえ、不正の交じった番付を出版したことは私の責であり、恥でもあります。せめてもの罪滅ぼしに、お手伝いさせてください――

神妙にそう言ったのち、忠兵衛はにやりとして付け足した。

――まあ、この歳になると、転んでもただでは起きませんがね――

というのも、忠兵衛はあの日いちむら屋を辞去した後、店まで飛んで帰って、夜通しかけて菓子くらべの読売を刷ったのだ。

開札の結果は、翌日にはそこそこ知れ渡っていた。だが、忠兵衛の読売には結果のみならず、四軒が出した八つの菓子が巧みな筆致で事細かく、実に旨そうに、それぞれの菓子の挿画と共に記されていたため、売れ行きは悪くなかったようだ。また、翌朝一番に張り出した詫び状には、件の番付と引き換えに返金する旨が明記されており、網代屋はそう評判を落とさずに済みそうである。

菓子くらべの評判は上々だった。

いちむら屋の近隣の店は——殊に茶屋と飯屋は——あの日、いつにも増して売上があった。光太郎と友比古が事前に茶屋には茶と塩昆布を、飯屋には握り飯を、菓子くらべの客に売り歩いてはどうかと持ちかけていたこともある。

菓子くらべには、菓子屋の者が少なからず来ていた。万里堂や松喜の者もいたそうで、七の話に取り合わずに網代屋行きを見送って、結句、菓子くらべに参加できなかったことを悔やんでいると孝次郎は聞いている。

菓子くらべから二十日が経ったが、四軒とも翌日から上がった売上はまだ落ちていない。各々菓子くらべで出した上菓子はしばらく店でも売ることにして、二幸堂では十日夜の注文が引きも切らず、金鍔もこれまでより二割は多く売れている。

「今日は忙しくなるぞ」

十日の朝、いつもより早く店にやって来た光太郎が、一昨日刷り上がった番付を手にしてにやりとした。

「月見菓子に加えて番付も、売って、売って、売りまくるぜ」

「おう！」

孝次郎たちが声を合わせると、ちょうど出稽古に出かける暁音が二階から下りて来て笑みをこぼした。

「行って参ります」

「うん、気を付けて」

照れた笑みを返して、孝次郎は餡炊きに取りかかった。

――今日は休みにもかかわらず、七は誘い合わせた友比古と四ッが鳴る前に現れて、光太郎に詰め寄った。

「番付二枚と、七化のお菓子を一から六まで二つずつ」

「毎度あり！」

からかい口調の光太郎へ、七は恨めしげにつんとした。

「この仕打ちは忘れないからね」

餡子七化の七つ目の「伯仲」は、番付を閃くと同時に思いついていたのだが、それがどんな菓子かは、孝次郎は光太郎のみに明かして、番付を売り出す日まで秘密とした。

「まったくもう！　このお七にも今日まで内緒だってんですから……」

「しかし、おかげさまで楽しみ倍増じゃありませんか。餡入りの飴、豆大福、金鍔、薄皮饅頭、琥珀、蜜煮豆とくれば、きっと七つ目も餡がたっぷりの菓子ですよ。なんてったって、餡子番付なんですから」

「そうなんです。流石、友比古さん、判っていらっしゃる。――いひひひひ、ほらよ、お七さん。まずは福如雲だ」

にんまりしながら光太郎は二人を座敷へいざない、福如雲の包みを差し出す。それから二枚の番付の「一」から「七」に、己が彫った判を押していった。

判は丸に二の紋の真ん中に「二幸堂」の店名を入れてあり、先だっての朔日、数馬が八郎と入れ替わった折によいちにも同じ判を持って行った。十六日に八郎がよいちに帰る折には、番付も持って行く手筈になっている。

既に作ってあった豆福、金鍔、斑雪、家路、甘粒を二つずつ光太郎が出したのち、孝次郎は作り立ての伯仲を二皿、自ら座敷へ持って行った。

「さ、お七さん。伯仲だ」

「あれ、二つずつくれるのかい?」

「いんや、こいつは二つで一つさ」

皿に二つならんだ茶巾絞りの菓子を見て、友比古が目を細める。

「上菓子が二つも……一つは粒餡、今一つはこし餡ですな。これで番付代が四文とは驚きです。餡子好きにはたまりませんよ」

「お師匠、ありがとうございます」

満面の笑みを浮かべて、七は伯仲の載った小皿を押しいただいた。

「私はこういう、餡子たっぷりのお菓子が好きなんですよぅ。お師匠の餡子は粒餡もこし餡も、炊き方、甘さ、風味と、三拍子揃っていますからね。私はもう餡子だけでも……うん？　餡子だけ?」

黒文字で切り分けた粒餡の菓子の切り口に目を見張りつつ、七は一切れ口に放り込む。

「うん……これは紛れもなく……お師匠の粒餡……」

「何か隠し味があるんでしょう。どれどれ」

こし餡の菓子を切り分けたのち、友比古も七に倣って一切れ含んだ。

「ええと、こし餡と……？」

「隠し味はありやせん。粒餡とこし餡を茶巾絞りにしただけでさ」

「なんですって？」

七が啞然とするのへ、孝次郎は光太郎と顔を見合わせてくすりとした。

「お七さんは常々――つい今だって――言ってるじゃねぇか。『餡子のお菓子がいい』『餡子は小豆が一番』『餡子だけでもいい』ってよ」

「そ、そうだけど――ああ！　じゃあこれはまさに」

「まさにお七さん念願の、究極の餡子菓子さ」と、光太郎。

「こし餡か粒餡か、ちょいと迷ったんだけどよ」

「お七さんと数馬が、こし餡、粒餡、粒餡、こし餡と、うるせぇからよ」

「どっちも作って、二つで一つの菓子にすることにした」

光太郎と口々に言うと、友比古が笑い出した。

「あはははは。こりゃあしてやられました。栗金団(くりきんとん)や練切だって餡の菓子ですからねぇ。光太郎さんの仰る通り、こいつは究極の小豆餡の菓子ですよ」

粒餡も一口食べて、友比古は続けた。

「流石、お七さんの選んだ勧進元だ。こうして餡だけ食べてみると、小豆の旨味が一層際立つ」

「そうでしょう。そうでしょう」

瞬く間に相好を崩して七が頷いた。

「いつも粒餡かこし餡かで迷うから、こうして二つ一緒なのは嬉しいですな」

「いかにも」

「伯仲という名も言い得て妙です。実に二幸堂さんらしい」

伯仲は「優劣がない」ということの他、兄弟を表す言葉でもある。

「ええ。さしずめ穏やかなお師匠がこし餡、伝法な光太郎さんが粒餡かねぇ？　うん、光太郎さんは世渡り上手で、案外優しいところもあるからこし餡、お師匠は思わぬ気骨があって、知れば知るほど味のあるお人だから粒餡ということも……」

「どちらでもよいではありませんか。光太郎さんと孝次郎さん、どちらも甲乙つけ難く、二幸堂には欠かせぬお人でしょう」

「もちろんですよ。だって、二幸堂は光太郎と孝次郎、お二人のこうの字から名付けられたんですからね」

「幸い二つで二幸堂でしたね」

食べかけの伯仲の皿を掲げて、友比古がまた一口こし餡を口に運んだ。

「そうそう。幸い二つ」

同じように皿を掲げて、七は一口粒餡を口にする。

「うん……こし餡よし、粒餡もよし」

「粒餡よし、こし餡もよし」

二人がにこにことして舌鼓を打つ間に、四ツの捨鐘が鳴り始めた。

暖簾を上げると、既に待っていた客を光太郎と太吉が次々とさばいていく。

今宵は十日夜だけに、縁台では十日夜が、店先では金鍔や斑雪の他、御手洗（みたらし）団子がどんどん売れる。

番付と合わせて買う客も思ったより多く、光太郎も太吉もてんてこ舞いだ。

「お七さん、暇なら番付売りを手伝ってくんな」

「ほいきた、合点承知之助」

「私も帰って店を手伝わねば」

伯仲の他、持ち帰れぬ甘粒を食べてしまうと、友比古は残りの菓子を持参した箱に詰めて慌ただしく辞去して行った。

「え〜、こちらは本日発売の東都餡子番付にございまする〜。餡子を語らせたら、江戸で右に出る者はいないこのお七の、餡子だけの番付でございまする〜。加えまして、福如雲、豆福、金鍔、斑雪、家路、そして甘粒。この六つのお菓子をお買い上げくださった暁には、餡子七化の伯仲をご進上いたしまする〜」

「餡子番付だって？」

「七化？　伯仲？」

店先から、売り口上を述べる七の弾んだ声と客の驚く声が板場にもしっかり届いて、孝次郎の顔をほころばせる。

店と板場をつなぐ戸口から、ひょいと光太郎が顔を出した。

「おい、こうの字。また十日夜だ。三つ頼むぜ」

「合点だ」

返事を聞いて顔を引っ込めた光太郎を、ふと思い出して孝次郎は戸口まで追いかけた。

「兄貴」

「なんだ？」

「今更だけどよ」

「うん」

「菓子くらべ、ありがとうよ。俺ぁすごく……楽しかった」

「そうか。――俺もだ」

にかっと白い歯を見せた光太郎へ、孝次郎も笑みを返す。

店先へ戻る光太郎の背中を刹那見送ってから、孝次郎は板場へ踵を返した。

本作品は当文庫のための書き下ろしです。

知野みさき（ちの・みさき）

一九七二年生まれ。ミネソタ大学卒業。二〇一二年『鈴の神さま』でデビュー。同年『妖国の剣士』で第四回角川春樹小説賞受賞。

著書に、「深川二幸堂 菓子こよみ」シリーズのほか、上絵師 律の似面絵帖シリーズ『落ちぬ椿』『舞う百日紅』『雪華燃ゆ』『巡る桜』『つなぐ鞠』『駆ける百合』『しのぶ彼岸花』『告ぐ雷鳥』、「江戸は浅草」シリーズ、「神田職人えにし譚」シリーズ『飛燕の簪』『妻紅』『松葉の想い出』『獅子の寝床』、「山手線謎日和」シリーズ等がある。

だいわ文庫

深川二幸堂 菓子たより

著者 知野みさき

二〇二二年九月一五日第一刷発行
二〇二二年一〇月一〇日第二刷発行

発行者 佐藤靖
発行所 大和書房
東京都文京区関口一―三三―四 〒一一二―〇〇一四
電話 〇三―三二〇三―四五一一

フォーマットデザイン 鈴木成一デザイン室
本文デザイン bookwall（村山百合子）
本文イラスト Minoru
本文印刷 信毎書籍印刷
カバー印刷 山一印刷
製本 小泉製本

ISBN978-4-479-32029-6
乱丁本・落丁本はお取り替えいたします。
http://www.daiwashobo.co.jp